光文社文庫

ロンリネス

桐野夏生

光

目次

第一章　賢妻愚妻

1

外はむっとするような暑さだった。潮のにおいが錆臭く感じられて、海のそばに住んでいることが急に厭わしくなる。

空は相変わらず、降るのか降らないのかわからない曖昧な灰色で、上から押さえ付けられているような鬱陶しさがあった。

クリップで留めた髪からほつれ毛が落ちて、汗をかいた首筋にへばり付いている。有紗は、可燃ゴミの袋を開放廊下にいったん下ろして、髪を留め直した。

袋から、ゴミが透けて見える。丸めたティッシュ、チラシ、菓子の包み紙、そしてダイレクトメールの封筒。その薄緑色の封筒には、「自然体験教室」の案内が入っていた。それを思いっきり力を込めて破り捨てたのは、自分だ。

ざらついた気持ちがどうにも収まらず、有紗は大きな溜息を吐いた。朝っぱらから、俊平(ぺい)と大喧嘩をしたのだ。怒った俊平が、可燃ゴミの袋を置きっぱなしにして会社に行ってしまったため、普段は俊平がするゴミ出しを、自分がしなければならなくなった。

再びゴミの袋を提げて、長い開放廊下を、端にあるゴミ集積場まで歩いた。途中、俊平との細かい遣(や)り取りを思い出して、また腹が立った。

きっかけは、この「自然体験教室」だった。花奈(かな)に田舎の生活を体験させたくて、パンフレットを取り寄せたのだが、俊平が「必要ない」と反対し、そこから教育方針を巡っての大喧嘩となった。

「何で、有紗は急にそんなことをしたくなったわけ？」

食卓でコーヒーを飲みながら、スマートフォンでニュースを読んでいた俊平が顔を上げた。少し苛立(いらだ)った時の証拠で、眉間(みけん)に小さな縦皺(たてじわ)が一本寄っている。その皺の存在に、本人は気が付いていない。

「何でって。子供の時に、いろんな経験をしていることが大事だと思うからよ。花奈は、私と二人っきりで過ごしてきたから、他の子が体験しているようなアウトドアとかに全然縁がないのよ。それって、可哀相だと思わない？」

「今に経験できるようになるよ。俺が言いたいのは、何で急にやるのかってこと。どうしてそんなに急ぐんだよ」

俊平が顔を上げずにぶつぶつ言った。

有紗は、送られてきた封筒からパンフレットを取り出して、読み上げた。

「お子様の情操教育には、自然の中で過ごすことが一番です。植物、樹木、森の生き物、川の生き物、山の生き物、土をいじる体験。それらがお子様の豊かな感性を育むことになります。すぐに結果が出なくても、自然と触れ合った体験が、お子様の心の成長を助ける、だいじなだいじな宝物になっていくのです」

「何だよ、それ」と、俊平が冷笑した。「すげえ文章だな。どうせ、金がかかるんだろう?」

「もちろん。三泊四日で十一万五千円だって」

「高いな、やめとけよ」

俊平の眉間の皺はもう一本増えた。

「簡単に決め付けないで。私は、花奈にこういう経験をさせてこなかったことを反省しているのよ。今からでも遅くないから、させたいだけ」

もちろん、有紗には俊平を責める気持ちが少しある。俊平がアメリカに行ったきり連絡も寄越さなかったため、幼い娘と二人きりで過ごさざるを得なかった日々に対する恨みだ。

それが伝わるのか、俊平は露骨に顔を顰めた。

「わかるよ、わかるけどさ。何もそんな急いで、合宿みたいなところに行かなくたっていいじゃないか。俺が帰って来たんだから、これからいくらだって機会はあるよ」

「そうかな、あるかなあ」と、有紗は首を傾げた。

俊平は、日曜は「疲れた」とごろごろ寝ているだけで、花奈を遊びに連れて行ってくれたことは滅多にない。ディズニーランドと、銀座のデパートに行っただけだ。

俊平が帰って来たら、あそこに行こう、これをして貰おう、と期待を込めていただけに、有紗の失望は大きい。

「それに、合宿じゃないわよ、教育よ。先生が付いていて、いろいろ教えてくれるんだって」

俊平は何も言わずに立ち上がった。スマートフォンをパンツのポケットに滑り込ませて、飾り棚の上に掛けてある鏡の前で、ネクタイを結び始める。

有紗は椅子に座ったまま、俊平を目で追った。アメリカから帰って、鮨だ蕎麦だと懐かしがって食べ歩き、三キロも体重を増やした夫。

それにしても、こんなに頑固な人だっけ?

有紗は俊平とやり直そうと決めた後、アメリカには同行せずに一年間だけ別居をしてみた。それは確かに、二人の絆を深めたように思う。

だが、再び結婚生活を始めてみると、以前より些細なことが気に障ったり、違和を感じたりするのはなぜだろう。

「教育か。急ぎ過ぎだよ」

有紗は暢気(のんき)な俊平が腹立たしい。

「あなたはそう言うけどさ。日本の状況は厳しいのよ。父親として無責任だと思うわ」

俊平がネクタイを結びながら、振り向いた。

「何が厳しいんだ。そして、俺のどこが無責任なんだよ」

語気が荒くなった。が、有紗は無視して続けた。

「花奈がこれからどうするかってことに関して、無責任よ」

「どうするかって、保育園を出てから近くの小学校に行くんだろう。それからのことはゆっくり考えればいいじゃないか。まだ五歳なんだから。そんなの自明の理だよ」

有紗は唇を嚙んだ。何かを提案するには、まずい時間帯だったと思う。しかし、俊平は忙しくて帰りが遅いから、話すには朝しかない。

昨夜も接待とかで飲んで帰り、ネクタイも取らずに寝てしまったではないか。苦労して服を脱がせ、ハンガーに掛けたのは自分だ。

「自明の理だとは思わないよ。だって、いろんな選択肢があるんだから、狭めることはないと思う」

「狭めてなんかいないよ。ただ998、有紗が小学校受験のことを言ってるのなら、はっきり言うよ、無理だって。準備だけで、すごく金がかかるって言うじゃない。うちにはそんな金はないよ。タワマンに暮らすだけで精一杯だ」

俊平の声が大きくなった。有紗は、隣の部屋で寝ている花奈が起きやしないかと、はらはらした。

「ねえ、少し静かに話してよ」

花奈が一人で寝ている部屋を指差して、注意する。

「ごめん」と、謝ったものの、俊平は明らかに苛立っている。「有紗、夢みたいな話はやめようよ。自然体験教室とやらに行く必要もないよ。そんなことをするくらいなら、町田に引っ越した方が手っ取り早い。近くに畑もたくさんあるし、緑が残ってる。それに、うちのオフクロが近所に畑を借りてるじゃない。あそこで収穫を手伝った方が、ずっと勉強になるよ」

また町田か、と有紗はうんざりした。俊平の話には、ことあるごとに「町田」と「オフクロ」が出る。一人息子だから仕方がないのかもしれないが、姑の晴子が苦手な有紗からすると、耐えられない時がある。

「お義母さんの畑とは違うでしょう。だって、八ヶ岳に行って、本物の農家で体験学習をするのよ」

「たまに自然と触れ合ったって、小学校受験には役立たないよ。そんな程度で受かるなら、誰でも受かる」

ネクタイを結び終えた俊平が、有紗に向き直って笑った。あたかも嘲笑しているかのように見えたのは、考え過ぎだろうか。

「そんなことないわよ。あらゆる経験が役立つって聞いたわ」

俊平は玄関に行くと、アタッシェケースを脇に引き寄せて屈み、靴紐を結んだ。結び終わると、立ち上がって振り向く。

「あのさ、毎週どこか田舎に連れて行ったり、塾に送り迎えしたりして、いろんな訓練を施さなきゃならないんだろう？　そんなことができるだけの財力はうちにないよ。それでも実力さえあれば受かる、と有紗が思っているなら、それは幻想だよ。しかも、万が一、入れたとしても、私立小じゃ、最低でも年間百万以上かかるだろう。うちには無理だ」

「そのことだけど、私の実家の方でも援助するって言ってる」

有紗は意気込んで喋った。母親が花奈のためなら、貯金を崩すとまで言ってくれたのだ。

俊平が首を振った。

「入学金だけじゃないんだよ。この先、ずっとずっと金がかかるんだ。有紗は甘いよ。夢を見ているんだ」

夢を見ていると言われて、有紗はムキになった。

「やってみなきゃわからないじゃない。試すだけでも駄目だってこと？」

「やめた方が無難だよ」

俊平が再び、ポケットからスマートフォンを出して、メールチェックをした。

「私はそうは思わない。やってみないとわからないじゃない。現に、BET（ベイイーストタワー）の人で何もしないのに慶應の幼稚舎に入った女の子もいるのよ」

反論すると、俊平は口許を歪めてこう言ったのだ。

「何も知らないんだよ、有紗は。東京で小学校とか中学校の受験をしたことあるのか？　ないだろう？　経験のない人には想像を絶することだよ。絶対にできっこない」

有紗は気を悪くして、顔色を変えた。

「私が地方出だから、わかってないってこと？　馬鹿にしないでよ」

「違うよ、そういう意味じゃない。あれはね、学力だけじゃないんだよ。花奈がいくら勉強ができたとしても、小学校の方はいろんな角度から見て判断するんだよ。家柄とか、親が卒業生かどうか、とか。すごくアンフェアで、もともと決められた世界なんだ」

俊平の声が大きくなった。

「お義母さんもそう思ってるのね」

「オフクロは関係ないだろうが」

俊平が腹立たしそうにゴミの袋を持ち上げた。その時はまだ持って行く気があったのだ。

しかし、有紗はこう言ってしまった。

「そうかな。お義母さんは、私のことを内心馬鹿にしてるんじゃないかなって思うことがある」

言いながら、しまった、と思ったがどうにも止まらない。一度は近付いたと思った晴子との距離が、俊平が帰ってからは、また遠のいたような気がする。

突然、俊平がゴミの袋を玄関の三和土(たたき)に投げ出した。

「やめろ、くだらない話は」

そう怒鳴って、玄関のドアをバタンと音高く閉めて、出て行ってしまったのだ。

確かに、姑の話を持ち出したのは自分が悪かった。ゴミを捨てた後、エレベーターを待ちながら、有紗はつい先ほどの会話を反芻(はんすう)して、首を振る。

取り返しのつかないことを言ってしまったかもしれない。常々考えていることが、うっかりと出てしまったのは、やはり俊平のひと言にある。

『東京で小学校とか中学校の受験をしたことあるのか？』

あるわけないじゃない、と独りごちて、やっと上がってきたエレベーターに乗り込んだ。新潟での受験経験は、公立高校に進学する時のみ。短大へは高校推薦で入ったから、受験の必要はなかった。

しかし、だからといって、自分の子供が東京の私立小を受験できないなんて、不公平ではないか。また、俊平が自分の妻に、不公平な現実を認める発言をするなんて失礼ではないか。

そんなに、東京で生まれ育ったことが偉いのか。晴子も同じ考えに違いない。気持ちが収まらないまま、有紗の怒りはとんでもない飛躍をして、俊平を、そして義母の晴子を貶めようとする。

エレベーターがすぐに停止し、考えに耽っていた有紗は驚いて顔を上げた。まだ二十八階だった。ドアが開き、白いワイシャツに紺系のネクタイ、グレイのパンツを穿いた男が乗り込んできた。手には大きな書類鞄を提げている。

「おはようございます」

互いに頭を下げて形式的な挨拶をした後、目を上げて驚いた。件の二十八階の男だった。以前、花奈のプラスチックのシャベルを風で飛ばしてしまったことがあった。シャベルは二十八階のバルコニーに落ち、そこに住む男はシャベルと一緒に、『くれぐれも規則を守り、だらしのない生活はおやめください』と書いた手紙をドアノブに掛けていった。あの手紙でどれだけ傷付けられたか。

「あ、どうも。その節は」

男が照れ臭そうに言う。

「こちらこそ」

曖昧に口の中で返したものの、有紗は自分の姿に気付いて慌てていた。うっかり自宅にいる時の格好で、表に出てしまったのだ。緩んだTシャツにショートパンツ姿なんて、開放廊下に出る時だってしないのに、俊平との言い争いで気が動転していたらしい。

「お久しぶりですね」

男が親しげに頭を下げた。

「そうでしたっけ」

有紗は、自分の格好が恥ずかしく、気が引けた。だが、男は気付かない様子で話している。

「私、単身赴任していたものですから」

「そう言えば、お見かけしませんでしたね」

二人の息子を連れた男とは、度々エレベーターで乗り合わせたものだが、最近は家族は見かけても、男の姿はほとんどなかった。

「島根にいまして、二週間前から本社に戻って来たんです」

男は嬉しそうに語る。以前よりりくだけた雰囲気になったのは、単身赴任先で何ごとかあったのだろうか。

「そうですか」

相槌(あいづち)を打ったきり、有紗は階数を示すオレンジ色の光を見つめた。

「私、二十八階の高梨(たかなし)と申します。よろしくお願いします」

一階ロビーに着く寸前、男に自己紹介され、有紗は驚いて、反射的に答えていた。

「二十九階の岩見(いわみ)です」

「はい、それは知ってます」

高梨は微笑んだのち軽く会釈して、ドアが開くと同時に行ってしまった。

そうだよね、知ってるよね。わざわざ有紗の部屋のドアノブに、シャベルと手紙を掛けたくらいだから、名前を知らないはずはないのだった。

有紗は人目に付かないよう小走りにロビーを抜け、一階のコンビニで、バナナとヨーグルトを買った。

上階に向かうエレベーターを待つ間、今夜俊平が帰って来たら、どんな顔をしようかと考えている。

部屋に戻ると、花奈が起きていて玄関で待っていた。

「ママ、どこに行ってたの？」

詰問口調だ。

「コンビニよ。花奈ちゃんのヨーグルト買ってきた」

「外にいくときは、花奈にひとことことわってよね」

保育園に通うようになって急に語彙を増やした娘は、たった五歳とは思えないほどの会話をする。

「ごめんね。心配した？」

ミントグリーンのパジャマを着た花奈は、頑固そうな表情で首を横に振った。その顔が俊平にそっくりで、思わず苦笑する。

「しないよ。だって、パパとけんかしてたの、聞こえたもん」

喧嘩の声が聞こえたからこそ、心配するのではないかと思うのだが、子供の発想は違うのだろう。特に花奈は、俊平の存在が珍しく嬉しいらしく、声が聞こえるだけで喜んでいる節がある。

「ご飯、食べようか」

花奈はそれには答えず、食卓に置きっぱなしになっていた有紗のスマートフォンを操作して、大真面目な顔で言った。

「ママ、パパから、ごめんねのメールはきてないよ」

有紗は答えずに外を見た。いつの間にか、雨が降り出している。

2

花奈の通う保育園は、ベイタワーズマンションの敷地内、ＢＥＴの隣にあるので送り迎えは至極楽だ。この最高の立地の保育園に入れただけでも運がよかった。

しかも嬉しいことに、今年の四月から、美雨ちゃんが「わかば幼稚園」を辞めて保育園に転園してきた。

有紗にとって、美雨ママと朝夕会えるのはこの上ない喜びだが、美雨ちゃんには転園が重荷だったらしい。その表情があまり冴えないのが、気になって仕方がない。

以前は、一歳年長の花奈が、性格の強い美雨ちゃんに押され気味だったのに、今は逆転して、花奈がお姉さん風を吹かしているくらいだ。

もしかすると、美雨ちゃんの元気のなさは、転園だけでなく、両親の不仲に原因があるのかもしれない。美雨ママも、娘の様子に気付いているのかいないのか、常に心ここにあらずの疲れた眼差しをしているので、助言のしようがない。

「有紗、おはよう」

有紗が、お昼寝用のボックスシーツを布団に付けていると、美雨ママと美雨ちゃんが慌ててやって来た。

美雨ママは、黒い小さなTシャツに、スウェット素材のグレイのミニスカート。白いスニーカーを履き、濃いサングラスを掛けている。相変わらず安物しか着ていないが、スタイルの良さと美しい顔とで、誰にも真似できないカッコよさがあった。

「おはよう。遅かったね」

「うん。月曜って持ち物多いからさ、遅くなっちまったよ」

美雨ママがぼやいて、背中のリュックサックから、シーツやバスタオルなどを取り出した。ピンクのタンクトップ、デニムのショートパンツ姿の美雨ちゃんは、皆が遊んでいる園庭をちらりと見たきり、屈んだ美雨ママの背中に寄り添うようにして立っている。

「美雨ちゃん、遊んできたら」

有紗が声をかけると、おずおずと後ろを振り返り、肩を落として歩きだした。有紗は気になって、美雨ママに訊ねた。

「ねえ、美雨ちゃん、元気なくない？　熱でもあるんじゃないの」

美雨ママが振り向いて、美雨ちゃんの小さな背に声をかけた。

「美雨ちゃん、ママ大丈夫だから安心して。元気よく遊んでおいで」

美雨ちゃんがこっくりしてから、決心したように園庭に向かって走りだした。有紗が後ろ姿を見送っていると、美雨ママが低い声で囁いた。

「今朝、ダンナと喧嘩したのよ」

「あら、うちも同じ」と、思わず笑ってしまった。

美雨ママが、細い薬指の上でくるくる回る結婚指輪を抜くような仕種を何度もした。

「でも、いくら喧嘩したって、俊平さんは殴ったりしないでしょ？」

「そりゃしないよ。したら離婚よ」と言った後で有紗は美雨ママの顔を見遣った。「まさか、殴られたの？」

美雨ママが、サングラスを半分だけ下ろした。左目の下に青黒い痣が見える。有紗は、前夫の暴力が原因で離婚したことを思い出して、息苦しくなった。DVほど腹立たしく、悲しいことはない。

「DVって最低だよね」

美雨ママは頷きながら、側頭部のあたりを指差してさばさば言った。

「この辺、殴られたんだけどさ。血って下に降りるんだね。こんな青タンになっちゃって、恥ずかしくて歩けないよ」

「酷いね。大丈夫？」

だから、美雨ちゃんが沈んだ顔をしているのだ、と気付いた。

昨年から、美雨ママの家が何かと揉めているのは知っていた。もちろん、原因は美雨ママといぶパパ、晴久とのダブル不倫である。二人は、今や近隣のママたちなら誰でも知っている有名なカップルになってしまった。いぶママはいち早く青山方面に逃げてしまったし、いぶパパは門前仲町に一人、マンション暮らしだ。

結局、この土地に残った美雨ママとその家族が、不倫の誹りを受け続けて笑い者になっているのだった。十歳以上も年上で、美雨ママの実家の商売を継ぐことになっている、婿養子同然の美雨ママの夫だとて、知らん顔できるほどの寛容さはないらしい。

「そうなのよ」

「酷いけどさ。あの人も困ってるのよ。あたしだって困ってるもん。みんな困って、どうしたらいいかわからないの」

美雨ママは夫への恨み言を言わない。しかし、有紗は溜息を吐いた。

有紗は美雨ママの実家のTAISHO鮨チェーンでパートタイムをしている。次期「大将」である、美雨ママの亭主、栗原滋の機嫌が悪いと、従業員が迷惑を蒙るのだ。

しかも、有紗は美雨ママと仲がいい。滋の不機嫌が、時折有紗だけに向けられるような気がするのは、考え過ぎだろうか。

そんなことを美雨ママに言えるわけはなく、有紗は自分の胸に愚痴を仕舞っている。

有紗は、美雨ママがシーツを掛けるのを手伝いながら、低い声で訊いた。

「いぶパパはどうしてるの?」

「あの人も困ってるのよ。いぶママがさ、絶対に離婚しないって頑張ってるんだって」美雨ママがさも憎らしそうに言った。「すっごい嫌がらせなんだよ」

「人間って、そのくらいのことは、平気でしちゃうのかもしれないね」

有紗は小さな声で呟いた。

「そうだよ。あんな綺麗な顔して、上品なふりしてさ。やることはえげつないの。要するに、嫉妬よ。あたしたちが幸せになるのが嫌なのよ」

「そうかもしれないね」

うんうんと頷くわけにもいかず、曖昧に返答した。

美雨ママと話をしているだけで、栗原滋と、いぶママこと竹光裕美は自分を恨むのだろう。もちろん有紗は美雨ママの味方だ。しかし、滋といぶママには同情を禁じ得ないし、敵視などしていないのだから、自分が攻撃を受けるのは不当な気がした。それでも一番親しい友人なのだから仕方がない、と有紗は美雨ママの美しい横顔を見つめる。

「有紗、今日の夜、時間ない？　飲みに行こうよ。あたし、話したいことが溜まっていて、気が狂いそうなんだ。あなたの喧嘩の話だって聞きたいし」

美雨ママがリュックのファスナーを音を立てて閉めて、焦れたように言った。

「行きたい。私も話が溜まっているのよ。でもさ、うちのダンナは連日遅いから、まったく当てにならないの。夜は出られないのよ。由季ちゃんは駄目なんだよね？」

「そうなんだよ」

美雨ママの妹、由季子は、スキンヘッドから髪を伸ばして保育士に戻っているのだそうだ。以前のように頻繁に預かってくれないのは、滋に同情しているかららしい。

「あの子も前は味方だったのよ。でも、最近、滋派なんだよね」

美雨ママはそんなことを言う。

「週末だったら、ダンナに見て貰えるから行けるよ。土曜はどう？」

「ごめん」と、美雨ママが残念そうな顔をした。「週末はハルと一緒に過ごすから、駄目。

予定を空けておきたいの」

「なるほど」と、美雨ママの正直さに溜息が出る。「じゃ、お昼ご飯はどう。あたしのお昼休みに合わせて来てよ。一時半から二時半。一時間しかないけど、話せるよ」

「わかった。じゃ、それまでに門仲行って、適当にお店見付けて電話する」

「楽しみにしているよ」

頷きながら、美雨ママが園庭を振り返った。花奈たちが遊んでいる砂場の横で、青い保育園の帽子を被った美雨ちゃんが、一人ぽつんと立ち竦んでいた。有紗は胸が痛んで美雨ママの方を見る。

美雨ママは有紗の視線を避けるようにして、娘に背を向けた。

午前十時少し過ぎ、有紗はＴＡＩＳＨＯ鮨の門仲本店に着いた。開店は十一時なので、店の前に打ち水をした後、レジの釣り銭などを準備していると、滋が前掛けを締めながらこちらにやって来た。にこにこと、有紗に挨拶する。

「岩見さん、おはようございます」

滋は四十七歳。額が少し禿げ上がって太り気味だが、いかにも美雨ママの父親が惚れ込みそうな、実直な印象があった。この男が逆上して妻を殴ったのか。何の変化も顔には表れていない滋に、少し怖じるものを感じながら、有紗は挨拶を返した。

「おはようございます」

素知らぬふりで、売上伝票などを揃えていると滋が横に立った。

「保育園で美雨に会いましたか？」

「ええ、会いましたよ」

「美雨の様子、どうでしたか？」

「普段と変わらなかったですよ」

明るく言うと、滋が一瞬嫌な顔をした。

「適当なこと言わないでくださいよ」

はっとして、頭に血が上った。これだ、気を付けろ、と自分が自分に警鐘を鳴らしている。

有紗は、できるだけ穏やかに訊き返した。

「適当って、どういう意味でしょうか」

「美雨はね、今朝、大泣きして保育園に行ったんですよ。可哀相だった。俺が仕事がなければ面倒見られたのに。仕方がないから、洋子が連れて行ったんです。あれ、どうですかね、洋子の態度は。母親として失格じゃないでしょうか」

「私は全然知らないから、何て言っていいのかわかりません」

じろりと有紗を見た後、滋が大きく息を吐いた。

「洋子が保育園に入れるって言った時、俺は反対したんですよ。だって、あいつ暇なんだからさ。何も保育園入れることないでしょう。でも、ここで働いているって上申書まで自分で書いてね。うちのオフクロさんたちにも、この店で働いているって証明出させてね。無理やり、転園させたんですよ。挙げ句、何もしていないじゃないですか。母親として何もやってない。これってどうですかね」

有紗は困惑して首を捻った。

「どうって、私に言われても」

言葉を切ると、さすがに滋がさらりと謝った。

「あ、そうですね。岩見さんには、関係ないですもんね。すみませんでした」

滋の八つ当たりは初めてではなかった。滋は、有紗が美雨ママの親友だと知っているから、夫婦間の揉め事も何もかも聞いて、美雨ママの味方をしている、さらには何か助言を与えているに違いない、と思い込んでいるようなのだ。

午前中、滋は機嫌が悪く、鮨職人の若い見習いや、パート従業員に怒鳴り散らした。店の雰囲気が途端に悪くなる。有紗は何とか午前中の仕事をこなしたが、滋と美雨ママに挟まれていることが、ほとほと嫌になっていた。

他に仕事があれば転職したいと考え始めている。

万が一、花奈が小学校受験をするとしたら、母親が大衆的鮨チェーンのパート従業員というのは、面接の時に不利なのではないか。将来の花奈の受験費用その他を貯めておくためにも仕事は必要だが、もっと見栄を張れる仕事、つまり主婦たちが羨むような仕事をすべきではないか、と思ったりもする。しかし、こんなことは、美雨ママには到底言えなかった。

午後一時二十分、約束通り、美雨ママからLINEが来た。

今、ここにいます。カフェだけど構わないでしょう？
待ってるね。久しぶりに話すの楽しみ。

LINEには、グルメサイトの地図が添付されていた。門仲には珍しい洒落たカフェらしい。店から歩いて数分の距離なので、滋にばれないかと不安なほどだ。

「有紗、ここだよ」

店は薄暗かった。奥まった席で、美雨ママが手を振っている。

「お店から近くない？」

有紗が心配になって言うと、美雨ママは肩を竦めた。

「大丈夫よ。あの人、パンもコーヒーも嫌いだから、絶対に来ないよ」

なるほど。夫婦にしかわからない嗜好を踏まえて選んだ店なのだ。心配するには当たらなかった。

「なら、いいけど。滋さん、機嫌悪かったよ」

　美雨ママが、サングラスを外して大きな目を剝(む)いた。左目の下には無惨な青い痣がある。

「えっ、あなたに当たったりしたの？」

「そういうわけじゃないけど、ちょっと厭味(いやみ)っぽかったな」

　親友にも、本当のことはなかなか言えないものだと思いながら、有紗はアイスカフェオレと、焼きサンドを注文した。

「ごめんね。あんな陰険な男だなんて知らなかったのよ。ただの真面目な人かと思ってた。でも、嫉妬深いし、何かひねくれた発想するんだよね。自分が婿養子同然だから、馬鹿にしてそういう裏切りができるのか、とか言うの。違うんだよ。立場とかじゃなくて、単に出会ってしまったってことなんだよ。あたしだって、わざとやったんじゃなくて、どうしたらいいかわからないんだからさ。そういう心の機微がどうしてあいつにはわからないんだろうと思って、苛々(いらいら)する」

　美雨ママは、眉根を寄せた。

「いぶパパはどうしてるの？」と、話を変える。

「うん、ハルは離婚に向けて努力してるけど、いぶママは、これからいぶきちゃんの小学校入学もあるし、世間体が悪いって、離婚を許してくれないんだって」

「じゃ、小学校に入ればいいってこと？」

　美雨ママは、細い肩を竦める。

「さあ、どうだろう。あたしにはわからない。要するに、先が見えない感じなのね。でも、うちも揉めているから、あたしはどこにも居場所がないの」

「可哀相だね、洋子」

肩を落とした美雨ママがさすがに哀れで、有紗は洋子の剥き出しの細い腕をそっと手で押さえた。骨張った腕の内側には、紫色の痣がある。

「ここどうしたの？」

「腕をぐっと摑まれたから、その痕が残ったのよ。男の力って強いから嫌だよね。あれで無理やりセックスとかさせられたりしたら、本当に嫌だわ」

美雨ママが、声の調子を落とさずに言うので、有紗は慌てた。

「しっ。聞こえるよ」

「そうだね。ごめん」

美雨ママが荒んだ顔で謝った。案外、冗談ではなく、本当のことだったのではないかと思い、有紗はそれ以上訊く勇気がなかった。

美雨ママが、アイスコーヒーを飲んだ。中の氷がからんと動く。前にあるピザトーストは、手を付けていないので、ピザソースが乾いている。

「あたしね、この間、ハルに言われたの」

美雨ママが疲れた様子で、肘をテーブルに突き、両手でこめかみのあたりを揉んだ。

「何て言われたの」

「洋子は率直過ぎるって。馬鹿正直って言葉があるけど、何でもかんでも正直に言えばいいってもんじゃないよって」美雨ママの大きな目が涙ぐんだ。「でもさ、二年前は、あたしのその率直さが好きだって言ったんだよ。そうじゃね？　だって、いぶママのことを、裕美は優等生で何でもできるけど、率直じゃなくて、あまり好きじゃないって言ったのよ。二年経てば、あたしの率直さが重荷ってことなのかしら」

「違うよ。言葉の綾（あや）だよ。あの人はあなたのことを一番好きだと思うよ」

「それはわかっているの。でも、何かちょっとずつずれていくような気がして怖いの」

有紗は黙っていた。美雨ママは最近、いつも自分の話ばかりして、有紗の話を聞いてくれない。いや、有紗の問題は夫の帰国で、すべて解決したと思っている。

そうではないのだ。有紗は自分の話をいつしようかとじりじりしながら、タイミングを計っていた。

3

右手で左の肩を揉む仕種をしながら、美雨ママが目だけ上げて有紗を見た。首を曲げているため、頬が前よりこけているのに気が付いた。

しかし、窶れた美雨ママは、いっそう美しかった。いや、美しいだけでなく、悩ましい凄みのようなものさえ漂っている。

「ごめん、あたし、自分の話ばっかしてるよね」

それなのに、口ではしおらしく謝る美雨ママに、有紗は苦笑した。

「いいよ。話聞くために来てるんだし」

「ね、嫌じゃない？　あたしの話？」と、上目遣いに見る。

「嫌じゃないよ」

「ありがと。聞いてくれて嬉しい」

美雨ママの感謝の言葉は、いつだって簡潔で素直だ。有紗の答えに含まれた微かな躊躇いには、気付かない。

「有紗、あたし、頭がおかしくなっちゃったのかもしれない。ちょっと前までは、ハルと愛し合っているのが実感できて、すっごく幸福だったの。でも今は、愛し愛されるバランスがちょっとでも崩れるのが怖くて仕方がないのよ。ハルを好きになり過ぎて、何かしでかしそうで自分が怖い。どうしたらいいんだろう」

美雨ママは、大きな金の輪のピアスをちょっと指で引っ張って、空気に答えが書いてあるかのように、あらぬ方を眺めながら一気に喋る。自分の体のどこかをしょっちゅう触っていないと、落ち着かないらしい。

「わかる気がする。つい疑心暗鬼になるんでしょ?」

恋愛とは、そういうものなのだろう。互いのテンションが同等か、相手の方が自分より高い、という安堵が、まるでターボのかかったエンジンのように愛情を倍加させてやまない。そのうち、愛と同じだけの黒い不安が湧いて出てくる。相手のテンションが減じているのではないか、という疑心暗鬼。そして、自分を疑心暗鬼にさせる相手を憎むようになるのだ。

美雨ママが、「その通り」と言って、有紗に人差し指を向けた。

「だから、あたしはいつもひりひりと灼けた砂の上にいるような感じなの。アチチ、アチチとまともに立って歩けない感じ。早く日陰に行かないと火傷するのに、なかなか日陰がなくて焦っている。つまり、余裕がないんだよ。あっちがちょっとでも里心を見せたりすると、かっとする。あたしが大事じゃないのって。いぶきちゃんの赤ちゃん時代の話なんか聞くと、もういらっとする。子供に罪がないのはわかっているけど、ハルの心があたしだけに向いていないと嫌なのね。どんどん狭量になっている。美雨のことだって、あんなに可愛いのに、今はハルの方が大事だって、思うことがしょっちゅうあるんだよね。有紗だけには正直に言うけどさ。ハルが捨てろと言うなら、美雨を捨てられるって思うことだってあるのよ。ねえ、最低の女だと思わない? あたしって、本当に酷い母親だよ。美雨も、あたしの愛情が自分だけに注がれているんじゃないことが、薄々わかっているのよ。子供って敏感だからね。ダンナのことなんか、もっと酷いの。全然好きじゃない。いや、とっても嫌い、とまで思っちゃうんだよね。可哀相だけど、嫌悪が止まらないの。あっちもそれがわかって、どんどん嫌な男になっている」

有紗は、小さな溜息を吐いた。ああ、だから、悲しく辛い思いをしている栗原滋は、周囲に当たるのだ。とりわけ、美雨ママの親友の私に。

なのに、美雨ママは有紗の溜息を目敏く見付けて、追及してくる。

「何、それ。何、その溜息。ねえ、有紗はどう思う？」

「洋子は本気の恋愛しているんだな、と思った。だから、誰が何を言っても耳に入らないんだな、とそれしかわからない」

「そうなんだよ。あたし、今に破滅するんじゃないかな」

暗い表情で、美雨ママが横を向いて呟いた。

その隙に有紗は素早く腕時計を見た。冷たいと思うが、仕方がない。すでに二時十五分。あと五分経ったら店に戻らなくてはならない。

「私、そろそろ行くね」

氷が溶けて薄くなったアイスカフェオレを、ストローで飲み干した。それなのに、帰る段になって、美雨ママが訊いてくる。

「ねえ、有紗は何が原因で今朝、夫婦喧嘩したの？　だって、俊平さんが戻ってからうまくやってたんでしょう?」

「そうなんだけどね、こっちもいろいろあるのよ」浮かない顔になった。「今度ゆっくり話すよ。今、時間がないから」

「多少遅れたって、平気だよ」

スマホの画面で時刻を確かめた美雨ママが、自信たっぷりに言った。TAISHO鮨が自分の実家だからだ。

「洋子はそう言うけど、働いているのは私だからさ。そうはいかないわよ」

実家と言っても、美雨ママの両親はもう店には出ていない。店を任されているのは、婿養子同然の滋なのだ。滋は、有紗が遅刻したり、昼休みを長く取ると、露骨に仏頂面をするようになった。

「そうだけど、有紗が行っちゃったら寂しいもん」美雨ママはダダをこねるように唇を尖らせた。「聞いてよ。あたしさ、何か変なの。誰ともうまくいかないのよ。美雨まであたしを避けている」

保育園で、美雨ママの元を立ち去りがたいけれども、信頼していないような表情をしていた美雨ちゃんを思い出して、有紗は胸が詰まった。

「由季子だって、あたしに批判的なのよ」

「どうして? 前は味方してくれたじゃない。一緒にいぶママのこと怒ってくれたって、言わなかった？」

美雨ママは言いたくないのか、唇を噛んだ。

「それは昔の話。今は、ダンナに同情してるみたい。それに、美雨が可哀相だから、いぶパパと別れるべきだってあたしに意見するの。それで、美雨を見ててって頼んでも、嫌がらせするみたいに預かってくれなくなったから、喧嘩ばかりしている」

「週末、いぶパパと会う時、美雨ちゃん、どうしてるの？」

「置いて行く」

美雨ママの言葉に息を呑む。

「大丈夫なの？」

「今のところは」と、美雨ママは肩を竦める。「こんな具合で、家の中はぐちゃぐちゃよ。さっきも言ったけど、あたし、破滅に近付いているんじゃないのかな。こうしているうちに、ハルも離れていって、あたしは一人きりになる。違う？」

「そんなことないよ」

有紗は何と言っていいかわからず、曖昧な相槌を打った。腕時計を見る。すでに二時二十五分だ。ところが、美雨ママは動じないで質問を発する。

「有紗のうちはそんなことないんでしょう？　いくら夫婦喧嘩したって、花奈ちゃん捨てようなんて思わないよね？」

有紗は時間がないことも忘れて、思わず本音を言った。

「でもね、私、俊平があああいう人だって知らなかったのよね。今頃になって、あれやこれや気になってきて、私もちょっと困ってるんだ」

美雨ママが身を乗り出してきた。

「なるほどね。例えば？」

有紗は伝票を覗いて、財布から千円札を出しながら答えた。

「例えば、マザコンの気がある。すぐに町田、町田って実家の話するの。それから、怠惰で酒好き。気に入らないところは、実はたくさんあるのよ。でも私が一番気に入らないのは、花奈の将来とか、一緒に考えてくれないことかな」

「花奈ちゃんの将来って？」

美雨ママが、反り返ったピザトーストにやっと齧り付きながら訊いた。

「ほら、小学校受験するかしないか、とか」

「えええっ」

突然、美雨ママが大きな声を上げたので、店中の注目が集まった。有紗は恥ずかしくてならない。

「やだ。どうしたの。変な声出して」

美雨ママは、伸びて垂れ下がったチーズを白い歯で食いちぎってから答えた。

「ごめん、あんまりびっくりしたからさ」

有紗は気を悪くして、小さな声で文句を言った。

「悪かったわね」

「有紗、小学校受験させようと思っているんだ」

「無理なのはわかっているけど、せめてそのくらいさせてあげるのが親の務めかしら、なんて思って。だって、あの子、長い間、放っておかれて可哀相だったから」

「あたしとは正反対の道だね」

美雨ママが苦笑いをした。それを横目に見て、有紗はテーブルの上に千円札を置いて、財布とスマホを手にして立ち上がった。

「洋子、また会おうね。今度は飲みながら話そうよ」

「ちょっと待って。お釣りはどうするの?」

美雨ママが慌てて言ったが、有紗はすでに出口に向かっていた。


走って戻ったが、七分も遅刻した。

もう一人のパート主婦がレジに入ってくれていたから、何の問題もなかったが、カウンターの中でもくもくと鮨を握っている滋が、ちらりとこちらを見たのが気になった。

ランチタイムの後片付けをして店を掃除し、レジをいったん締める。四時になったので、帰り支度をして表に出た。

朝より蒸しているから、ひと雨来るかな、と空を見上げた時、後ろから声をかけられた。

「岩見さん、ちょっといいですか」

振り向かなくても相手はわかっていた。滋だ。

滋は、前掛けを取って、下駄履き、白い調理服姿で商店街の真ん中に立っていた。調理服の裾に、魚の血らしき赤い斑点が散っているのが不吉だった。

「はい、何ですか」

有紗は、滋の朝の捨て台詞を思い出す。

『あ、そうですね。岩見さんには、関係ないですもんね。すみませんでした』

今度も何を言いだすかわからないだけに、身構えてしまう。

ところが、滋は低姿勢だった。

「あのう、よかったら、ちょっとお時間頂けませんかね」

美雨ママのことに決まっている。有紗は逃げ腰になり、充分時間はあるのに、嘘を吐いた。

「すみません。これからお迎えがあるので、ちょっと今は無理です」

「そうですか。困ったなあ」

滋は頭を掻いた。眉が本当に困ったように寄せられているので、つい同情した。

「ここじゃ駄目ですか？」

滋は周囲を見回してから、意を決したように揉み手をした。

調理人の手は、大きくて清潔だ。だが、顔は膚が荒れて、目の下の膨らみが目立った。家で深酒でもしているのだろうか。美雨ママに怒鳴り散らす様が目に見えるような気がして、有紗は視線を逸らす。

「駄目ってことはないんだけど」

滋は言い淀み、途方に暮れたように大きく嘆息した。

「あのう、今朝のようなことでしたら、あまり聞きたくありませんが」

不快さを思い出して、釘を刺す。

「すみませんでした」

呆気なく謝られて、拍子抜けする。

「では、何でしょうか」

「あの、恥を忍んで言いますが、もうご存じでしょう？　洋子が浮気をしていることは。だから、あなたの口から、洋子に言ってやってくれませんか？」

「何をですか」

「あいつと別れろって。近所の笑い者になってるし、このままじゃ美雨も可哀相だから、いい加減大人になれよって、言ってやってくれませんか。でないと、あいつら、やめませんよ。だから、どうかひとつお願いします。仲のいいあなたの言うことなら、洋子も聞くかもしれませんから」

滋が最敬礼した。何ごとかと、通行人が滋と有紗の顔を交互に覗き込んでいく。

滋は商店街でも顔馴染みが多いから、あちこちの店から顔が出て、こちらを好奇心丸出しで見ている。

「栗原さん、お願いだからやめてください。頭、上げてください」

人目が気になる有紗は、滋に懇願した。ようやく頭を上げた滋は、まっすぐ有紗の目を見て、愚痴をこぼし始めた。

「いや、こっちこそお願いですよ。意見してやってください。洋子は本当に馬鹿な女だと思いませんか。ちょっと顔が可愛いからっていい気になっちゃって、母親の本分忘れて女になって。だいたいね、あっちもあっちだよ。一流企業に勤めてるくせに、鮨屋の女房に手を出してる、なんて笑えないでしょうよ。それも、ママ友の亭主だっていうんだから、驚きますよね」

滋の愚痴は止まらない。有紗は滋に狂的なものを感じて怖じた。近くの店からも、人が飛び出してきて滋を見ている。

「あのう、栗原さん。私からは、そんなことは言えません」

はっきり断ると、滋が憮然(ぶぜん)として睨(にら)んだ。

「あんたも同類だから？」

何という下劣な会話だろう。有紗は滋の顔を見るのも嫌になって、踵を返した。これでこの仕事は終わりだ。もう二度と来ることはないだろう。

「今どきのママ友なんて、こんな話ばっかしてるんですか。いい年して、いつまでも自分が中心でなきゃ気が済まない人たちなんですね。じゃあ、結婚するな、子供産むなって言ってやりたいよ」

滋の言葉が背中に突き刺さる。自分は関係ないとわかっていても、暴言が嫉妬のなせる業だと知っていても、有紗は傷付いていた。どうしてか、涙が溢れた。

「そういうこと言って、私たちを卑しめるのやめてください。洋子が可哀相です。私は今日でお店を辞めさせて頂きます。二年間、ありがとうございました」

有紗はやっとのことで振り向いて、滋に告げた。滋が汚いものを払うような仕種をしてみせた。

「はいよ。こちらこそね」

有紗は地下鉄の駅目指して駆けだした。

心の中で、美雨ママが言った『あたし、破滅に近付いているんじゃないのかな』という言葉がぐるぐると巡っていた。

お願いだから、破滅だけはしないで。

そう、美雨ママに言うべきだった。しかし、美雨ママの家族は、すでに破滅への道を歩んでいるようで怖ろしかった。

4

有紗は、美雨ママにTAISHO鮨を辞めたことを告げよう、とスマホを手にした。

だが、辞めた理由を訊かれれば、言葉に詰まるに決まっているし、本当のことを言えば、美雨ママが、ますます滋を嫌うのは明らかだった。

だったら、明日の朝、保育園で顔を見ながら話そうと決めて、スマホをトートバッグの中に仕舞う。

TAISHO鮨で仕事を始めた当初は、美雨ママの友達ということで、滋も親切だった。花奈が熱を出した日は、嫌な顔ひとつせずに休ませてくれたし、シフトも好きな時間で組んでくれた。「今夜のおかずにしなさいよ」と本マグロの刺身をくれたり、「お嬢ちゃんに」と、鮨折を渡されたことも度々あった。

それが仇となったのだ。美雨ママと険悪になった滋は、有紗も恨むようになった。滋からすれば、美雨ママと有紗が結託しているかのように思えるのだろうか。辞め時だったのだ。それが証拠に、もう滋に気を遣わなくていいと思うと解放感がある。

有紗は、道々そんなことを考えながら帰って来た。

駅の階段を上ると、前方に二本のタワーが聳えているのが見える。左のBWT（ベイウエスト・タワー）は海に面して建っているから、西陽を受けた窓がキラキラと輝いて美しかった。右のBETは、前のビルに遮られて翳り、何となくくすんで見える。

しかし、どんなにくすんでいても、そこには花奈がいて、俊平がいる。俊平には不満もなくはないが、自分たちは美雨ママやいぶパパの家庭のように壊れはしなかった。まあまあ幸せであることを実感して、有紗はいつしか微笑んでいた。

「どうしたの、にこにこして。何かいいことあったの？」

前から歩いて来た太めの女性が、有紗に声をかけた。知らない人なのに、とよく見ると、真恋ママだった。肩まであった髪がショートカットになり、少し太ったので、気が付かなかったのだ。

「真恋ちゃんママか。ごめん、わからなかった。髪を切っちゃったんだ」

「そうなの。いろいろあるからね、これが」

真恋ママは、髪に手で触れながら笑った。

買い物に行くところらしく、ナイロン製のトートを肩に掛けていた。トートだけがオレンジ色のネオンカラーで目立っているが、服装はおとなしい。

紺の半袖ブラウスに、グレイのタイトスカート。大きなフープ型のピアスを好んでいたのに、今日は小さな真珠を付けている。足元も黒のフラットシューズだ。

「いろいろあるって、どうしたの？」

「ほら、うちの子は小学校受験するでしょう。だから、親の方もあれこれ指示されて、大変なの」

有紗はどきりとした。

「母親の髪は短い方がいいの？」

「さあ、そんなことはないんじゃない」と、いったん否定したものの、真恋ママは自信たっぷりに言う。「でもね、華美なのはやめた方がいい、と言われた。だから、みんなウェーブのある長い髪はしてないよね。要は、目立たないのが一番だって。服も紺色ばっか。バッグはエルメスのバーキンが一番無難って言われたけど、みんながみんな、バーキン持っていたら変じゃない。でも、それがいいと言われれば、みんな右にならえよ。あたしも百八十万出して買ったよ。中古だって五十万くらいするから、馬鹿臭いよね。それで、ある人が勇気を出して学校側に訊いたんだって。巷(ちまた)では、母親はこんなことした方がいいって言われてますけど、どうですかって。そしたら、親御さんは自由になさってください、私たちが見るのはお子さんですから、なんて言うんだって。けど、建前に決まってるよね。親の姿を見て、娘たちの将来を判断するんだと思う」

真恋ママは、開けっぴろげに喋る。しかし、真恋ちゃんがどこの小学校を狙っているのかは、絶対に口を割らなかった。おそらく女学館か学習院じゃないかしら、とは、芽玖ママの推理である。

「やっぱ保育園育ちじゃ、駄目なのかしら」

何気なく訊ねる。案の定、真恋ママは驚いた顔をした。

「保育園？　あなた花奈ちゃんを受験させるの？」

「まさか。ただ訊いてみただけ。うちの保育園でも、受験させる親がいるかもしれないからね」

有紗は笑って誤魔化したが、花奈が小学校受験をすることなどあり得ない、と思い込んでいる真恋ママに怒りを感じた。

受験させるつもりなら、保育園に入れてはいけないのか。それなら、自分は最初のルートを間違えたことになる。でも、あの時はどんな仕事でもこなして、花奈と二人ででも生きていく、という覚悟が必要だったのだ。

間違ってはいなかったと思うだけに、自分の判断を非難されているようで悔しかった。

「保育園が不利ってことはないと思うけど、その母親がどれほどの仕事をしているのかっていうことが、問題になるんだよね。要するに、子供を保育園に入れてまで働くのは、いったいどんな仕事かってことなの。私立が求めている家庭は、基本的にお父さんが外で働いて、お母さんは家で子供を育てる、という家だよ」

「なるほど。じゃ、母親がTAISHO鮨のパートなんかしてちゃ駄目だってことね」

ふざけて言ったつもりだったが、真恋ママが真剣な顔で頷いた。

「医者、弁護士、官僚、起業している人、一流企業の管理職とか大学教授。そんなママだったら、保育園に行かせてても、認められると思うけどね」

「そんなスーパーなママがいるのかしら」

またもパートの身分を非難されているようで癪に障る。

「いるのよ、それが」真恋ママが、嬉しそうに身を乗り出した。「うち、塾にやってるでしょう。そしたら、塾への送り迎えを人にさせてるママがいるのよ。そのママは、東大出の国家公務員だって聞いた」

「すごいわね。そういう人が自分の道を子供にも歩ませるんだ」

「そうそう。しかも、その人は年中さんの時に、保育園から幼稚園に転園させたの。そのくらいしないと不利になると思ったんでしょうね。だから、ベビーシッターを付けてるの。ものすごいお金をかけてるんだよね」そう、言いながら、真恋ママはスーパーマーケットを指差した。「ちょっと、ここ暑くない？　お店に入ろうよ」

西陽を避けて、二人でスーパーの中に移動した。入り口付近で、立ち話を再開する。

「TAISHO鮨って言えばさ。あなた、最近、美雨ママに会った？」

真恋ママが声を潜めた。

「会ってるよ。だって、保育園が一緒だもの」

正直に答えると、真恋ママが眉を顰めた。

「あの人、どうなの？　最近」

「相変わらず可愛いし、綺麗よ。どうして」

真恋ママが、親しげに肘で有紗の腕を突いた。

「そんなことじゃなくて。あの人、まだ、いぶパパと別れてないんでしょう？」

ああ、二人の恋を、みんな平気で口にするようになってしまった。

「そんなの知らないよ」

「聞いてるくせに。教えてよ。イジワル」

真恋ママはふざけて、有紗の腕を引っ張った。

「だって、本当に知らないもん。会うのは朝だけだから、慌ただしいし、ろくに話していない」

「ほんとかなあ」

真恋ママが疑わしげに、横目で睨む仕種をする。

「ほんとよ。何でそんなこと訊くの」

「あのね、聞いて聞いて」真恋ママがはしゃぐ素振りを見せる。「芽玖ママがね、二人を見たんだって。土曜日に実家に行って、帰りが遅くなったんですって。ご主人が運転していて、そこの信号あるじゃない。そこで停まったら、カップルが歩道で大喧嘩してるんだって。それが、よく見たら、美雨ママといぶパパなんだって。びっくりしたけど、車を発進させなきゃならないんで、最後まで見られなかったって言ってた」

いつのことだろう。二人ともなりふり構わなくなってきたということか。

「いぶパパは、もうBWTに住んでいないんでしょう？」

「いや、まだいるみたいよ。売りにも出してないし、いぶパパの姿を見た人がいるもの」

真恋ママの好奇心の包囲網から逃れることは、誰もできそうにない。

「いぶママはどうしてるの？」

「さあ、いぶきちゃんの青学(あおがく)の費用もあるから、どんなことがあっても別れないって聞いたけどね」

「それもどうかしらね」

有紗の言い方が非難めいていると思ったのか、真恋ママが真剣な顔で言い張った。

「当然じゃない。だって、一番可哀相なのは、いぶきちゃんといぶママだよ。いぶママの気持ちは、あたし、よくわかる。だってさ、あんな美雨ママみたいな下品な人と浮気されて、頭に来ないわけがないじゃない。離婚したいのは山々なんだと思うよ。だけど、離婚してしまえば、ダンナの富は全部美雨ママにいっちゃうでしょう。それだけは許せないんだと思う」

「富」とはまた、何という言い方だろうと思うが、真恋ママはいたく同情しているらしい。

美雨ママと仲のいい有紗は、絶句するしかなかった。

「いぶママはどうしているの？　あの渋谷区東のご実家にいるの？」

「そうじゃない。そんなに広くはなさそうだけど、場所はいいもんね。そこにいぶきちゃんと一緒にいて、ダンナはまだこっちじゃない」

「それって、離婚同然だよね。でも、別れないんだ」

「そう、絶対にね」

あたかも自分が美雨ママと闘っているかのように、真恋ママは胸を張った。いぶママはまた輝きを取り戻して、真恋ママや芽玖ママの上に君臨しているのだろうか。


花奈を寝かしつけた後、のんびりテレビを見ていると俊平が帰宅した。九時過ぎだから、いつもの帰宅時間よりは早い。

「ただいま。蒸し暑いね」

ジャケットを手にして、有紗の顔を見る。朝、喧嘩したことなど忘れているかのように、笑っている。

「お帰り。ご飯、食べた？」

有紗も、何ごともなかったかのように訊ねた。俊平がちらりとテーブルを見遣った。六時半頃に食べて片付けてしまったので、テーブルの上には何もない。

「腹減った。何かある？　花奈はどうしたの」

「もう寝たわよ」

「子供は早いな。俺が帰ると、いつも寝ている」

「あなたが遅いんじゃない」

笑って言うと、俊平の間延びしたような人当たりのいい顔が歪んだ。

「好きで遅いんじゃないよ」

「わかってるよ、そんなこと。いちいち怒ることないでしょう」

「怒ってないよ」

怒ってはいない、と言うけれど、むっとしているのは明らかではないか。自分の何がそんなに俊平を苛立たせるのだろう。それとも、会社で何かあったのか。

文句を言いたかったが、我慢して冷蔵庫を開けた。今夜は豚のしゃぶしゃぶサラダと素麺だった。俊平が早く帰るとは思わなかったので、つまみが足りないと思ったが仕方がない。

テーブルに皿を並べて、素麺を茹でるために鍋に湯を沸かし始めた。

「お風呂に先に入ってくる？」

「いや、腹が減ったから、先に食うよ」

俊平がどかっと座るので、有紗は眉を顰めた。

「手ぐらい洗ってきたら？」

俊平が、さもうるさそうに、大きな溜息を吐きながら立ち上がる。ああ、また雲行きが怪しい。俊平はいったい自分の何に腹を立てているのだろう。

「洗いましたよ」

両手を掲げて見せるので、有紗も思わず言った。

「私、幼稚園の先生じゃないんで」

「俺も幼稚園生じゃないんで」

冷ややかな空気が漂った。俊平が冷蔵庫を開けて、発泡酒を出した。すぐさま開けて、その場でひと口飲んだ。

「喉が渇いて死にそうだった。旨いな」

そう言って、有紗の顔を見て微笑んだ。機嫌が直ったのは、アルコールのせいらしい。

「あのさ、私、仕事辞めてきちゃった」

美雨ママといぶパパのことは俊平に言ってないので、理由はぼかすつもりだった。

「どうして急に辞めたの？」

直箸でしゃぶしゃぶサラダを皿に取り分け、ポン酢を乱暴にかけながら、俊平が顔を上げずに訊いた。

「何となく。前から考えていたんだけどさ」

俊平の向かい側の椅子を引いて座った。俊平が豚肉を口に入れた後、有紗の顔を見つめた。

「有紗は何を考えていたんだよ。また小学校受験のため、とか言わないでくれよ」

図星ではないが、当たっていないわけでもない。心のどこかで、大衆的な鮨屋でのパートなんて、私立小学校受験の時には言えない、と思っていたのは事実だ。

一方で、真恋ママのあからさまな軽侮には腹立たしい気持ちもある。どうしたらいいのか、わからなかった。

「どうして、私が考えちゃいけないの。そういう道もあるんだから、別に考えるくらいいいでしょう」

俊平が発泡酒を飲み干してから、アルミ缶を片手で潰した。

「考えるだけ無駄だよ。現に、有紗が仕事を辞めたら、ここの家賃とかどうするんだよ。現実的になれよ」

「ああ、嫌だ。あなたの言い方、すごく嫌だ」

有紗は言い捨てて、椅子を蹴って立ち上がった。俊平はじっと俯(うつむ)いている。有紗はそのまま寝室に入ってドアを閉めた。音を立てて閉めたかったが、花奈が寝ているので我慢したのだ。

5

翌朝、有紗と花奈が保育園に行くと、美雨ママと美雨ちゃんはまだ来ていなかった。もうTAISHO鮨は辞めたのだから、時間はある。美雨ママが来るまで待っていようと、有紗は玄関の前に立った。

「ママ、まだいたの」

園庭で遊んでいた花奈が、有紗の姿を見付けて走って来た。

「美雨ちゃんママを待ってるの」

「おしごと、ちこくしないでね」

花奈は心配そうにいっぱしのことを言った後、園庭に走り去った。

「はい、ありがとう」

有紗は笑いながら、娘の後ろ姿に手を振った。

仕事を辞めたことを、花奈には告げていない。運よく入れた保育園でも差し障りがあるかもしれないから、しばらく誰にも言わずに黙っていようと決心する。

「おはようございます」

やっと現れた。笑いながら振り向いた有紗は、あっと驚いた。

美雨ママの妹、由季子が美雨ちゃんを連れて来たのだ。低く掠れた声が美雨ママとよく似ているので、つい間違えた。

バンド活動のためにスキンヘッドだった由季子の頭が、ショートカットに変わっている。面長なので、ショートカットにすると、美雨ママよりも落ち着いて見える。

自転車から美雨ちゃんを抱えて降ろす様も堂に入って、本物の母親のようだった。美雨ちゃんも、美雨ママといる時の緊張感は感じられず、由季子にべったりと甘えている。

「おはよう、由季ちゃん。洋子は？」

「出かけてるんです」

美雨ちゃんの手を引いた由季子が、硬い表情で答えた。

「こんな朝早くから？　旅行かなんか？」

さり気なく訊いたのに、由季子は硬い表情を崩さないまま、「さあ、よくわからないんですよね」と首を傾げた。

美雨ちゃんが、履いてきた靴を靴箱に入れて、担任の保育士に挨拶するため走って行った。

「美雨ちゃん。今日は由季子おばちゃんと一緒なんだ。よかったねえ」

若い保育士の弾む声が聞こえる。美雨ちゃんは準備を済ませてから、再び靴を履いて園庭に駆けだして行った。美雨ママが連れて来る時よりも、元気よく見える。

由季子が保育士に頭を下げてから、玄関に戻って来た。スニーカーを履くために屈んだ背中に、もう一度訊いた。

「洋子、どこに行くとか、何か言ってた？」

しつこく訊いたのは、美雨ママが滋に殴られたのを知っていたからだ。もし、滋の暴力がエスカレートしたら、と考えるだけで怖ろしかった。

「わかんないです。連絡ないらしいんで」

由季子は立ち上がったが、有紗と目を合わせようともせずに視線を落としたままだ。美雨ママの昨日の言葉を思い出す。

『由季子だって、あたしに批判的なのよ』

有紗は思い切って口にした。

「ねえ、由季ちゃん、何かあったの？」

「何がですか」

由季子が顔を上げた。険があって、怒りが感じられた。有紗は、滋に『同類』と詰られたことを思い出し、由季子も同じ気持ちなのかと心が騒いだ。

「いつもと違うから、ちょっと心配になったの。何かあったのなら教えて」

由季子が少し躊躇してから、早口に喋った。

「何もないんですけど、姉が自分勝手に動いているので、皆が迷惑しているんです。一番可哀相なのは、美雨ちゃんです」

またも、美雨ママの家庭の崩壊ぶりが見透かせるような言葉だった。皆に責められて、孤立しているであろう美雨ママが可哀相だった。

「そうそう。私、昨日でＴＡＩＳＨＯ鮨、辞めたんですよ。大変お世話になりましたって、ご両親に伝えてください」

有紗は話を変えて、由季子に頭を下げた。すると、由季子の表情が少し柔らかくなった。

「あ、滋さんから聞いてます」

滋から何を聞いたのだろう。有紗が美雨ママの味方をしている、と一方的に言われただけだというのに。

由季子が『ダンナに同情してる』という美雨ママの言葉が蘇（よみがえ）った。

「滋さん、何て仰（おっしゃ）ってました？」

由季子がぽかんとした顔をした。

「いえ、何も。ただ、おうちの都合でお辞めになったたって」

あ、いけない。自分も疑心暗鬼に染まって、取り返しの付かないことを口走りそうになっている。有紗は自戒した。

「じゃ、洋子には私からも連絡してみるから。どうもありがとう」

有紗は気を取り直して言った。

「そうしてください」

由季子は浮かない顔で頭を下げた。しばらく、唇を嚙んで無言のままだ。だが、有紗がすぐ隣のBETに戻ろうと歩き始めた時、由季子から声がかかった。

「あのう、すみません。有紗さん、ちょっとお話ししてもいいですか？」

「じゃ、暑いから、タワーのロビーで話しましょうか？」

「いや、そんな畏(おそ)れ多いところには。ここでいいですか？」

冗談を言った由季子は、ようやく笑った。さすが姉妹で、笑い顔は美雨ママによく似ている。

「洋子、どうしたの？」

有紗は思い切って訊いてみた。

「ゆうべ、帰って来なかったみたいなんです。それで朝、あたしのところに滋さんから連絡があって、美雨を保育園に連れて行ってくれないかって。滋さんは仕入れがあるから、朝早く出てしまって、保育園に連れて来られないんです」

「前もそんなことあったの？」

「ありました。でも、朝には帰って来ていて、保育園の送り迎えだけはしてたみたい。だけど昨日、すごい派手な喧嘩したみたいで、それで怒ってるんだろう、と滋さんが言ってました」

美雨ママの左目の下に出来た青痣を思い出して、寒気がした。

「ご主人に殴られたみたいよ。目の下に痣があったの見たから」

由季子が苦々しい顔で独りごちた。

「あの人も、そうやって手を出すからいけないんだよ。だから、話がこじれるんだよ」

『あの人』とは、滋のことらしい。由季子と滋の距離が近いことを感じさせる言い方だった。

「でもさ、何があっても、DVは駄目だよね」

キッパリ言ったつもりだったが、「ですよねえ」と、由季子は曖昧に頷いただけだった。

有紗は何となくもどかしくなって、由季子に訊ねた。

「由季ちゃんは、洋子のこと、どう思うの？」

「どう思うって、母親失格だと思いますよ。もっとしっかりやれよ、と腹立たしい。さっきも言ったけど、美雨ちゃんが一番可哀相ですよ。そして妻も失格だって思う。あたしは二番目に可哀相なのは、滋さんだと思いますもん。うちの親も言ってます。恥ずかしい娘だって。せっかく滋にやったのに、亭主に恥掻かせてとんでもないって」

どうやら、美雨ママは四面楚歌になったようだ。

「洋子のこと、ご両親もご存じなの？」

「だって、あたしは実家にいますから、どうしたってわかっちゃいますよ」

由季子と別れてから、有紗はBETに戻った。エレベーターが来るのを待つ間、LINE

で美雨ママに連絡する。

保育園で由季子さんと会ったけど、大丈夫？

何でもなければいいんだけど。

会ったら話そうと思ってたの。

私、ＴＡＩＳＨＯ鮨辞めたよ。

長い間、ありがとう。連絡待ってる。

有紗は部屋に戻って洗濯物を洗濯機に入れて、スマホを手に取った。すると、美雨ママの「既読」マークが付いていた。返信はないけれども、ひとまず無事ならよかった、と安心する。

それにしても、最初は似合いの二人の、微笑ましい出会いに過ぎなかったのに、時間が経つにつれて、とんでもない爆発力のある不祥事に変わっていったのはどうしてだろう。いぶパパは別居を余儀なくされ、美雨ママも家族から疎（うと）まれているどころか、憎まれ始めている。

だったら、二人とも離婚して再婚すればいいのに、と思うが、いぶママが離婚を許さないと聞いているし、滋だとて、どんな嫌がらせを考えているかわからない。

八方塞がりとはこのことだった。誰もが美雨ママといぶパパに、罰を与えたがっているようで気分が悪かった。

九時過ぎ、俊平が帰宅した。昨夜は軽い口喧嘩をした後、有紗はそのまま寝てしまった。朝はろくに口を利かなくても、慌ただしいので何とかなったが、夜はそうはいかない。有紗は、なるべく苛立たないようにしようと身構えた。

「ただいま」

「お帰りなさい。今日も早いんだね」

「うん。会社が残業減らそうとしているんだよ」

早くて悪かった？　と言われるかと覚悟していたが、俊平は機嫌がよかった。

「いい傾向じゃない」

「給料は減るぞ」脅(おど)すような顔をしてから、笑って訊ねる。「今日、どうしてた？　怖ろしいほど暇だっただろう」

有紗は苦笑した。確かに午後は退屈して、スマホで私立小学校受験の親の体験記などを読み漁ったり、求職サイトを眺めたりして過ごしたのだ。

美雨ママからのＬＩＮＥも密(ひそ)かに待っていたのだが、来なかったから、直接電話しようかどうしようか、迷ったりもしていた。

「おかげさまで、のんびりしたよ」と、有紗も笑った。「失業者の気持ちが痛いほど、よくわかった」

俊平はキッチンの鍋を指差した。

「今日はカレーでしょう。廊下から匂ってたよ。どうせ、アンパンマンカレーだろうけど」

「ま、そんなようなものよ」

花奈はルーがこってりした、甘いポークカレーが好きだ。

「俺、さらさらしたカレーが好きなんだよ。ガラムマサラあったっけ？」

有紗はびっくりした。料理に興味のない俊平の口から、『ガラムマサラ』という語が出るとは思わなかった。

こんな時に、暗い気持ちになる。どうして、そんな香辛料の名を知っているのか。アメリカで付き合っていた女子大生の影響ではないのか、と。

「ガラムマサラなんて買ってないよ。どうしてそんなスパイス知ってるの？」

「アメリカのインド料理屋で教わったんだ」

「あ、そう」

俊平は不穏な気配を察したのか、さっさと寝室に着替えに行った。Tシャツと短パンに着替えてくると、早速、冷蔵庫を開けて缶ビールを取り出す。

「つまみとかある？」

「ない。サラダの上に、ハムでもトッピングしたら?」

我ながら素っ気ないと思った。俊平が、いぶパパのように恋愛していたのではないかと想像すると、胸が苦しい。悔しくて悔しくて、俊平も相手の女も苦しめてやりたいと思う。だったら、自分はいぶママや滋を責めることはできないのだ。

俊平は冷蔵庫からハムを出して、言われた通り、サラダの上に置いた。見るからに不器用そうだが、有紗は黙って見ていた。

「ねえ、俺の給料も上がりはしないし、有紗も仕事辞めたしさ。このタワマンにいるのは無理かもしれないよ」

俊平が、突然そんなことを言う。

「ああ、例の話。そうだよね」

有紗は、やる気のない相槌を打った。

「俺、考えたんだけどさ」俊平が握り箸でハムだけ取りながら、有紗の方を見た。「駅前に外壁がレンガの賃貸マンションあるじゃない。あそこなら、ここより七、八万くらい安いんじゃないかな。保育園もあるから、別の場所に引っ越しは無理だろう。俺の会社も遠くなるしさ。だから、あそこに引っ越すのはどうだろうか」

有紗は咄嗟(とっさ)に、ええっと大きな声を上げていた。

「都落ちじゃない」

言ってしまった途端、恥ずかしくなった。駅前のレンガのマンションには、美雨ママが住んでいる。有紗の動揺が伝わったのか、俊平が笑ったのがこたえた。

「有紗は都落ちするのが、そんなに嫌なのか？　だったら、ＢＷＴに引っ越すのならいいのかい？」

俊平がからかった。

「ＢＷＴは全部分譲だから、賃貸物件はないはずだよ」

有紗が真面目に答えると、俊平は肩を竦めた。

「そんなの俺だって知ってるよ。ともかく、ここの家賃高いよ。有紗が仕事しないんだったら、何とかしないと干上がるよ。私立小学校なんて、夢のまた夢だ」

また、私立小学校の話になった。有紗が黙っていると、テレビのリモコンを持った俊平が、勝手にバラエティ番組から、ニュース番組に変えてしまった。

「ああ、私見てたのに」

小さな声で抗議すると、俊平がリモコンを放って寄越した。

「じゃ、見ろよ。俺は、ナイナイ嫌いだけどね」

有紗は、放られたリモコンを取り落としそうになった。

「そんな渡し方ないじゃないの。酷いなあ」

むっとして、チャンネルをバラエティに戻す。

「あーあ」と、俊平が溜息を吐く。「俺たち、あまり気が合わないよな」

「今頃気付いたんだ」

俊平は苦笑してビールを飲んだ。有紗は意地になって、ナイナイの出ているバラエティ番組を凝視した。

「あのさ、お受験の話だけどね」俊平が話しかけてくる。「今日、会社のヤツに訊いてみたんだよ。そいつさ、いつも私用で大量のコピーを取っているんだよね。何だろうと思ったら、受験のためのペーパーっていうの、それをせっせと取って家に持って帰ってるんだってさ。何百枚って数になるらしい。そんなの、有紗、知ってた？」

有紗はテレビ画面から目を離して、俊平の方に振り返った。

「ペーパーテストの練習を繰り返しするんでしょう。聞いたことあるよ」

「俺、びっくりしたよ。あんなに大量のコピーが必要だなんて知らなかった。金も労力もかかるぞ、あれは」

「わかってるよ。受験なんかさせないから安心して。たとえしたって、あなたには何も頼まないよ」

有紗はリモコンを力一杯押して、テレビを消した。

「あーあ、またかよ」と、俊平がぼやいた。

6

翌朝は、どんより曇った憂鬱な天気だった。

「今日は遅くなるから、メシ要らないよ」

二日続けて、お子様向けカレーを食べさせられるのが嫌だからか、と有紗は可笑しかった。昨夜のカレーは、大量に残っている。

「ガラムマサラ買っておくから、食べてよ」

「そういう瑣末な問題じゃないんだよ。大人が子供のカレーを食べるっていう考え方が、そもそも間違ってるんだ。いや、子供に食わせる物をカレーと呼ぶ方が間違っているのかもしれないな。ありゃ、違う代物だよ」

俊平は屁理屈をこねながら、窓の方を見遣った。

「降るかな?」

「降るに決まってるから、傘持ってった方がいいよ。天気予報、見なかったの?」

「見たけどさ。俺、傘嫌いなんだよ」

「何、子供みたいなこと言ってるの。持って行きなよ」

有紗に折り畳み傘を手渡されて、俊平は苦笑しながら出勤して行った。

昨夜の、喧嘩とも言えない諍い、いや諍いとも言えない齟齬は、こうして日常の営みの中に消えてゆく。これが結婚というものなのだ、と有紗は思った。

花奈を保育園に送って行く頃には、とうとう空が泣きだしたかのように、雨がぱらつき始めた。

花奈は俊平と違って、『アナと雪の女王』のレイングッズが大好きだ。だから、保育園が隣の建物にあるのが不満なのだ。レインコートも着る、と言って聞かないので、長靴を履かせてレインコートを着せ、傘を持たせた。

フル装備の花奈を保育園に送り届けてから、有紗は美雨ママを待つことにした。雨降りの日は、美雨ママは自転車を嫌って、徒歩で美雨ちゃんを連れて来る。今朝もそうするだろう、と玄関前で待っていたのに、美雨ママも由季子も現れない。

保育士に訊いてみると、果たして美雨ちゃんは風邪気味でお休みする、と家から連絡があったそうだ。誰からの電話だったかは、聞きそびれた。念のためにスマホを見たが、LINEの返事はまだない。

昨夜も何かあったのだろうか。急に心配になった有紗は、「美雨ちゃん、風邪引いたって聞いたけど、大丈夫?」と美雨ママにLINEを送ったが、今朝は既読マークも付かなかった。

仕方がないので、家に戻ってから、改めて美雨ママに電話をしてみた。

「もしもし。有紗、心配してたんでしょ？　ごめーん」

美雨ママは、数回のコールで電話に出た。あっけらかんとしているので、有紗の方が拍子抜けした。

「美雨ちゃん、大丈夫？」

「うん、あの子は大丈夫だよ。何で」

「風邪気味でお休みだって聞いたから」

「ああ、それは休む口実。由季子が、昨日から門仲の実家に連れて行った」

「そうか。だったら、いいんだ。昨日、由季ちゃんから、洋子が家に帰って来なかったって聞いたから、心配になったんだよね。洋子、何かあったの？」

「特に何もないよ。殴られて癪に障ったから、帰りたくなかっただけ」

声は大きくて元気だが、いつもより掠れが酷かった。

「一昨日、どこにいたの？」

「ハルとラブホ」

堂々と言われると、仲のいい有紗も苦笑せざるを得ない。

「なあんだ。じゃ、心配ないね。それならいいけどさ、由季ちゃんが、洋子のことを自分勝手だって怒ってたよ」

一拍あってから、美雨ママの嘆息が聞こえた。

「由季子って、少し変わったんだよね。前は気にしてなかったくせに、最近はいつも怒られちゃうんだよね。前にも言ったけど、圧倒的にダンナの味方してるしさ。この流れ自体がすごく嫌みたいだよ」

「流れってどういう？」

「不倫のドロドロが嫌なんでしょ」と、笑って言う。

由季子は、泥沼に嵌（はま）ったような姉が許せないのかもしれない。だが、美雨ママの方も殊更（ことさら）に『ラブホ』などと口走って、偽悪的になっている。根はまっすぐで正直な美雨ママが、自分自身を追い詰めているような気がして、有紗ははらはらした。

「由季ちゃんは、洋子のことを心配してるんだよ」

「違うよ。あたしのことなんか、誰も心配してないよ」

「私はしてるよ」

「ああ、そうだね」美雨ママがほっとしたように言う。「有紗だけだよ、あたしの味方になってくれてるのは。ほんとに感謝してる」

美雨ママにしんみりと言われて、有紗は、美雨ママのマンションに引っ越すことを、『都落ち』と口走ってしまったことを思い出した。言葉の綾だったのに、俊平は本気にしたかもしれない。

「そんなことないよ。みんな心配してると思うよ」

「わかってる。有紗の言いたいことは、よくわかってるつもりだよ」美雨ママは神妙だった。

「あたしが悪いのは、充分承知してる」

「誰もそんなこと言ってないよ。責めてるんじゃないんだってば。そんなつもりで……」

美雨ママが、いきなり話を遮った。

「ううん、みんな心の中ではあたしを責めてるんだよ。バカだ、バカだって。それもよくわかってる」

「違う、洋子。私は責めてないってば」

そう言いながらも、美雨ママの勘は当たっている、と思う自分もいる。一昨日外泊して美雨ちゃんを放ったらかしにした美雨ママには、同じ母親として苦々しい思いもある。

「いいの、わかってるよ。有紗があたしのこと少し怒ってるのもわかってるし、心配してくれてるのもわかってる。ありがとう」

美雨ママは、観念したかのように「わかっている」と繰り返した。

「ところで、美雨ちゃんは、実家にいるなら心配ないけど、洋子は昨夜どうしたの？　実家に戻ったの？」

美雨ママが決然と答えた。

「今更、実家になんか行けないよ。父親がダンナのこと大好きで、あたしのこと、すごく怒ってるの。だから、あたしは自分の家に戻るしかない」

「洋子、滋さんと二人きりになっても大丈夫なの？」

「何とかなるんじゃない」

美雨ママは、さばさばと言うが、滋が怒りのあまり、美雨ママにまた暴力をふるうのではないかと、それだけが心配だ。

「滋さんに殴られたところ、大丈夫？」

「大丈夫なわけないよ。あいつ、拳固で殴ったからね。絶対に許さないんだ」

「お願いだから、あまり喧嘩しないでよ」

「わかってる」

「わかってるってしか言わないね」

そう言うと、美雨ママが声を潜めた。

「だって、ずっとハルと一緒だもの。連泊してんの」

まだ一緒にいたのか。有紗は息を呑んだ。

「そっか、ごめん。じゃ、また連絡する」

「りょーかーい」

電話を切った後、どうにも行き場がなくなった二人が、駆け落ちか心中でもするのではないか、と不安になった。しかし、美雨ママの強い性格を思うと、それだけはあり得ない、と打ち消す。

食洗機用の洗剤がないことに気が付き、一階のコンビニに買いに行った。レジで並んでいる時、何となく視線を感じて振り向くと、列の後ろにいぶパパが並んでいるではないか。目が合ったので、目礼する。まさか、BETのコンビニで会うとは思わなかった。

先に支払いを終えた有紗は、いぶパパの横に行って挨拶した。

「おはようございます。お久しぶりですね」

「あ、どうも。ご無沙汰してます」

いぶパパは、そつなく笑顔で挨拶を返してくれたが、顔色は悪く、窶れて見えた。しかし、紺のリネンスーツに白シャツ、という爽やかな服装だった。

「すぐ使いたいんで、取ってください」

レジでビニール傘の値札を外して貰っている。家から出て来たばかりなのに、傘を忘れたらしい。そう思った瞬間、さっきの電話では、美雨ママはいぶパパとまだ一緒だ、と言っていたことを思い出して慄然(りつぜん)とした。

美雨ママがそんなつまらない嘘を吐いたのは、なぜだろう。

「あのう」と、思わず話しかけていた。

「竹光さん、ちょっといいですか？」

「もちろんです。花奈ちゃん、お元気ですか？」

いぶパパは愛想よく言う。

「ええ、花奈はそこの保育園に行かせてます」

二人してコンビニから出て、ロビーで立ち話をした。

「保育園って、すぐ隣の？　いいなあ。近くて便利ですよね」

「ええ、美雨ちゃんも一緒なんですよ」

さり気なく言うと、いぶパパが黙って目を逸らした。美雨ママのことに触れられたくないのだろう。

「いぶきちゃんは、元気で青学幼稚園に行ってますか？」

「ええ、元気に通っています。あの幼稚園は自由でいぶきに合ってるみたいですよ。あいつは言うことを聞かないからね」

いぶパパが白い歯を見せて笑った。形のよい頭蓋に似合う短い髪。顔色の悪さと、目の下の不健康なむくみさえ除けば、惚れ惚れするようなカッコいい男だと思う。

「しばらく会ってないけど、いぶママもお元気ですか？」

「裕美はうまくやってますね。相変わらずですよ。僕も見習わなきゃ、と思うんだけどね」

いぶパパは自分に言い聞かせるように呟いた。どういう意味か聞きたかったが、いぶパパがそわそわと腕時計を覗いたので気後れした。しかし、次にぽんと出てきた言葉は、自分でも思いがけないものだった。

「あの、私、洋子と仲がいいんですけど」

「そうですか」

いぶパパの目に、警戒するような色が浮かんだ。あ、引いてる。焦った有紗は、それ以上続けることはできなかった。

「あのう」

「はい？」

いぶパパが構えて待っている。だが、有紗は何も言えない。いぶパパに、「洋子をどう思ってるんですか？　これからどうするんですか？」と訊きたかったのに。

綺麗でカッコよくて、「江東区の土屋アンナ」と、いぶパパに命名されたほどの美雨ママが、有紗にまで嘘を吐き、さも遊んでいるかのように露悪的に振る舞っている。

きっと、美雨ママはどこにも居場所がないのだ。寂しいのだ。それなのに、いぶパパは、素知らぬ顔で会社に行こうとしている。

「じゃ、失礼します」

いぶパパが、にっこり笑って踵を返し、ロビーを出て行った。有紗は敗北感のようなものに打ちのめされながら、いぶパパの後ろ姿を眺めていた。

部屋に戻ると、美雨ママからＬＩＮＥがきた。

電話で言い忘れたけど、一昨日のお昼のお釣り、二百円は私が預かってます。

それから、うちのお店辞めたんだね。

ダンナが嫌なことを言ったんだろうな。

ほんと、ごめんね。

下のコンビニでいぶパパに会った、とは返せなかった。美雨ママは、今一人でどこにいるのだろう、と想像すると悲しくなった。どこかに行ってしまいそうな予感がしてならない。

有紗が鉄哉と離婚して新潟から東京に出て来た時は、被害者意識が強かったから、解放感があったものだ。だが、美雨ママは、周囲から責められて、柄にもなく辛い思いをしているのかもしれない。

一日が長い。パートに出ている時はできなかった衣類の整理や、ガラス磨きなどをしているうちに時間は過ぎていくが、安穏としているわけではなく、なぜか焦っている。花奈の進学。自分の仕事。何もかもが中途半端で、達成感がまったくなかった。

実際、俊平に言われるまでもなく、有紗が仕事を辞めたことで、生活費が足りなくなるのは必至だった。俊平がアメリカにいた時は、手当が多く出ていたのだ。まずは仕事を見付けないと、BETにはいられまい。確かに、花奈の私立小学校受験なんて、夢物語に過ぎないのだった。

花奈を迎えに行って、夕食の支度をしているとスマホが鳴った。

「ママ、でんわ」と、わざわざ花奈が持って来てくれた。発信者を見ると、晴子からだ。花奈は漢字の形を見て、「ばあば？」と訊く。

「そう、よくわかったね」

晴子はLINEなどやっていないので、用がある時はこうして電話をかけてくる。何だろう、と少し身構えて電話に出た。

「有紗さん、お久しぶり。今、お夕飯の支度中かしら？」

有紗は、晴子のてきぱきとした物言いが苦手だったが、最近は少し衰えたのか、ゆっくりと柔らかい印象になっている。

「ご無沙汰しています。大丈夫ですが、何か」

「あのね、今度の日曜だけど、皆で来てくれないかしら。お父さんの誕生日祝いしようと思って。本当の誕生日には少し早いんだけど、今度は古稀(こき)でしょう。近くで食事でもしようかと思ってね。俊平に訊いたら、今度の日曜なら都合がいいって言ってたから」

俊平は、ひと言も言ってなかったと思ったが、有紗は素直に返事した。

「そうですか。おめでとうございます。喜んで伺います」

「じゃ、四時頃に、うちに来てくださいな。そこからみんなで出かけましょう」

「わかりました」

舅に誕生日プレゼントを買わなければならない、と心に銘ずる。

「それから、有紗さん。俊平に聞いたけど、花奈ちゃんの受験考えているんですってね。ちょっと無謀じゃないかしら」

晴子が責めるような口調で言う。有紗はどきりとした。『みんな心の中ではあたしを責めてるんだよ』という、美雨ママの言葉を思い出した。

「考えはしたんですけど、現実味はないですよね。時期的にも遅いし、お金がかかるし、完全ではないですけど、かなり諦めています」

「完全ではないの？」と、晴子が笑った。「あなた、前も花奈ちゃんの幼稚園の時にあれこれ考えていたものね。野心家なのね」

野心家。有紗は、晴子の言葉に傷付いて絶句した。

「じゃ、日曜に待ってますから」

「はい。楽しみにしてます」

有紗は、花奈にも代わらずに、そそくさと電話を切った。もう見たくもない、とスマホを裏返して遠くにやる。俊平が、晴子に告げ口したようで不快だった。これも結婚か、と独りごちる。

7

翌日の午後、有紗は、銀座のデパートを彷徨(さまよ)っていた。

舅である陽平(ようへい)の古稀祝いを買わねばならないのだが、何を選んでいいのかわからなくて、あてどなく歩き回っている。

陽平はゴルフが趣味だと聞いているが、ゴルフ用品は知識がないと、何が必要なのか見当がつかない。紳士服や紳士用装飾品を見ても、これはと思う品は高くて手が出ない。と言って、若者ではないのだから、安物は買えない。

退職しているから、ネクタイやワイシャツは不要だし、ハットやハンチングはあまりにも趣味的だった。冬ならば、ストールや手袋など適当な小物があるのに、夏は男性用の品物が手薄で困る。

「ねえ、お義父(とう)さんのプレゼント、何がいいか思い付かないんだけど」

昨夜、俊平に相談したのに、俊平の返答はいい加減だった。アルコールが入ると、どうでもよくなるらしく、親身になってくれない。

「プレゼントなんか、何でもいいよ。そんなの、要らないんじゃないか。オヤジは花奈さえ連れて行けば、喜ぶんだから」

飲んで帰って来たくせに、風呂に入った後、発泡酒を二本も飲んでいる。酔った俊平は、だらしなく、無責任だ。

「お誕生日なんだから、そうはいかないでしょう。しかも、古稀のお祝いなんだから、記念日じゃない」

有紗は呆れて反論した。

「だったら、現金でも包んで持って行けばいいじゃん。一万じゃ少ないか」

本気で言っているのか、と有紗は、俊平ののんびりした顔を覗き込んだ。

「お義母さんに呆れられちゃう。いったい、どんな嫁だって」

思わず、言ってはいけない言葉が口を衝いて出てしまった。

「いいじゃん、オフクロの反応なんてさ。有紗は気にし過ぎなんだよ」

「当たり前じゃない。だって、私、お義母さんに電話で言われたんだよ。『野心家なのね』って」

そこまで言ってしまうと、悔しさが蘇って、ついつい俊平を責めたくなる。だが、我慢した。

「野心家？　へえ、何のことだよ」

それなのに、俊平の方から突っ込んできた。

「俊平、私が花奈のお受験を考えているって、お義母さんに喋ったでしょ？」

俊平がまずいという風に、下がり眉を寄せた。

「いや、あっちから訊いたんだよ。花奈ちゃん、お受験なんかしないんでしょ、近くの公立行くんでしょ？って。だから、有紗は、ちょっとは考えているみたいだよって、答えたんだ」

「ほらあ、喋ってるじゃない」

有紗が大きな声を出すと、隣の部屋でＤＶＤを見ていた花奈が、走り出て来た。最近は、寝る時間も大人並みだ。

「ママ、花奈、お受験するの？」

年長組になると、「お受験」という言葉の意味も知っている。

「しないよ」と、俊平が即座に答えた。

「ああ、よかった」

花奈が大袈裟に胸を撫で下ろしてみせる。

「花奈の保育園で、受験する子なんかいるのか？」

俊平が訊ねると、花奈が取り澄ました顔で答えた。

「いるよ。真由ちゃんのおにいちゃん、お受験したんだよ。あと、『こぐま組』の百合奈ちゃんて子も、お受験するって言ってた」

真由ちゃんというのは花奈と同じ組で、母親は働いてもいないのに、二歳上の兄の小学校受験のために、妹を手のかからない保育園に入れた、と陰口を言われていた。

「それで、真由ちゃんのお兄ちゃんはどうしたの？」

俊平が明らかに興味本位で訊ねている。

「受かったよ」

「どこに」

「知らない」

花奈はあっけらかんと首を横に振って、ＤＶＤを見に戻って行った。物問いたげに、俊平が有紗の顔を見るので、仕方なしに答える。

「私も、真由ちゃんのお兄ちゃんがどこに受かったか知らないの。あまり、真由ちゃんのママと話したことないから。すぐ帰って行っちゃうし、他の親とも交流ないみたい」

「何で」

「何でって、真由ちゃんの家は、ママが働いているわけじゃないの。青色申告組なんだって。お兄ちゃんがお受験するっていうんで、手のかからない保育園に入れたって言われているのよ」

「青色申告組って何だよ」

俊平が興味深そうに身を乗り出した。

「つまり、家業があって、家族を従業員にして申告する家」

美雨ママのところもそうだ、と気が付く。美雨ママが実際に店で働いていないことは、保育園の誰もが知っている。有紗の知らないところで、美雨ママも陰で何か言われているのかもしれない。

「なるほど、働いてはいないけど従業員ってか。ポイント稼げるわけだね。しかし、口さがないね。何でもばれちゃうんだな」

「だって、保育園に入れるの大変だもの」

「お受験とどっちが大変だろうか」

「変な比較しないでよ。他人事(ひとごと)だと思ってるんでしょう」

有紗にやり込められた俊平が肩を竦めて、この話は終わりになったのだ。

有紗は歩くのに疲れて、デパートのエレベーター前のベンチに腰掛けた。

誰かに相談してみようと思ったら、すぐさま浮かんだのは、いぶママの顔だった。いぶママなら、気の利いた返答が貰えそうだ。

いぶママがいぶきちゃんを連れて青山に越して以来、滅多に連絡はしないのだが、昨日いぶパパと会ったこともあって、何となく消息を確かめたくなっている。

有紗は思い切って、ＬＩＮＥした。


こんにちは。ご無沙汰してます。お元気ですか？

今、義父の古稀祝いを買いに来てるんだけど、プレゼントを思い付かなくて困っています。

何かいいアイデアがあったら教えてください。よろしくお願いします。


お久しぶり。花奈ちゃん、元気？　大きくなったでしょう。

古稀祝いだったら、おめでたいからバカラの招き猫はどうかしら。

予算オーバーなら、グラスなんかもいいと思います。


すぐに返答があったのには驚いた。しかも、丁寧にバカラのサイトまで添付してある。早速、ＬＩＮＥでお礼を送った後、有紗はバカラの売り場に向かった。オールド・ファッションド・グラスをプレゼント包装してもらって、ひと安心する。

余計な話などせず、てきぱきと用件だけを教えてくれるところなどは、さすがにいぶママだ。急に、その洗練された姿を見たくなるのは、ファン心理とでもいうのだろうか。不思議な心持ちだった。

有紗は、美雨ママが大好きだけれど、いぶママのようになりたい、という憧れはまだ身内に潜んでいるらしい。

気がかりだった用事を済ませてしまうと、楽しくなった。せっかく銀座に出たんだからと、H&MやZARAに寄って、カットソーやTシャツを買った。それから、デパートに戻って、子供服売り場を巡り、花奈の夏服を見た。

すると、再びいぶママからLINEがあった。

実は昨日、お知らせのハガキを出したので、今日届くと思いますが、私、青山にお店を出すことになりました。YUMMYという名前です。

私好みのお洋服や雑貨を集めたセレクトショップです。

とってもささやかなスペースだけど、一生懸命、いいモノ、可愛いモノを集めました。

芽玖ママや真恋ママと一緒に、一度見にいらしてね。

久しぶりにお目にかかるのを楽しみにしています。

いぶママがセレクトショップを開くとは、想像もしていなかった。あんなに弱っていたのに、いぶママはまた息を吹き返したようだ。

美雨ママの荒れ方と真逆のベクトルに向かっている姿には感心する反面、何となく気も滅入るのだった。いぶママに買い物の指南をしてもらって、ショップへの招待を受けている自分が、美雨ママを裏切っているような気がしてならない。ママ友のグループにいると、この手の罪悪感が常にあったことを思い出す。誰とも公平に付き合わねばならない、という強迫観念だろう。

そろそろ、食材を買って帰る時間だった。早く家に戻って、いぶママからのハガキを見たい。有紗は、地下の食料品売り場に向かうエスカレーターに乗った。

「すみません、ＢＥＴにお住まいの方ですよね？」

背後から声をかけられ、有紗は驚いて振り返った。真後ろに、見覚えのある中年女性が、にこやかに微笑んでいる。

ショートカットで、ほとんど化粧気のない顔。白いブラウスにチャコールグレイのスカート、という堅実な印象の格好をしている。胸には、ＩＤカードのようなものをぶら下げていた。

「そうですけど」

誰だったか思い出そうとしていると、女性の方から名乗った。

「私、二十八階に住んでいる高梨という者です。何度か、エレベーターでお会いしたかと思いますけど」

二十八階の高梨。確か男の子が二人いる家だ。つまり、この間『二週間前から本社に戻って来たんです』と嬉しそうにエレベーターで挨拶した男の妻ということになる。

強風の日に落とした花奈のシャベルのことは、すでに時効になっているとは思うものの、有紗は警戒した。

「あ、どうも」と、頭を下げる。

「すみません、ちょっとお時間頂いてもいいでしょうか」

「はあ」

高梨の妻は案外強引に、地下の総菜売り場の隅に有紗を引っ張って行った。

「今日はお休みなんですか？」と問われて、有紗は曖昧に頷いた。

「いや、仕事を辞めて、今探しているところなんです」

「ああ、道理で」

高梨の妻は、ちらりと有紗が持っているデパートの紙袋に視線を送ったようだ。

有紗は、無意識に紙袋を後ろに隠した。保育園に子供を預けている母親は、平日、暢気にショッピングしている姿など、誰にも見られたくない。

「私は休憩時間に食材を買うようにしてるんですよ。ほんの十五分くらいしかないんですけど、買っておくと時間が節約できるので」

まるで正当性を証明するかのように、高梨の妻は手にしたエコバッグを見せた。

「そうですか、大変ですよね」

有紗が労（ねぎら）うと、彼女は胸を張る。

「いえ、全然。会社が近いので、とても助かっています」

高梨の妻が、いつも地味なグレイ系か紺色のスーツを着ているのを思い出した。どんな会社に勤めているのか訊いてみたかったが、近所に住んでいる人間だと、プライバシーに踏み込むのには躊躇がある。

「銀座にお勤めなんて、近くていいですね」

有紗は当たり障りのないことを言った。

「ええ、だから、うちはあそこのタワマンを選んだんですよ」

「便利ですものね」

「ええ、本当に」

会話が続かない。気詰まりになった時に、高梨の妻が謝った。

「すみません、突然お声をかけたりして」

「いえ、いいんですよ。あのう、何でしょうか」

「おたくはBETの保育園に、お嬢さんを入れてらっしゃいますよね？」

「はい」と、返答した後、有紗は少し慌てた。何か言われるのだろうか。有紗の緊張を見て取ったのか、高梨の妻は否定するように手を振った。

「あ、いや、そういう意味ではないんですよ。実はね、うちの下の息子は、BETの保育園に入れなくて、駅の反対側の認可外に通っているんです」

「そうでしたか」

「ええ」と、彼女は溜息混じりに頷いた。「そこも悪くはないんですよ。だって、わざわざプロのサッカーコーチが来て、サッカーを教えてくれたりするんですから。息子はとても気に入っているようなんです」

英語教育を施したり、ダンスや歌を教えたり、認可外保育園の中には特色を出すために、いろいろな試みをしているところがあると聞いたことはあったが、サッカーに力を入れているのは、初耳だった。

「驚きました、凄いですね」

「ええ、ただね、高いんですよ。あと、駅向こうって不便なので、何とかBETに入れないかと、ずっと運動しているんです。だって、BETの保育園だったら、雨にも濡れないで行けますし、お迎えも楽ですよね。かなり待機しているのに、働いていないお母さんも何人かいるって聞きました。それって、本当でしょうか」

偶然にも、昨夜、俊平に話したようなことが問題になっているらしい。美雨ママへの風当たりが強いのだろうか。現に自分だって、失職したのに花奈を預けているではないか。

「いえ、わかりませんが」

有紗がたじろいでいると、高梨の妻は申し訳なさそうに頭を下げた。

「すみません、こんなことを伺って。滅多にお目にかからないのに、偶然お会いしたのでチヤンスと思って、訊いてしまいました。私は、もう行かないと」

高梨の妻は腕時計を見て、頭を下げた。

大変ですねというのも変だし、頑張ってくださいと言うのは、もっと変だ。何と言ったらいいのだろう。

有紗が言葉を選んでいるうちに、彼女は一礼して、生鮮食品の売り場に向かって行ってしまった。その後ろ姿を見送りながら、美雨ママや自分たちが「働いていない」と告発されることがあるんだろうか、と有紗は考えていた。

ＢＥＴのエントランスに入る時、保育園の近くを通るとデパートの袋を見咎められる怖れがある。有紗はこそこそと裏口から入った。いったん部屋に荷物を置いてから、花奈を迎えに行かなくてはならない。その前に郵便受けを覗くと、果たしていぶママからの洒落たハガキが届いていた。有紗は、エレベーターの中で読んだ。

拝啓　皆様お元気でお過ごしのことと思います。

このほど、青山二丁目に、「ＹＵＭＭＹ」というセレクトショップを開くことにしました。

ファッション、アクセサリー、食器エトセトラ。

私が可愛いと思うものを集めてみました。

ぜひ、遊びにいらしてください。

竹光裕美

文面は簡潔だが、サングラス、ストール、ピアス、バングルなどの添えられた写真がセンスが良くて、素敵だった。いかにもいぶママらしいチョイスだ。

部屋に着く前に、早速真恋ママからＬＩＮＥがきた。

いぶママから、ショップのハガキが届いたかと思います。

来週の土曜日に、いぶママのショップに行ってみませんか？

開店祝いを持って行くので、一人一万円お願いします。

きっとＹＵＭＭＹで買い物もするのだろうから、一万円は高いような気がしたが、開店祝いなのだから、付き合わなければならないだろう。

美雨ママの一件以来、いぶママたちのグループからは弾かれたような気がしていたが、また仲間に入れてもらえて、有紗は内心嬉しかった。もう鮨屋のパートなどせずに、綺麗で豊かなママたちと遊び回りたい自分がいる。

第二章　良妻悪妻

1

俊平への不満が募る。有紗は最初、自分が狭量だからではないか、と思っていたが、近頃は俊平にもかなり問題がある、と考えるようになった。

例えば、第二子のことがそうだ。有紗は、もう一人子供が欲しいと願っているが、俊平は花奈だけで充分だ、とまともに取り合おうとしない。その理由は、経済的には一人で手一杯、というのだ。

だったら、一人きりの子供である花奈の進学について、もう少し真剣に考えてもいいのではないかと言うと、俊平は「私学に入れる余裕はない」と断言する。

慎重というより、先のことをじっくり考えて計画を立てるのが面倒な質（たち）らしい。アメリカに行ったきり、有紗に連絡してこなかったことも、怒りもあっただろうが、ともかくその場を逃れたい、という気持ちが強かったような気がする。

陽平へのプレゼントを買った日の夜、ひと悶着あった。

「今日ね、お義父さんにプレゼント買ったの」

有紗が赤い袋を見せると、俊平は苦い顔をした。

「バカラ？」

「そう、オールド・ファッションド・グラス。模様が入ってて、すごく綺麗なの。自分が好きなのを買っちゃった」

「ふうん。ま、いいけどさ」

有紗に礼も言わずに、俊平は不機嫌な顔で横を向いてしまった。

「何かまずかった？」

有紗の方が気にして訊ねると、俊平は曖昧に首を傾げた。

「まずかないよ。だけど、グラスとかじゃない方がよかったんじゃないかな。だってさ、オヤジたち、終活してんだよ。オフクロが言ってたもん。要らない食器とか衣類をどんどん整理してるんだってさ。そんなところに、新しいグラスを持って行ったら、邪魔になるだけじゃないの？」

「そんなこと知らなかった」

有紗は失望した。俊平に相談した時、現金でいい、と適当に答えたくせに。それに、あの美しいグラスが邪魔になるとは思えなかった。

「だいたいさ、そういうプレゼントって、ワインとかが妥当でしょ。紅白のワイン。二本で一万。それで充分だよ。バカラのグラスって高くない？　いくらだった？」

取引先にあげる進物ではないのだ。自分の父親ではないか。

「二万五千円に消費税」

有紗が仏頂面で答えると、案の定、俊平は嘆息した。

「高いなあ」

俊平は吝嗇ではないが、合理的にものを考え過ぎるきらいがある。花奈の進学問題もそうだし、第二子のこともそうだ。しかし、それでは、俊平とともに生きる暮らしは、何の選択肢も禁じられてしまうではないか。

もしかすると、俊平には愛が足りないのではないか。大きな問題に突き当たった有紗は、溜息を吐いた。

「そりゃ、少しは高いかもしれないけど、記念品だからと思ったの。古稀って、おめでたいことじゃない。『70』って数字を彫って貰おうかなと思ったんだけど、余計なことはしない方がいいかな、と思ってやめたんだよ」

俊平はちらりと有紗の顔を見た。爆発の危うい予兆を見たかのように目を伏せる。リスク回避が始まった、と有紗は思った。

「わかった、有紗の気持ちはわかったよ。伝わった。いいよ、これで。サンキュー」

話は終わった、という態度に、有紗は収まらなかった。

「明日、取り替えてきてもいいよ。それでワイン買うから。紅白のワインなら何でもいいんでしょう?」

最後の言葉は余計だと思ったが、止まらなかった。考え込んでいる俊平は、有紗を見ながら、両手で有紗の感情を抑えるような仕種をずっとしている。

「いいよ。オヤジ、きっと喜んでくれるよ。有紗が選んだんだから、ずっと捨てずに取っておくと思うよ」

「何、それ」有紗は態度を硬化させた。「自分は関係ないって顔しないでよ。私たちからのプレゼントなんだから」

有紗は、俊平が町田の義父母側に立っているような気がして不快だったのに、俊平には伝わらなかったようだ。

「いいよ、これで。ありがとう。有紗、もういいよ」

これ以上言うと喧嘩になりそうだったので、その晩は何とか胸に収めて寝た。しかし、翌日、帰宅した俊平が同じことを言った時は、さすがに腹が立った。

「あのさ、バカラの件だけど、よく考えてみたらさ、オヤジはウィスキー飲まなくなったから、オールド・ファッションド・グラスは要らないんじゃないかと思ったんだ。記念品でも、もうちょっと考えてみたらどうかな」

「じゃ、何にする？　商品券？」

それはちょっと、と俊平が苦笑いした。

「わかった。じゃ紅白ワインに取り替えてくる。熨斗はどうするの？　リボン？　どっち？」

喧嘩腰になった有紗に、俊平は大真面目に答えたのだった。

「熨斗は変だろ」

結局、有紗は再びデパートに赴いて、バカラのグラスを返し、紅白のワインを買って、箱にリボンを付けて貰った。重いワインの包みを抱えて銀座を歩きながら、いったい自分は何をしているんだろう、と思うと情けなかった。

日曜は朝から晴れて、梅雨の晴れ間の暑い日だった。午後四時に義父母の家に顔を出してから、皆で近所のレストランまで歩いて食事に行くという。

店は、住宅街の民家を改造した、町田では予約が取れないことで有名なフレンチレストランだそうだ。店のことを知らされたのも俊平からで、晴子は一切、有紗には連絡してこない。

有紗は、飾り棚の上に置かれたワインの包みをちらりと見遣った。晴子に会うと思うとただでさえ気が重いのに、俊平にプレゼントにケチをつけられて、行きたくない思いが一気に高まっている。しかし、古稀のお祝いなのだから、どんなに無理をしても行かねばならないのだった。

花奈は昨夜から眠れないほど楽しみにしている。今は、同じマンション内の友達が誘いに来て、一緒にロビーに降りて行った。ロビーで、数人で集まって本を読んだり、遊ぶのだという。

今の子供たちは、遊ぶのにも約束が必要だ。まして日曜日はパパがいるから、互いの家に行ってはいけない、ときつく言われているので、子供の間でも遠慮は徹底している。

「フェイスブックで愚痴るなよ。文句あるなら、直接言えばいいじゃん。馬鹿なヤツだなあ。どうせ、ばれるのにさあ」

テレビの前のソファから独り言が聞こえた。俊平が、友人や同僚のフェイスブックやツイッターをチェックしているのだ。俊平には、知人のSNSを眺めては、悪口を言う癖がある。有紗はそれが嫌いだった。

「誰のこと?」

有紗が覗(のぞ)くと、俊平がスマホを隠すような仕種をした。

「いや、有紗の知らないヤツだから」

そんなことわかっている。有紗は少しむっとしたが、何も言わなかった。言えば、俊平もムキになって、口喧嘩が始まるに決まっていた。義父母の家に行く前に、気まずくなる喧嘩なんかしたくないから、洗面所に行って化粧を始めた。

俊平とは、花奈が寝静まった夜や、友達の家に遊びに出掛けた日曜の朝など、たびたびセックスをしたが、第二子の話をしてからというもの、俊平は有紗に触れようとしなくなった。

自分たちもセックスレス夫婦になったのか、と最初は衝撃だったが、近頃は俊平を嫌いになりかかっているから構わない、とも思う。夫婦としては危険な兆候だった。

「有紗、今日はいい天気だからさ。早めに町田に行かない？」

化粧をしている鏡に、ぬっと俊平の顔が映った。週末は髭を剃らないので、顎の辺りが薄黒い。アメリカで買ったTシャツにジーンズ。まるで学生のように若く見えるが、顎の下と腹に贅肉が付いている。

「お食事は六時でしょう？」

四時に顔を出すのも食事には早過ぎる、と遠回しに言いたいのだが、俊平は自分のホームタウンに少しでも長く留まりたがる。

「そうだけどさ。早めに行って、どこかで昼飯食おうよ」

「どこかって」

「蕎麦かラーメン。有紗が嫌なら、お洒落なカフェ」

「お洒落なカフェなんか行きたくないけど」

「じゃ、何ならいいの？」

「だって、お夕飯はフレンチなんでしょう？　食べないでお腹空かせて行った方がいいよ。私は出掛ける前に、買い物済ませようと思ってた」

昼前から町田に行けば、どこかでゆっくりランチをしたところで、義父母の家には二時頃には着いてしまう。

一人息子の俊平は、自分の部屋がまだ残っているから、さぞかし居心地がいいだろうが、自分には居場所がない。一人、居間でぽつねんと座って、犬の相手をしたり、見たくもないテレビを眺める自分を想像すると、ぞっとした。

「せっかくの休みなのに、うちで時間潰しか」俊平は不満げだ。「ああ、わかった。有紗、怒ってるんだろう？」

「何のこと？」と、とぼける。

「俺がバカラのグラスに文句つけたことだよ」

「怒ってはいないけど、ちょっと嫌な気持ちになった」

有紗は正直に答えた。

「どうして」

鏡を通して、横目で俊平が唇を尖らせたのを見遣る。俊平も、有紗が伏し目がちになったのを凝視しているようだ。

「どうしてって、自分が選んできたものにケチつけられたら、誰だっていい気はしないんじゃない」

「それだけじゃないだろう」

「どういう意味?」

有紗は驚いて振り返った。俊平の意地悪な表情はあまり見たことがないから驚いた。

「うちのオフクロが言ったことが気に入らないんだよね? 『野心家』とか言われたって言ったじゃない」

有紗は返答に困って、目を背けた。

「そういうわけじゃないよ」

「ならいいけど、有紗はとかく町田に行くのを嫌がるから、どうしてかなと思って」

「嫌がってなんかいないよ」

「じゃ、すぐに行こうよ」

俊平は乱暴で自分勝手だ。そう思った途端に暴発した。

「私、今すぐなんか行かないよ。やらなきゃいけないことがあるし、暑いから、そんなに早くから表に出たくないもん」

「わかった。じゃ、いいよ。俺が今、花奈を連れて来て、一緒に出掛けるよ。おまえ、町田に来なくていいよ。町田が嫌いなんだろう」

有紗はすぐに出るのは嫌だ、という意味で言ったのだが、俊平は『来なくていい』とまで言う。それは本気なのかと測りかねているうちに、怒った俊平はさっさと出て行った。

やがて、絵本をたくさん抱えた花奈を、俊平が連れ帰って来た。本気で先に行こうとしているようだ。

「ただいまー。のどかわいた」

花奈は、何が起こったのか気が付かない様子で冷蔵庫に向かい、麦茶のペットボトルを取り出した。覚束ない手付きで、こぽこぽと音を立ててグラスに注いでいる。

「花奈の服、これでいいの？」

花奈は、花柄のTシャツに、ピンクのショートパンツだ。

「花奈ちゃん、パパと先に行くんだって。汗掻いたから、着替えなさい」

お気に入りの服なので、花奈は首を横に振った。

「花奈、これでいい。ママは？」

「後で行くから」

有紗はそう答えた後、俊平の顔を見なかった。本当に町田に行かないで済むなら、そうしたかった。だったら、どんなに気が楽だろう。

やがて、Tシャツを着替えた俊平と花奈は、ワインの包みを持って出かけて行った。二人が出て行ってドアが閉まった後、有紗は大きく伸びをした。

もう少ししたら、自分は俊平にＬＩＮＥで知らせることになるだろう。

「頭痛がするので、今日は悪いけど行けません。お義父さんとお義母さんによろしく」と。

怒ると同時に、どこか安堵する俊平の顔も想像できた。俊平は目の前のごたごたを避けて通りたいのだ。一生、避けられるならやってみろ、と思う。

しかし有紗は、自分たち夫婦はいったいどこに行こうとしているのだろう、と不安になった。結婚の失敗は二度としたくないが、「もう無理」と思うようになる瞬間が近付いているのかもしれない。

町田に行かなくていいのなら、映画でも見に行こう、と有紗はスマホを取り上げた。ららぽーとのシネコンで何を上映しているのか、見るためだ。ついでにＬＩＮＥとメールをチェックする。

来週の土曜は、いぶママのセレクトショップの開店祝いに行くことになっている。その予定を決めた途端に、美雨ママからの連絡はぴたりと途絶えた。偶然の一致だとは思うが、それも気になって仕方がない。

見たい映画はなかったが、時間は潰せそうだ。有紗は支度して家を出た。

ららぽーとに着いた時、ＬＩＮＥの返事が来た。

「了解です。オヤジががっかりすると思うけど、寝ててください。俺が悪かったです。ごめん」

ああ、まだ続きそうだ。それがいいことなのか、悪いことなのか、わからなくなっている。こうやって、自分たち夫婦は年を重ねていくのだろうか。二人目の子供も作らずに。

有紗は辛くなって、額に手をやった。その時、電話が鳴った。発信元は晴子だ。電話に出ようとして、自分がらぽーとの喧噪の中にいることに気付いた。

敏感な晴子は、有紗が外出していることを察知して、自分に背いたとわかるだろう。有紗はさんざん迷った末に、電話に出るのをやめた。まるで諦めたように、留守電の音に切り替わる。

有紗はシネコンに入って、チケットを買った。売店で長い列に並んでいると、背後から男に声をかけられた。

「こんにちは」

振り向いた有紗は、一瞬相手が誰かわからず首を傾げた。有紗の戸惑いを見て、男の方から名乗る。

「すみません、私、高梨です」

スーツ姿しか見ていないから、Tシャツにハーフパンツ、というくだけた格好をした男が誰かわからなかったのだ。

「ああ、二十八階の」

つい先日、高梨の妻に声をかけられたのだった。有紗は、高梨が妻と一緒なのかどうか、確かめようと視線を巡らせた。

「うちの奥さんとデパートで出会ったそうですね。聞きましたよ」

高梨の方が気を利かせて言った。どうやら、一人で映画を見に来たらしい。

「そうなんです。あまりお役に立てなかったみたいで」

「いいえ、こっちこそ、立ち入ったことを伺ったみたいですみません」

「いえ、立ち入ったことじゃないです。大丈夫です」

「あのう、映画、お好きなんですか？」

高梨が嬉しそうな表情をしていることに気付いて、有紗は驚愕した。高梨は、有紗と二人きりでいることを楽しんでいるようだ。

「特にってわけじゃないんですけど、時間ができたので」

「ここ、近くて便利ですよね」

高梨がぐるりと見回したので、有紗も知った顔がいないかと高梨の視線を追った。噂を立てようと思えば、いくらでも立てられる状況だった。

「映画は何をご覧になるんですか？」

有紗がチケットを見せると、高梨はタイトルを見て微笑んだ。

「あ、同じ映画です」

先にポップコーンとコークを買って、映画館に入った。高梨はビールを注文している。着席してしばらくすると、高梨が入って来た。一列前の端に腰掛けている。町田に行かずに、映画を見ている自分は俊平の何を裏切っているのだろうか。有紗がちらりと高梨の方を見ると、振り向いた高梨と目が合って、急いで目を伏せた。

特に見たい映画ではなかったし、出来がいいとも思わなかったが、暗闇で一人、スクリーンを見つめているだけで解放されるものがある。

2

有紗は、日曜の午後、一人で時間を過ごすことができて満足した。

映画が終わって、館内に照明が点る。有紗は、反射的に腕時計を眺めた。午後五時過ぎ。俊平は、陽平とビールでも飲みながら、ゴルフ番組に付き合っていることだろう。そろそろ出る準備をしなきゃ、などと話して。

花奈は、晴子と一緒に、犬の散歩に出かけているかもしれない。昨日の晩から、「明日は、ばあばとココちゃんのお散歩に行くの」と、楽しみにしていた。

町田の家の平和な様子を想像すると、やはり自分がいる場所はどこにもないような気がしてくる。一度は別れを決意した岩見家の人々と自分は、互いに見えない傷を負ったのかもしれない。

そういえば、晴子の留守電を聞いていなかった。有紗は、籠バッグからスマートフォンを出して聞いた。

「あの、あのう、有紗さん、お風邪ですって？　今日、あなたが来られないのは残念だけど、仕方ないわね。また今度ね。どうぞお大事にね」

最初、躊躇った風になかなか言葉が出てこなかったのは、古稀の祝いに欠席した嫁に対する怒りだろうか。あるいは、自分の電話に出ないことへの苛立ちか。

所詮、他人同士。相当の努力をしないと、嫁と姑がうまくやっていくのは難しい。有紗は、前の結婚の時の失敗は二度とすまい、と懸命に努力していたつもりだった。むしろ、晴子の方で、その努力を怠っているように思えるのは、自分の思い上がりだろうか。

「岩見さん」

町田の家に気を取られて、すっかり忘れていたが、高梨が目の前に立っていた。

向き合うと、高梨は体格のいい男だと気付く。色の褪めたグリーンのTシャツには、洒落たロゴが入っていて、そのTシャツから出た腕の筋肉が目に入った。有紗はそっと目を背けた。

「映画どうでした？」

「まあまあでした」

「そうですか。僕は主人公に感情移入しちゃいました」

「私も主人公はいいと思ったんですけど、ヒロインがちょっと」

「そうそう、彼女がいまいちわからないですね」

当たり障りのないことを言い合いながら、スマートフォンをそっと籠バッグに放り込んだ。急に解放感が戻ってくる。

「せっかくですから、ビールでも飲みませんか？」

さすがに応じかねた。お茶でもビールでも、高梨と差し向かいで飲むほど親しくはない。シャベル事件に対するわだかまりも少し残っているし、近所の目も気になる。

しかし、一番怖いのは、俊平への失望が、高梨への好奇心へと容易に変換しそうな気配だった。有紗は自分を律した。

「これから買い物があるんです」

買い物といっても、ららぽーと内の店をぶらぶら見たり、スーパーで日用品を買う程度だが、高梨は軽く頷いた。

「そうですか。じゃ、また」

高梨は、有紗が断ることなど百も承知だ、という風に手を挙げた。礼儀で誘ったようにも思えて、瞬時にあれこれと迷い考えた有紗は、苦笑せざるを得ない。

本屋で雑誌を立ち読みしたり、ＺＡＲＡでワンピースを試着したりして、のんびりと時間を潰す。気が付くと七時近かった。

有紗は自分だけの食事を作るのも面倒になって、ららぽーと内の蕎麦屋に入った。しばらく来ていなかったが、この蕎麦屋は、まったく連絡を寄越さなかった俊平が、やっと帰国した時に入った店だ。

そこに、いぶママの一家がやって来たのだった。いぶきちゃんが、青山学院の幼稚園に受かった頃だ。

あれから二年半経った。いぶママといぶパパは別居して、美雨ママは孤立し、いぶママは青山でセレクトショップを開くくらいに立ち直った。

子供たちは美雨ちゃん以外、年長さんになり、真恋ちゃんと芽玖ちゃんはお受験の準備に余念がない。そして、自分は俊平とうまく心が通わず、立ち往生している。

こんな毎日を過ごしていたら、仕事も見つからないだろう。有紗が仕事をしなければ、タワマンに暮らすこともできなくなるから、花奈のお受験どころではない。

いや、花奈のお受験など、とうに諦めていた。が、このままでは、ただ時間に流されているだけのようで、何も解決しない。どうしたら、流れを止められるのだろう。

「ただ今、満席ですので、少々お待ち頂けますか」

年配の女性店員の声で、我に返った。日曜の夜のせいか、店は家族連れでいっぱいだった。

待とうか出ようか迷いながら、店内を見回した時、男が奥の席から手を振っていた。高梨だった。

「岩見さん。よかったら、こちらにどうぞ」

高梨は窓際の二人掛けの席に座って、板わさとアボカドのサラダをつまみに、瓶ビールを飲んでいた。

「いいですか、すみません」

仕組んだわけではない。狙ったのでもない。俊平を裏切ってなどいない。偶然なのだから。高梨に会えて、予想外に喜んでいる自分に、有紗は驚いた。

「今日は奇遇ばかりですね。よかった、よかった」

高梨も相好(そうごう)を崩している。

「ありがとうございます」

もし、店内に知り合いがいたら、あたかも二人が待ち合わせていたかのように見えるかもしれない。

有紗は不安になって再度店内を見回したが、知り合いは誰もいないようだ。ほっとしていると、高梨が言った。

「いいじゃないですか。同じマンションの知り合いなんだから」

周囲を気にする有紗を労(いたわ)るかのようだ。

「そうですよね。じゃ、お邪魔します」

向き合って腰を掛けた。

「岩見さん、何をお飲みになりますか？　生がいいなら、ありますよ。僕は瓶ビールが好きなので、いつもこれですが」

「じゃ、私も瓶ビールを少し頂きます」

グラスをひとつ追加して、ビールを注いでもらう。有紗がグラスを掲げると、高梨が迷いなくグラスをぶつけてきた。

「どうも。僕はこういう者です」

差し出された名刺には、近頃、経営不振と噂される大手総合電器メーカーの名が書いてあった。名前は、「高梨弘治」。肩書きは営業課長だ。確かに、声にも口調にも営業に向いていそうな柔らかさがある。

「岩見有紗です」

有紗は頭を下げた。

「何かつまみを取りませんか?」

新たに、卵焼きや蕎麦がきを注文した瞬間、誕生祝いをしている陽平に申し訳ない、という後悔の念が、今頃になって湧いてきた。

有紗はその念を振り払うように、グラスを口に運んだ。冷えたビールは、あてどなくショッピングモール内を歩き回って、渇いた喉には旨かった。

ビールを何度も胃の中に流し込んでいると、次第に俊平に対して復讐したいような荒々しい衝動に駆られてくる。セックスレスになりつつあることや、陽平へのプレゼントを巡るすったもんだを思い出し、腹立たしさが募った。

今夜は夜っぴて外にいて、うんと心配させようか、と思う。だったら、後で美雨ママにLINEして、飲みに行こうと誘ってみようか。

「岩見さんは、お仕事されているんですよね？」

高梨に穏やかに訊ねられて、有紗は顔を上げた。

「ええ、門仲の方でお鮨屋さんのパートをしてました」

高梨がにっこり笑った。

「意外ですね。僕は岩見さんは、お洒落なお仕事をされているのかなと思ってた。いや、お鮨屋さんがどうこうじゃなくて、門仲ってところがね」

「行かれたことありますか？」

「ありますよ。僕は門仲大好きです。鮨も好きだし。今度、お店に行ってみようかな。何ていうお店ですか？」

「あ、もう、そこは辞めたんです」

有紗は慌てて言った。

「何だ、そうですか。残念だな」

高梨はメニューに目を落としながら言った。メニューを見る時、微かに目を細める。俊平より五、六歳は年上のようだ。

「じゃ、今は何もしていないんですか？」

「はい。求職中です。あの、そのことですけれども、保育園にばれると困るので、誰にも言わないで頂けると助かります」

高梨がメニューから目を上げた。困惑したような硬い表情をしている。

「僕は誰にも言いません。この間みたいなことは、二度としませんから、お許しを願いたいですね」

花奈のシャベルを高梨の部屋のバルコニーに落として、高梨から嫌な手紙をもらった件だった。

「いいえ、あれはうちが悪いんです。本当にお怪我とかなくてよかったです」

有紗が謝ると、気詰まりな沈黙が続いた。

注文した卵焼きが運ばれて来たので、有紗は「お先に頂きます」と言いながら、端っこを箸で取った。大根おろしに醤油をかける。

「私、あの時はどうかしてたのですよ」

突然、高梨が「私」と言ったので、有紗は違和感を覚えて高梨の目を見つめた。

高梨の顔は、誰にも似ていない。やや顎がしゃくれて、利かん気の強そうな吊った目をしている。両目の間隔が空いておでこが広く、暢気な顔の俊平とは対照的に、男らしい攻撃的な顔だった。

「あの日は確か、風の強い日でしたよね。たまたま単身赴任先から戻っていたので覚えています。夜明け方、バルコニーのガラス窓にゴツンと大きな音を立てて何かが当たったんです。朝になって見てみたら、お宅のお子さんのシャベルだった。きっとお子さんの砂遊びに使って、そのままバルコニーに出していて、お忘れになったんでしょう。ご存じのように、バルコニーには物を出してはいけないという規則がありますから、落ちたのが、うちのバルコニーでよかったし、また明け方の誰もいない時でよかった、という話です。それで、ひと言書かせて頂きました。ただ、少し腹が立っていたので、書き方は非難が籠もっていたと思います。嫌な気持ちになられたのなら、お詫びします」

高梨が頭を下げた。

「いいえ、高梨さんに言って頂いて、ほっとしました。どこの誰が怒っているんだろうと思うと、不安でしたから」

「岩見さんがお嬢さんといらっしゃるのを見て、申し訳ないことをした、謝らなきゃ、と思ったのです」

有紗は有紗で、他人から見ると、だらしない生活に見えるのか、と心が騒いだのだった。その手紙を書いたのが、目の前にいる高梨かと思うと不思議だった。高梨は率直で信頼できそうな男だ。

「奥様は何をなさってるんですか？」

「銀行員です」簡単に答えた後、高梨は苦笑いした。「私の会社が潰れても、女房が働いているから何とかなります」

「会社はあまりよくないんですか？」

「じきに、会社更生法のお世話になると思いますよ」

高梨は肩を竦めて、ビールを飲み干した。左の薬指に細い結婚指輪をしていた。揃いで買ったはずなのに、俊平は一度も付けたことがない。

「もし、そうなったら、どうなさるんですか？」

「島根の方で再就職しようかと思っています。懇意になった会社がありますから。あるいは子会社にでも」

単身赴任先の島根から戻って来た、と挨拶されたのは、最近のことだった。じきに、高梨とも会えなくなるのだろう。

「島根ですか。行ったことないですね」

「いいところですよ。僕は四年もいましたが、すっかり気に入りました。岩見さんは東京ですか？」

「いいえ、私は新潟なんです。岩見は東京ですけど」

「新潟も、行ったことないなあ」

ビールを飲み終えると、高梨が物問いたげに有紗を見遣った。

「お酒、飲まれますか？」

有紗が頷くと、心配そうに訊ねる。

「今日、ご家族の方はいいんですか？」

「娘と岩見は、岩見の実家に行ってます」

それだけで、何ごとか察したように高梨は黙った。ガラスの酒器に入った冷酒が運ばれてきた。高梨が手慣れた手付きで、有紗の猪口に注いでくれた。有紗が酒器を取ろうとすると、手で制して自分で注いだ。

子供の声が響いて賑やかだった店内が、少し静かになった。子連れ客が帰って、若いカップルや中年夫婦が多くなった。

「僕は、島根で女房を裏切ったんです」

突然そんな話を聞かされて、有紗は戸惑った。俊平と同じではないか。心の揺らぎを隠そうと、猪口を口に運ぶ。

「裏切るってどういうことですか？」

「現地で女の人と付き合いました。僕と同い年の飲み屋の女性です」

俊平の相手は、シカゴ大学に留学しているという女子学生だった。あの時の痛みが蘇った。ずきりと胸が痛む。

「どうして、そんなことを私に仰るんですか？」

「誰にも話したことがないから、喋りたくなりました。すみません。ご不快なら、もう二度と言いません」

「いや、そういうわけではないんです」有紗は言葉を切った。「きっと先を聞くのが怖いんだと思います」

「裏切った夫の話だからですか？」

「その通りです」

「じゃ、岩見さんは裏切ったことはないんですか？」

前の結婚のことを俊平に告げなかったことは、果たして裏切りなのだろうか。わからない。

有紗が黙っていると、高梨が有紗の顔を凝視した。

「私は、高梨さんが仰ったような意味ではないですけど、言うべきことを言わなかった、と責められたことがあります。それも裏切りでしょうね」

「そうでしょうかね」高梨が首を傾げた。「言いたくないことは言わなくていいと思いますよ」

「結婚生活って、難しいですね」

独りごとだったのに、高梨が続けた。

「本当に難しいですね。いずれにせよ、僕の家族には、僕の会社が潰れることも含めて、いろんなことが起きると思いますよ。台風がいずれ来る、という感じですね」

「この間、奥様は私に、マンションの隣の保育園に入れるかどうかと訊いてらっしゃいましたけど、転園を考えておられるんでしょうね」

「嵐に備えているんでしょう」高梨が苦笑した。「僕の会社が潰れたら、僕は島根で就職しなくちゃならないし、女房はこっちで一人で子供を育てなきゃならないから、なるべくお金のかからない方法を探さないと」

「離婚されるということですか？」

高梨が苦しそうな表情をした。

「違います。別居せざるを得なくなる、という意味です」

高梨の妻を思い出す。地味なスカートに、ＩＤカードを首から下げたまま、デパ地下で買い物をしている姿。一分たりとも無駄にはできない、という焦りが表情に出ていた。

「島根の方と一緒にならないのですか？」

「いいえ、そんな相手ではなかった。第一、人妻でしたから」

「まるで、二年半前のうちと同じです」

有紗はそう言ってしまってから、驚いて口に手を当てた。高梨にすべてを話したいような気持ちになっている。初対面も同様の相手なのに、自分はどうしたのだろう。

楽しそうな笑い声が響いたので、有紗は満席の店内を見回した。

老夫婦、若いカップル、主婦らしきグループ、一人で食事をする老人。蕎麦屋で長居をする人はほとんどいない。

アルコールを飲んでいても、仕上げに蕎麦や丼物を食べて、さっさと出て行く。思いが溜まっていることを吐露するように、この店で飲み続ける客は、さぞ鬱陶しい存在だろう。

二年半前の冬、帰国した俊平とこの店に来た時は、いぶママの乱れた姿を見たのだった。

有紗は俊平が帰って来たことに驚き、内心喜んでいたのだが、それはまだ俊平の浮気を知らされていなかったからだ。知っていたら、いぶママに優越感など抱けなかった。

いや、俊平の告白を「浮気」という言葉で纏(まと)めてしまっていいのだろうか。俊平は本気で恋をしていたはずだ、それも女子大生と。

またしても苦しみが蘇ってきて、有紗の息を詰まらせる。嫉妬などという、甘やかなものではなかった。有紗を苦しめているのは、自分と花奈が蔑(ないがし)ろにされていた、という激しい痛みだった。

3

俊平は子育てに悩む自分を放っておいて、若い女と恋愛に夢中になり、有紗に離婚を迫った。それは、有紗が過去のことを告げなかった罪と等価なのだろうか。どうしても、そこがわからない。

一度解決したはずの問題が、ここにきて再び頭をもたげ始めたのは、俊平との間がぎくしゃくしているからだろう。水に流したはずなのに、どこかで引っかかって流れを堰き止めている。どころか、逆流しかねなかった。

「岩見さん、大丈夫ですか？」

高梨に小さな声で訊ねられて我に返り、顔を上げる。

自分が激しく傷付いていたことを、よく知りもしない男に気取られてしまったか、と不安になった。この弱さが、自分を駄目にしている、と有紗は思う。

解放的な気持ちになった夜だったのに、高梨の浮気の話を聞いた途端に、ネガティブな思いが湧いてくるのを止めようがなかった。

「急に顔を顰められたから、どこか具合でも悪いのかな、と思いまして」と、高梨。

「大丈夫です」

そうは言ったものの、有紗は暗い顔で俯いていた。

「ご不快な話をしてしまいましたでしょうか」

高梨が心配そうに訊いた。

ないか。

「そんなことありません」

高梨は、島根で付き合っていた女のことを、『いいえ、そんな相手ではなかった。第一、人妻でしたから』と語った。

しかし、俊平はその女子大生との結婚を考えていたのかもしれないのだ。有紗と花奈を捨ててしまえば、自由の身になれる。だから、離婚してくれ、と頼んできた。俊平の罪は重くないか。

「急に黙ってしまったから。僕、何か変なこと言ってしまったかなと思って」

高梨が有紗の猪口に酒を足しながら、不安そうに言った。

勢い余って、酒がこぼれてテーブルを濡らした。「これは失礼」と、高梨がポケットから綺麗に折り畳んだハンカチを出して拭いた。

「すみません」

有紗は恐縮したが、アイロンのかかったハンカチが目に焼き付いた。

誰が洗濯して、きちんとアイロンをかけているのだろう。銀行員の妻か。妻の手が感じられる男は、幸せそうに見えるものだ。

有紗は、どうして自分はここにいるのだろうと、もう一度賑わう店内を見回した。不意に、大きな孤独を感じて悲しくなる。自分はたった一人なのだ、という実感。

花奈がパパが大好きで、町田の家に懐(なつ)いているせいもあるかもしれない。俊平は、まるで放っておいたことへの贖罪のように、花奈を可愛がっていた。

子供は命よりも大事な存在だけれど、孤独を埋めてくれるわけではない。大人の女には、もっとそばにいてくれる誰かが必要なのだ。

「さっきの話の続きですけど、岩見さんは、『まるで、二年半前のうちと同じ』って、呟かれましたよね。僕、すごく気になったので、差し支えなかったら聞かせてほしいんですけど」

高梨が遠慮がちに言ったが、有紗は正直に答えた。

「すみません。まだお話しできないんだ、と気付きました」

ここで打ち明けたら、もっと惨めな気持ちになるだろう。高梨は妻を裏切った話を堂々としたが、自分は裏切られた妻の方なのだ。同等なわけがなかった。

「そうですか、僕のせいですね。すみません。何だか重い話になっちゃったな。もう、やめましょうね」

高梨が困ったように組んだ腕の肘のあたりを掻くような仕種をした。急に、打ち解けた空気が冷えてゆく。高梨が酒を確かめた。空になったようだ。

「じゃ、そろそろ蕎麦でも頼みましょうか。岩見さんは何にしますか。僕はせいろにしますが」

高梨がメニューを渡してくれたが、有紗は見ずに答えた。

「私も同じ物をお願いします」

注文した後、手持ち無沙汰になったらしい高梨が、「失礼」と言ってスマホを取り出し、しばらく眺めだした。やがて、退屈そうな顔をして仕舞う。

まだせいろは来ない。有紗は、水の入ったグラスに口を付けた。周りに水滴が付いて、手が滑りそうになる。

「そう言えば、この間、ご主人をお見かけしましたよ。お嬢さんと一緒だったから、ああ、この人がお父さんだってわかった」

高梨が話を始める。人を逸らさないのは、営業だからか。

「いつ頃ですか」

「先週の土曜日あたりだったかな。ジーンズ姿でね。ご主人、若く見えますね。もてるでしょうね」

うっかり口を滑らせた高梨に、有紗は断罪するかのように訊ねた。

「高梨さん、どうして男の人は浮気をするんですか？」

まるで子供同然の質問だと思ったが、急に高梨を困らせたくなったのだ。

「さあ、どうしてかな。わかんないな」

高梨が苦笑した。両肘をテーブルの上に突いて手を組み、その上に顎を載せる。

「寂しかったから、と言い訳するヤツもいるけど、僕は別に寂しいからじゃないですよ。寂しいなんて、人間なんだから当たり前じゃないですか。だから、女の人と付き合うのに、そんな理由はない。島根の人は、綺麗で素敵だったからですよ。この人と話をして、ずっとそばにいたいと思ったんです」

「寂しいのは、人間として当たり前なんですね」

「そうです」と、高梨は言い切る。「人間はたった一人ですよ。女の人は違うかもしれない。子供がくっ付いていますね」

「でも、子供は大人じゃないです」

「そうなんですよね。そこが男の狡(ずる)いところです。子供は妻に押し付けて、自分は独身みたいに振る舞えるんです」

高梨が愉快そうに言った。

「その綺麗で素敵な人とは、最初から浮気だったんですか？」

有紗は、グラスに付いた水滴を指でなぞりながら訊ねた。

「僕は何も考えてなかったですね。さっき言ったように、ただそばにいて、話をしたかっただけです。好きになったんですよ」

「奥さんには申し訳ないとか思わなかったんですか？」

有紗が質問した時、せいろが二枚運ばれてきた。高梨はそつなく、先に有紗の蕎麦猪口につゆを注いでくれる。

「思いましたけど、どうにも仕方がないんです。止められないんだから」

「すごい身勝手な理由ですね」

高梨が真面目な面持ちで正面から有紗を見た。

「身勝手だってわかっているけど、しょうがないんですよ。そういうことってあるんです。自分でも困ってるんだけど、どうにも抑えられない。朝は、ああ、こんなことやめよう、深間に嵌るぞ、この大馬鹿野郎、と自戒して仕事に行くけど、夕方になると、そんなことどうでもいいやって思う。そして、会いに行って飲む。毎日がこれの繰り返しでした」

「リアルですね」

高梨の話術のうまさに引き込まれて、有紗は苦笑した。その笑い顔を見て、高梨がすかさず言う。

「少し気分がよくなられたようですね。よかった」

「ええ。さっきはちょっと嫌なことをたくさん思い出したんです」

高梨が蕎麦を勢いよく啜りながら、心配そうな顔をした。

「僕のせいですね。男が身勝手だからでしょう」

「よくわかりません」

「懐疑的だなあ」と、笑う。

「そんなこと言われたの初めてです」

これも、高梨の能力のひとつなのだろう。俊平はこんなに口がうまくないし、会話も弾まない。だから、何を考えているのか、こちらから問い質さないとなかなか伝わらない。もどかしい男だ、と思う。

「しかしね、問題があるんですよ。つまり、僕が単身赴任だってことです。さっき、朝は自戒して、夜になると解放されるって言いましたよね。ところが、単身赴任は休日があるんです。週末だけ家に帰るヤツもいるけど、僕の場合は島根でしたから、簡単に帰れないんです。時間も金もかかるから、滅多に帰れませんでした。従って、時間が有り余っている。でも、あっちは家庭があるから、週末は会ってくれない。閉々としましたよ。そのうち、朝と夕方のリズムが狂ってくるんです。ずっと会っていたいんです。僕は彼女に完全にいかれていたと思います。多分、妻子持ちと不倫している女性の気分って、こんな感じじゃないですかね。よく男が家庭で過ごす盆暮れは辛いって言うでしょう。その通りです」

二人とも蕎麦を食べ終わって、番茶を飲んだ。もっと高梨の話を聞きたい気持ちと、これ以上、親しくなりたくない気持ちとがせめぎ合う。

「どうしましょう。もうお帰りになられますか？」

高梨が伝票を摑んだので、慌てて「私も払います」と籠バッグの中にある財布を探したが、高梨に手を押さえられた。

「いいんです。払わせてください」

仕方なくレジを抜けて外で待っていると、ＬＩＮＥでメッセージがきた。花奈が真ん中で俊平からで、レストランで笑っている皆の写真だった。コメントはなく、レストランの人にＶサインをしている。その横に晴子。陽平と俊平は両脇で微笑んでいる。レストランの人に撮ってもらったのだろう。有紗は、「おめでとうございます」と、適当なスタンプで返した。

「岩見さん、一杯付き合ってください。こんなこと言うと叱られちゃうだろうけど、僕はもう少し岩見さんと話したい気分なんです」

「この近くでなければ」

とうとう屈服した。結局、迷った者は負けなのだ。

高梨と何か起きそうな予感はまったくなかったが、話をしたい気持ちは有紗も強くある。高梨が島根で付き合った女性のことを、『この人と話をして、ずっとそばにいたい』気持ちと言っていたのを思い出す。話をしたいとは、何かの始まりなのだろうか。やはり断ろうと思った時、高梨が遮った。

「じゃ、門仲まで行きましょう」

門仲。少し前まで自分の職場だった街だ。今頃、美雨ママはどうしているだろう。急に会いたい気持ちが募った。

ららぽーとの前のタクシー乗り場から、タクシーに乗った。

「門前仲町。駅のあたりで降ろして」

運転手への言い方も慣れていた。その後、有紗に訊ねる。

「今日、ご家族は何時頃にお戻りなんですか?」

「さあ、十時過ぎると思いますけど」

「了解」と、高梨は腕時計を見ながら言う。

九時前。ほんの一杯だけ。有紗が心の中で思っていると、いきなり手を握られた。大きく力強い手だった。抗って抜こうとしたが、すぐには離してくれない。有紗の細い指を楽しむように撫で回してから、ようやく解放してくれた。ホテルに連れ込まれたらどうしよう、とさすがに後悔した。

「やめてください」

運転手に聞こえないように、小さな声で咎めると高梨が謝った。

「すみません、寂しかったんで」

笑えない冗談が腹立たしい。が、どこか憎めないところがあるのは、なぜだろう。有紗は自分がどうしたらいいのか、わからなくなった。

やがて、タクシーは門前仲町に着いた。何かあったら逃げようと気を張っていると、高梨が案内してくれたのは、意外にも洒落たワインバーだった。

「やべえなあ。こんな格好して、恥ずかしい。いかにも休日のサラリーマンですよね」

高梨は照れたのか、Tシャツにハーフパンツというおのれの姿を一瞥して言った。

「高梨さん、さっきみたいなことしないでください。私、一杯頂いてすぐに帰りますから」

有紗は店の前で怒った。

「すみませんでした。二度としません。でも」と、高梨は何か言いたそうにして、言葉を止める。

「でも、何ですか?」

「あなたも大人だったら、僕の求めているものが何か、わかりませんか?」

「わかりません。何ですか?」

「だったらいいです。つまらない人だ。一杯だけワインを飲んで、お帰りになるといい」

つまらないと貶(けな)されて、有紗はむっとした。

「じゃ、私はこれで失礼します。今日はご馳走様でした」

礼をして去ろうとしたら、高梨に腕を摑まれた。

「待ってください。店の前で僕に恥をかかせないで。ほら、店の人が何ごとかとこっちを見てます。一杯くらい、いいでしょう。付き合ってください」

有無を言わさない調子で言われ、有紗は根負けした。

高梨はどうして自分を自由にさせてくれないのか。こんなに引きずり回されたのは、初めてだった。最初の夫の鉄哉も俊平も、マザコン気味で有紗が言いたいことを言える、おとなしい夫だった。

店は薄暗かった。客が数人カウンターで飲んでいるだけで、テーブル席には誰もいない。奥まったテーブル席に陣取った高梨は、静かに話すウェイターとワインの話をしている。有紗は詳しくないので籠バッグを膝に抱えて黙っている。

やがて、赤ワインのボトルが運ばれて来た。

「僕はこれを全部飲んで帰りますから、気にしないで。一杯と言わず、もっと飲みたかったら、どうぞ」

注がれたワインに口を付けたが、味などわからない。ふと、美雨ママなら、こんな時にどう振る舞うのだろうと思った。あるいは、いぶママならどうするのだろう、と。

美雨ママは率直に明るく、いぶママは品よく賢く振る舞うのだろう。高梨は正しい。私はつまらない女だ、と有紗は思った。のこのこ付いて来たくせに、スマートに振る舞えないのだ。だったら、最初から高梨となんか飲まなければよかったのだ。

「奥さんもワインがお好きなんですか?」

「ええ、飲んだくれですよ。何でも飲みます。酒乱で、僕はいつも殴られてます」

「何で殴るの? 理由は何ですか」

「さっき言った理由です。僕が裏切ったからです。岩見さんは、ご主人を殴らなかったのですか?」

殴らなかったし、殴られなかった。物理的に相手をぶちのめしたところで、解決するわけではないとわかっていたからだ。

「そんなことしていません」

溜息が聞こえたのか、高梨が優しく言った。

「虚しくなるだけだからですか？」

「そうでしょうね」

有紗は、もう一杯飲もうかと思う。

4

有紗が働いていたTAISHO鮨チェーンの本店は、永代通りの反対側、賑やかで庶民的な商店街のほぼ中央にある。美雨ママと初めて飲んだトモヒサの居酒屋は、その商店街の狭い路地を入った、どん詰まりだった。

あの時は、気合いを入れて着飾った有紗が、もうもうと店内を覆う煙に閉口して、『お洒落なワインバーか何かだと思った』と愚痴ったら、美雨ママが笑いのめしたのだった。

『あのさ、ここ門仲だよ。そんな洒落た店はないの』

だが、今の自分は、シャベルのことで嫌な手紙を寄越した階下の男と、門仲の洒落たワインバーで相対している。二年半前には想像もできなかった展開に、有紗は思わず苦笑してしまう。

「何か可笑しいですか？」

高梨が、有紗が微笑んだのを目敏く見付けて訊いた。

「ちょっと二年前のことを思い出したんです」

「何があったの？」

高梨が楽しそうに目を輝かせる。

「カッコいいママ友がいて、その人に門仲にお酒を飲みに行こうって誘われたから、てっきりこういう素敵なお店かと思ったんです。それで、ワンピースにパールの長いネックレスして行ったら、七輪でいろんな物を焼いて食べる居酒屋だった。すごい煙なんで、服に臭いが付くからがっかりしちゃって」

「その人、そういう店に行くって、最初に言えばいいのに」

「そうなんだけど」

美雨ママの性格を、口で説明したところで埒が明かない。有紗は一人で思い出し笑いをした。

「そうなんだけど、何？」

高梨は、有紗が楽しそうにしているのが珍しいのか、身を乗り出した。

「彼女、私が着ているワンピースを見て、『レーヨン?』って訊いた」

有紗はぷっと噴き出す。

「率直過ぎるってこと?」

釣られて笑った高梨が訊いた。

「違う、ほんとに面白い人なんです」

「そうかな。正直ってことでしょう?」

「いや、少し違う。思ってることがすぐ言葉に出るの」

「そういう人って、ちょっと困らない?」

「彼女の場合はあまり困らないのよ」

美雨ママの思っていることは、まっすぐで温かくて賢いのだ。だから、強い言葉が出てきても、嫌いになれない。急に美雨ママに会って、高梨のことを喋りたくなった。

では、自分は高梨の何について喋るというのだろう。

有紗は、小さな円いテーブルを挟んで座っている高梨の方を見遣った。高梨は、Tシャツにハーフパンツ、ビーチサンダルという、くだけ過ぎた格好が恥ずかしいのか、身を縮めるようにしてスツールに腰掛けている。

「その人と本当に仲がいいんですね。女の人は、すぐ姉妹みたいに仲良くなって、何でも喋っちゃうから不思議です。うちの奥さんも、前に住んでいた浦安(うらやす)の方に仲のいい友達がいてね。あけすけに喋ってるらしいんだ。男からすると信じられないし、そこで話されていることを想像すると、恥ずかしいですよ」

高梨が笑いながら言う。

「じゃ、男の人はどうですか？」

「ご主人はどうですか？」

質問に質問で返され、有紗は首を傾げた。

「さあ。会社の人とは適当に付き合ってるみたいですね。学生時代の友達とかとは、時々、飲み会とかやってるみたいだけど、しょっちゅう会ったり話したりするような親友みたいな人はいないように思います。いても、あまりプライベートな話はしないんじゃないかしら」

高梨が頷いた。

「会社に入ると、自然、疎遠になりますよ。みんな会社の人間関係になっちゃうから。まして、単身赴任とかしていると、同期の人間関係も切れてしまうし、知らない土地だし、本当に孤独になりますよ」

孤独になる。だから、俊平は女子大生と恋に落ち、高梨は人妻と関係を持ったのだろうか。置いていかれた妻だって、孤独になるのに。

「でも、孤独って自由なことですね」

「そうです、岩見さんはいいことを言う。正直に言いますと、僕は家族から解き放たれた感じがして嬉しかったんです」

「子育てもみんな奥さんに任せて、ですものね」

「そう、申し訳ないけど。勝手なもんですよね」

屈託なく笑うので、責める気になれなかった。

「話は違うけど」と、高梨が話題を変えた。「岩見さんは、フェイスブックとかブログ、やってますか？」

有紗は首を振った。

「やってないです。あまり好きじゃないの」

好きではない理由のひとつに、自身の離婚がある。有紗は、ママ友や保育園のママたちに、過去を知られたくはなかった。フェイスブックは、繋がりがすぐわかってしまうので要注意だ、と誰かが言っていたから、手を出さないのだった。

「ああ、よかった。僕も好きじゃないんだ。岩見さんが、フェイスブックやブログに今日見た映画の感想とか、蕎麦屋の点数とかを書き入れてたらどうしよう、と思った。ご主人はやってないの？」

「うちの」と言いかけてから、俊平のことを何と呼ぼうと迷う。

いぶママや芽玖ママ、真恋ママらは、人前で夫のことを躊躇いなく「主人」と呼ぶ。だが、有紗は、どうしても素直に「主人」という言葉を使えないのだ。ママ友たちが「主人」と言う時、どこか誇らしげに聞こえるからだろうか。

「あの人も嫌いみたいで、休日になると、友達のフェイスブックを全部チェックしては、罵(ののし)ってます」

やっとのことで言うと、高梨は何も気付かない様子で笑った。

「いい趣味だね」

「そうかしら。私は何だか嫌だな」

「どうして」

「だって、人のことなんか、放っておけばいいのにって思う」

「クールだね」

「そうかな」と、首を傾げる。「当たり前だと思うけど」

「フェイスブックは、リア充自慢だからね。みんな子供のことや、何を食べたっていう、どうでもいい話ばかりだ。あれは、独身の人や、子供のいない人には不快だろうな」

「代わりに、ペットの写真を出してる人もいるでしょう？」

そうそう、と高梨が何か思い出し笑いをした。知り合いにいるのだろう。

「でもね、いずれ、写真を出された子供たちが反乱を起こすよ」

「まさか」

「だって、子供にだって肖像権があるんだからさ。勝手に使われたって怒る子供も、今に出てくると思うよ」

「なるほど、確かにそうですね」

「だから、ペットが無難なんだよ」

高梨との会話が弾む。思ってもいないことだった。だが、高梨が腕時計を見て言う。

「そろそろ帰らないと駄目ですね。もうじき九時半ですよ」

ワインのボトルを見ると、まだ半分近く残っていた。有紗の視線を受け止めて、高梨がボトルの首を摑んだ。

「僕はこれを全部飲んで帰ります。遠慮なさらず、お先にどうぞ。支払いも結構です。誘ったのは僕ですから」

「すみません」と、立ち上がる。

「煙草を吸いたいから、そこまで送りますよ」

高梨は店の外まで出て来た。タクシーを拾ってくれるつもりなのかもしれない。

「今日はありがとうございました」

礼を言うと、高梨が深々と頭を下げた。

「さっきはすみませんでした。つまらない人、なんて言ってしまって」

「いいですよ。実際、つまらないし」

有紗が冗談めかして言うと、高梨が首を振った。

「とんでもない。僕は悪い癖があって、思うようにならないと、すぐ相手を煽ってしまうんです。だから、嫌われるし、誤解もされる。本当に申し訳ありませんでした。でも、これに懲りずに、また会いませんか？」

右手からタクシーが来た。停めようと手を挙げながら、高梨がスマートフォンをポケットから出した。

「携帯の番号教えてください。会って話すだけならいいでしょう？」

確かに、会って話すだけならいい、と思う。有紗は躊躇わずに番号を教えた。高梨が片手で番号を入力し終わると同時に、タクシーが停まった。

「では、お気を付けて」

「ご馳走様でした」

行き先を告げてから、有紗は何気なく後ろを振り返った。高梨が煙草をくわえて、片手を挙げている。目が合った。有紗は慌てて向き直った。

別に俊平を裏切ったわけではない。偶然、高梨と会って食事し、ワインを飲んだだけなのだから。

タクシーが運河を渡っている最中に、高梨からメッセージが来た。

「来週の土曜、六時に会いませんか？」

来週の土曜は、青山にあるいぶママのセレクトショップに、芽玖ママや真恋ママたちと一緒に行くことになっている。しかも、土曜なら、俊平が花奈を見てくれるだろうし、いぶママたちと食事していた、といくらでも言い訳ができそうだった。

「場所は？」と送ると、待っていたように「渋谷マークシティのスタバ」と、すぐに返事がきた。「わかりました」と返事をした後、あまりにも早く次に会う算段がついたので、自分でも唖然（あぜん）とした。

家に着く前に、美雨ママにＬＩＮＥしようかと思ったが、やめにした。何ごともなければ、どうせ明日の朝に保育園で会えるだろうから。その時、話せばいいのだ。

それに、高梨と何か起きたわけではないのだから。会って話すだけならいい、俊平を裏切るわけではない、と有紗は心の中で繰り返す。

マンションの開放廊下を小走りに駆けて、家のドアを開けてほっとする。真っ暗だった。今頃、俊平は眠くて機嫌の悪い花奈を連れて、電車に乗っているのだろう。

有紗は急いでカーテンを閉めて回り、風呂を沸かした。洗面所の鏡を覗くと、酔いも手伝ってか、上気した顔が映っている。しかし、その顔には生気が宿って目が輝き、我ながら美しく見えた。

「ああ、どうしよう」

有紗はクレンジングクリームをたっぷりコットンに取って、メイクを落とした。スッピンになってようやく、素の自分に戻れたような気がする。

俊平からは何の連絡もない。有紗は、スマートフォンを籠バッグから取り出して、高梨とのメッセージを見た。素っ気ない言葉の遣り取りに、弾んだ会話の余韻が残っているような気がする。

絶対に人に見せてはならないものに思えて、有紗は、普段使いのケイト・スペードのファスナー付きのバッグのポケットにスマートフォンを仕舞った。

花奈が時々、有紗のスマホをいじって遊ぶからだった。これからは、花奈が容易に手に取れない場所に置かなければならない、と肝に銘じる。こうやって秘密ができていくのだ、と思う。

俊平と花奈の帰りを待ってから、と思ったが、高梨と過ごしていた時間の痕跡を消したい衝動に駆られて、先に風呂に入った。

湯船に浸かっていると、陽平の古稀祝いを欠席してしまった悔いが湧き上がってくる。しかし、それは一瞬だった。すぐに、高梨の心配そうな表情や、タクシーで手を握られた感触が蘇って、うろたえる自分がいる。今後、高梨とどうなりたいのか、自分でも予想がつかなかった。

風で飛んだシャベルのことを詰った手紙に長く傷付けられ、怯えて暮らした時期がある。『だらしのない生活』と断じられたことと、『つまらない人』と詰られたことの根っこは、同じではないだろうか。感情の濃淡が激しそうな高梨という男が、よくわからなかった。かと言って、わかりたくない、とは思っていないから始末に悪い。

『僕は悪い癖があって、思うようにならないと、すぐ相手を煽ってしまうんです。だから、嫌われるし、誤解もされる』

高梨には、どこか信頼できないところがある。それなのに、自分は高梨と会う約束をしてしまった。急に、深い川を渡ったような気がして、有紗は戻れない幻の対岸を振り返る。

「何だよ、風呂に入ってるのかよ」

浴室のガラスドアに、突然、俊平の影が映った。

「お帰んなさい。遅いから、先に入っちゃった」

咄嗟に裸体を隠そうとした自分に気付いた有紗は、わざと湯音を立てた。

「いいけどさ。花奈は寝ちゃったよ」

俊平の声は不満げだった。

「じゃ、寝かせといて」

答えはなかった。俊平は不機嫌を隠さない。浴室のドアを開けて挨拶をしようともせずに、行ってしまった。

有紗は風呂から上がり、顔に化粧水と乳液を塗り、パジャマ代わりのTシャツと短パンを身に着けてから、リビングに行った。ワインの酔いは、風呂に入ったおかげで何とか誤魔化せそうだ。

テレビの前のソファで、俊平が発泡酒を飲んでいた。

「花奈が寝ちゃって重いからさ。永田町(ながたちょう)からタクシーで帰って来た」

俊平は、有紗の方を見ずに言った。

「そう。行かなくてごめんね」

「いいよ。有紗が来ない方がいい時もあるから」

有紗はむっとして、思わずきつい口調になった。

「どういう意味？　私が行かない方がいいなら、最初から誘わないでほしいな」

「俺が誘ったんじゃないもん」

俊平が、テレビから目を離さずに吐き捨てる。

「子供みたいなこと言わないでよ」

「子供はどっちだよ。行かないなんて、急に言いやがってさ。俺、オフクロに言い訳するの、困ったよ。しかも、有紗はオフクロからの電話に出なかったろう？　オフクロが心配してたよ。『有紗さん、電話に出られないくらい、具合が悪いのかしら』って。花奈も急にしょんぼりするし、オヤジもがっかりするし、で俺の立場なかったよ。おまえ、今日は一日何してたんだよ」

俊平が酔いで赤くなった顔を向ける。目が刺々(とげとげ)しかった。

「何もしてないよ。家にずっといたよ。それも、あなたにいちいち報告しなきゃならないわけ？」

俊平からは、LINEで皆の写真が届いたから、機嫌は直ったのかと思っていただけに、改めて責められると怒りが増した。

「突然、行かないとか我が儘言ってさ。俺に一日花奈の面倒見させておいて、おまえは何してたのかって訊いてるだけだよ。オヤジやオフクロの相手して疲れて帰って来たら、おまえはさっさと風呂に入ってる。何だよ。俺が先だろって」

有紗はかっとした。この人は、何を滅茶苦茶なことを言っているのだろう。普段、口が重いくせに、今日は酔いも手伝って能弁なのが、また癪に障るのだった。

「お風呂の順番なんて、決まってないじゃない。封建的だな」

俊平は黙ってテレビの画面を見つめている。こうるさい声で関西弁を喋る女性タレントが、サッカー選手の話をしていた。

「そうそう。オフクロが、有紗さんは、花奈ちゃんの小学校をどうするつもりなのかしらって心配していたよ」

またお受験のことを言われるのか。有紗は警戒する。

「どういうこと」

「いくら何でも、小学校のお受験は諦めただろうけど、また中学校も視野に入れているんだろうから、町田に引っ越して来た方が選択肢が多いんじゃないかってさ」

「俊平は何て答えたの」

「そういうこと言うと有紗は怒るよって答えた」

「何よ、ちっとも私の味方してないじゃない」

有紗は立ち竦んだまま、フローリングの床を見下ろした。このひとつ下のコンクリートの箱の中に高梨が住んでいる、と初めて気が付いた。

5

翌朝、有紗は美雨ママが来るのを待ち受けようと、いつもより二十分ほど早めに保育園に行った。だが、驚いたことに、本人がちょうど保育園から出て来るところだった。

美雨ママは、まるでスパッツみたいな細身のデニムに、洒落たロゴ入りの青いTシャツ。白いスニーカーを履いていた。二十代にしか見えない。

「洋子、おはよう。早いじゃない」

自転車に跨(また)がったところに駆け寄って、声をかけた。美雨ママが、「おう、有紗じゃん」と男みたいに叫んで笑った。

有紗は思わず息を呑んだ。目の下の青痣が、赤黒い色に変わっていた。

「その色、凄い。大丈夫？」

「うん、血が下がってくるとこうなるみたい。みっともなくて、外に行けないよ」

そう言いながら、サングラスもしないで顔を晒しているので、園児を連れて来る保護者が、美雨ママを見て、一様に仰天している。

「サングラスどうしたの？」

「忘れてきちゃった」

あっけらかんと言う美雨ママは、どこか上の空で、何だか悲しそうだった。また、何かあったのだろうか。

『あたしのことなんか、誰も心配してないよ』

あの自嘲的な台詞が蘇る。不安になった有紗は、園庭の方を見遣った。美雨ちゃんは、砂場の方にでもいるのか、見当たらなかった。

「洋子がそんな顔してたら、美雨ちゃん、心配するでしょう。美雨ちゃんには何て言ったの？」

「自転車で転んだって言ったけど、夫婦喧嘩の修羅場は何度も見てるから、薄々わかってると思うんだ」

美雨ママが長い足を地面に着けたまま、空を仰いで言う。ＢＷＴのタワーを見上げたように、有紗には思えた。

「ママ、行こうよ」

早く友達と遊びたい花奈が、立ち話をして動かない有紗に焦れて、有紗の綿シャツを引っ張った。有紗は時計を見て、美雨ママに訊く。

「ねえ、すぐ帰っちゃう？　時間があるなら、ちょっと話したいことがあるんだけどさ」

美雨ママは肩を竦めた。

「いいよ。どこに行く？　ここで待ってようか」

しかし、保育園の月曜の朝は、一週間で一番慌ただしい。大きな荷物を持った保護者たちがひっきりなしにやって来る。お昼寝用の布団に洗濯したシーツを付けてから、仕事に出かけて行くのだ。

顔見知りも多いから和やかに挨拶し合うものの、中には、露骨に美雨ママを無視する保護者もいる。美雨ママが、無職なのにうまく保育園に入れた、と言われているのだろうか。それとも、不倫の噂はここまで飛んできたか。有紗は心配になった。

「洋子、仕事行かないと目立つから、いったん家に戻った方がいいんじゃない？　よかったら、後でうちにおいでよ。うちでお茶するか、お昼食べようよ。どっちがいい？」

声を潜めて囁くと、美雨ママが迷ったように目を上げる。

「行っていいの？」

「いいよ。誰もいないから」

「じゃ、お茶じゃなくて、お昼食べない？　何か買って行くから」

「いいよ、焼きそばでも作るから、十一時くらいにおいでよ」

「ソース焼きそば？　いいな。気取った人たちに聞かせてやりたいよ」

美雨ママは泥を吐き出すように顔を歪めた。

きっかり午前十一時、エントランスのインターホンが鳴った。

「栗原でーす」

いそいそとロックを解除し、美雨ママをマンションのロビーに迎え入れる。TAISHO鮨を辞めるまでは、二年以上パートで働いていたから、子供抜きで昼時に友人と家でご飯を食べるなんて、あり得ない贅沢だった。

やがて、玄関が小さくノックされた。開けると、サングラスをした美雨ママが、レジ袋と紙袋を差し出した。レジ袋には、小玉スイカ。紙袋は、駅前のベーカリーのサンドイッチと豆サラダだった。

「はい、お土産」

「わあ、気が利くじゃない。スイカ食べるの、今年初めてだよ」

「あたしも初めてだから買ってきた」

スニーカーを脱ぎながら、美雨ママは、物珍しそうに部屋の中を見回した。

「へえ、これが有紗の家か。綺麗にしてるじゃん」

「だって、暇になったもの」と、笑いながら、有紗は美雨ママの脱いだスニーカーをきちんと揃えた。

美雨ママは、真っ先に窓辺に行って景色を眺めている。

「ここって、悪いけど、あまり見晴らしはよくないね。向かい側のビルしか見えないじゃん。ちょっと顔をずらしても、ららぽーとか」

二十九階の有紗の部屋からは、目の前にある三十二階建てのＹＯＮＥＤＡビルしか見えないのだった。

「そうなの。だから、賃料安いのよ。ＢＷＴの上階だと、横浜のランドマークタワーまではっきり見えるんだって。こんなに近くに住んでいるんだから、海くらい見たいよね」

そう言った後、いぶパパの住んでいる部屋は、ＢＷＴの高層階だったと思い出す。話題を変えようと思ったが、その前に美雨ママが断じた。

「でも、この高さくらいでいいんじゃない。あんまり高過ぎるのはよくないよ」

有紗は、ＢＷＴの五十二階にあるラウンジに美雨ママと連れだって行った時、『あなた、死にたいって思ったことない？』と突然訊かれて、戸惑ったことを思い出した。あの時の美雨ママは、『タワーズって、異様な聳(そび)えかたじゃない。自殺しようと思ったら簡単な場所だと思って』と続けたのだ。

ラウンジに行って子供たちを遊ばせた日の明け方だった、強風で花奈のシャベルが飛ばされたのは。実はあの日から、何かが始まっていたのだろうか。有紗が思い出していると、何も気付かない美雨ママが羨ましそうに言った。

「いいなあ、すっきりしてて。うちなんか、古いマンションだから柱がぼこぼこ出ててね。家具が置きにくいんだよ」

美雨ママは、布張りのソファセットをちらりと眺めた後、四十二インチのテレビモニターに指で触った。

「すげえ、でかいじゃん。これを二人でソファで並んで見てるのか。いいな、うちなんか、三十インチもないよ」

有紗は苦笑した。

「並んでなんかいないよ。最近、仲悪いのよ、私たち。寄ると触ると喧嘩ばっかしてるから、すごく疲れる」

「話って、そのこと?」俄然、興味を感じたらしく、身を乗り出した美雨ママがにやりと笑った。「夫婦喧嘩なら、あたし、エキスパートだよ」

有紗は、美雨ママの目の下の赤黒い痣にちらりと目を走らせた。美雨ママの近況をつぶさに聞きたかったが、それを聞くには、有紗の話を先にした方がいいだろうと思う。互いの打ち明け話は、物々交換にも似ている。

「それだけじゃないの。他にもいろいろあるのよ」

「へえ、何だろ。教えて」

「ちょっと待って。何か飲みながら話そうよ。洋子、ビール飲むでしょう？　それともお茶がいい？」

「じゃ、コーヒーくれる？」

即座に返事がかえってきた。有紗は小玉スイカを冷蔵庫に入れた後、コーヒーメーカーに、スタバで買った豆を入れた。花奈のおやつ用に買ったクッキーを皿に盛って出す。

「珍しいね。ビール冷やしておいたのに」

「うん、何か体調悪くて」

「風邪引いたの？」

美雨ママがそれには答えず、クッキーに手を伸ばしながら有紗の顔を見た。

「ねえ、有紗に変な手紙を寄越した男って、この何階下にいるの？」

美雨ママの勘の鋭さに、有紗はどきりとした。

「ひと部屋向こうの、一階下」

方向を指差すと、美雨ママがそちらをじろりと大きな目で眺めた。

「そっか。シャベルもたいして飛ばないもんだね」

「話ってそのことなんだ。その人、高梨さんていうのよ」

淹れたてのコーヒーを、客用のマイセンのコーヒーカップセットで出した。美雨ママが、すげーっ、と声を上げた。

「これって高いんでしょう。有紗もセレブママだったのか」

有紗は笑った。最初の結婚の時に、輸入食器に憧れてセットで買ったのだ。しかし、日常生活では使うことなく、食器棚の奥深く仕舞われたままだった。

「最初の結婚の時に買ったのよ。あの頃は見栄を張ってたからね」

美雨ママには、何のてらいも遠慮もなく打ち明けられる。

「で、その下の男、高梨さんがどうしたって？」

「昨日、舅の誕生祝いだったんだけど、俊平とちょっと諍いがあったので、行くのやめたのよ。それで、ららぽで映画でも見ようと思って一人で出かけたら、シネコンで高梨さんにばったり会ったの」

「それでどうしたの？」

美雨ママは、さりげなく有紗の表情を窺っているようだ。

「一緒にあそこのお蕎麦屋さんに入って、いろいろ話をした。それから、門仲のワインバーに行って帰って来たの」

「ワインバーって、どこの何てお店？」

美雨ママは店名を聞きたがったが、有紗はとうに忘れてしまっていた。

「何か覚えにくい名前だった。永代通りの向こう側のお洒落なバーだった」

「それでどうしたの？」

美雨ママのテンションが少し下がった気がした。いぶパパとよく行く店だったのかもしれない。

「今度会う約束して帰って来た」

美雨ママが齧りかけのクッキーをティッシュの上にそっと置いた。可愛い歯形が付いている。

「会ってどうするんだろうか、有紗は？」

「わかんない、最近、セックスレスだから、ちょっと欲望がたぎっているところもある」

ああ、言ってしまった。美雨ママが噴き出したので、有紗も爆笑した。

「危険だなあ。かなり、やばいんじゃないの、有紗」

「そうかもしれない」

「高梨さんて、どんな人なの？」

「わかんない。人物なんか、よくわからないじゃない。だってさ、高梨さんて、私にあの変な手紙を置いてったヤツなんだよ。会って話すまでは、気持ち悪い人と思っていたけど、話してみたら何だか魅力的だった。そのわからなさが、また会いたいって思わせるんだよ」

うまく説明できていない気がした。美雨ママが少し笑った。

「それってさ、かなり、いい男ってこと？　つまり、有紗が寝てもいいやって思える相手だったってこと？」

「うん」と、頷いた後、有紗は自分に困惑して溜息を吐いた。「これ、かなりやばいよね。引き返した方がいいのかな」

美雨ママは答えずに、うっすら笑いながらコーヒーに口を付けた。有紗は角砂糖をひとつ入れて、コーヒースプーンで掻き回した。ぐるぐる回る茶色い液体を眺めている。

「私、前に離婚してるじゃない。だから、絶対に離婚はしたくないの。一度、息子と別れてきてるから、花奈は絶対に手放したくないの。わかってくれるよね？」

「もちろん」

美雨ママが頷いた。

「だけど、最近虚しくて仕方がない。俊平のことが気に入らないんだと思うんだ。いい人だとは思うけど、マザコンだし、家のことなんか何もしないし、怠惰な酒飲みだし、花奈の将来のことも真剣に考えていないし、私が働かないと家計が保たないぞって脅すし、新潟の両親のこともあまり気に掛けてくれないし、私はもう一人子供が欲しいのに、セックスも逃げまくっている」

「それか」と、美雨ママ。

「違う」有紗は首を振った。「違うよ。私は許してないの。許してないことに気が付いたの」

迫力に押されたかのように、美雨ママが少しのけぞった。

「何を許してないの、有紗？」

「アメリカでのことよ。私たちを放置して、学生の子と恋愛していた俊平が許せないの」

ああ、言ってしまった。すっきりしたというよりも、心の中のわだかまりが言葉という形を取ったことに驚いている。言葉がすべてを表せるわけではない。その言葉から滑り落ちる、何千、何万もあるものは何だろう。感情？　有紗はわけがわからなくなって、両手に顔を埋めた。

「泣くなよ、有紗」

「変だよね、今頃になって。あっちだって、私が昔のことを言わなかったって怒っているのに。お互い様なのかもしれないけど、どうしても比べてしまう。私より十歳も若い女は可愛かったでしょうとか、二人でどこに行って何を話したんだろうとか。俊平の中に詰まっている二人の思い出には、私は絶対に入れないんだよね」

「有紗、ダンナのこと好きなんだね？」

「違うと思う」

有紗は低い声で否定した。

「違うかな。そこまで思うのかしら、普通」

「違うよ、洋子。私は我が儘なのよ。だから、私が家庭に閉じ込められているのに、俊平がどうして自由にできるのか、ということが嫌なの。だったら、私にも同じことをしてくれと思う。私が飽きるまでセックスをして、子供も作って、二人でいろんなところに行って、一緒にお酒も飲んでって」

美雨ママが、待って待って、という風に両手を挙げた。

「わかるよ。でもさ、世の中には、有紗は妻になったんだからそれでいいじゃん、我慢しなさいよ、という人もいると思うよ」

「私は違う。立場が欲しくて結婚したのかって言われたら、違うと思う。私は二度と失敗したくないと思っていたけど、やっぱり俊平のことは好きだったよ。それが今は変わってきたの」

「どうなったの？」

「あまり好きじゃない。てか、憎んでいるかもしれない」

そう言った途端、心の中にある、黒いものに初めて名前を与えたような気がして、有紗は怖くなった。

「焼きそば作らなきゃ」

慌てて立ち上がろうとすると、美雨ママに押し止（とど）められた。

「待って、立つことないよ。これでいいじゃん。サンドイッチでも、つまみながら話そうよ。

焼きそばは後で食べよう」

美雨ママが、持参したサンドイッチの包みを音を立てて開いた。有紗は、エビとアボカドのサンドイッチを渡されて、食欲のないまま口に入れた。

「有紗が言ってることはよくわかるような気がする」美雨ママが暗い表情で言った。「うちのダンナも、いぶママも、みんなそうなんだと思う。許そうとしても許せないのは、好きだからという気持ちもあるけど、それだけじゃない。みんなプライドを踏みにじられたからだよ」

「そうかもしれない。だからって、仕返しを考えているわけでもないの。でも、高梨さんが近付いて来ると、違う世界に行ってしまいたいような気がする」

「違う世界か。有紗はうまいこと言うね。でもさ、違う世界に行ってしまうのなら、戻って来れない覚悟も必要かもしれないよ」

美雨ママが静かな声で言う。

「洋子は戻って来れないの？」

有紗は美雨ママの顔を正面から見た。左目の下に赤黒い痣が出来ていても、変わらず美しかった。

「うん、戻れなくなったみたい。あたし、子供が出来たんだよ」

有紗は驚いて、サンドイッチを皿に置いた。

「いぶパパの子？」

そう訊いてから、何とバカな質問をしているのだろうと自分を罵りたくなった。

「そう。ハルの子。何度も堕ろしてくれないかと頼まれたけど、産むことにしたの」

美雨ママは、戻れないどころか、完全に退路を断ち切ったのだ、と有紗は呆然とした。

「いぶパパと一緒になるの？」

「まさか」美雨ママが笑った。「彼らは別れないよ」

6

彼らは別れないよ、ときっぱり言い切った美雨ママに、異議をとなえたくなったのは、いぶママのセレクトショップ開店の知らせが届いたからだった。あれは、自立の兆しではなかったのか。

「別れないって、どうしてわかるの？」

「ハルがそう言ったからよ」

コンビニで、いぶパパとばったり会った時、有紗の挨拶に後ろめたそうな表情をしたことを思い出す。

「でもさ、いぶパパが別れないと言ったところで、いぶママの意向だってあるでしょう？　いぶママ、別居してるって噂があるじゃない」

「どうかな。そんなこと言ってるけど、一緒に暮らしてるんじゃない？」

美雨ママが軽く首を振った。その拍子に、指先でつまんだサンドイッチから、熟したアボカドがぽたりと皿に落ちたが、美雨ママは気付かなかった。

「だって、いぶママだけ青山に引っ越したじゃない」

「時々、こっちに戻って来てるって噂あるよ」

美雨ママが顔を顰めながら言った。初耳だったので驚く。

「噂でしょう？」

「最近、ハルもはっきり言わないからわからない」

美雨ママが悔しそうに唇を嚙む。

「でも、かなり険悪だったみたいだけどね」

有紗が首を傾げて言うと、美雨ママが冗談めかした。

「険悪はこっち」

真恋ママから聞いた、美雨ママといぶパパが喧嘩していたらしい、という話を思い出したが、口にはしなかった。

「いぶきちゃんが可哀相だけど、いぶママは絶対に別れる気なんだな、と思ってた。だって、あの人プライド高いじゃない」

美雨ママが、即座に否定する。

「いや、彼女は絶対に別れないと思うよ。だって、いぶきちゃんも青学幼稚園に入ったばかりだし、これから費用だってかかるじゃない」

「そんなのあなただって同じじゃない。しっかりしてよ」

思わず叱咤してしまった有紗は、美雨ママが悲しそうに目を伏せるのを見て、はっとした。こんなに元気のない美雨ママを見るのは初めてだった。

「ごめん。私、余計なこと言ってるね」

「そんなことないよ。言ってくれてありがとう。有紗だけだよ、こんな話ができるの」

美雨ママが微笑んだ。

「じゃ、怒るかもしれないけど、言っていい？」

有紗は真剣に美雨ママを見つめた。美雨ママが視線を受け止めて、くすぐったそうに笑った。

「何だよ」

「今、妊娠何カ月？」

「四カ月になるとこかな」

有紗は思い切って言った。

「産むのやめなよ」

「どうして？」と、少し怒ったような顔で、美雨ママが有紗を睨む。

「だって、すごいトラブルの元じゃない。あなた、美雨ちゃん、失ってもいいの？」

美雨ママは、少し考えた挙げ句、首を振る。

「嫌だ。嫌に決まってるじゃない」

「でも、あなたが子供を産んだら、滋さんはきっと許さないでしょう。離婚したら、滋さんは美雨ちゃんを手放さないと思うよ」

「まるで、有紗の時と同じだね」

「言っとくけど、私の原因は不倫じゃないよ」

思わずむっとして言い返したのは、心の中では、美雨ママがどうしてトラブルメイカーのようなことをするのか、理解できなかったからだ。

「ごめんごめん、そうだった」

美雨ママは苦笑いして、皿に落ちたアボカドをつまんで口に入れた。その指をティッシュで拭いながら、真剣な目で有紗を見る。

「ダンナとは、その争いになりそうだけど、あたしが有責だから、美雨は取られちゃうだろうね。両親も由季子もあたしに怒っていて、みんなダンナに味方してるし、あたしなんかに育てさせないって言うと思う。離婚したって、ハルもあたしが勝手だって怒ってるから、一人っきりになっちゃうね。そしたら、どこか知らないところに行って、そこで子供と暮らそうかな、なんて思ってる」

淡々と語る口調に、美雨ママが何度もシミュレーションをした形跡を感じる。有紗ははらはらした。

「ねえ、やっぱ産むのやめなよ。味方がいなくなっちゃうじゃない」

「じゃ、これまでのこと、何もなかったことにするわけ？　そんなの、できないよ」

美雨ママが、悲痛な声で叫んだ。

そうか、美雨ママはこういう人なんだ。真剣に恋愛していたから、なかったことにできないのだ。有紗の胸がいっぱいになる。

「ごめんね、私の原因は不倫じゃない、なんて言って。洋子は本当にいぶパパと恋愛してるんだものね」

「そうなんだよね」

美雨ママが、まるで他人事のように呟いたので、有紗はテーブルに身を乗り出した。

「でもさ、現実的に考えたら、これはやばいこと多過ぎだよ。いぶパパの認知は受けられるんでしょうね」

「そのくらいはするんじゃない？」

美雨ママが投げやりに言った。

「わからないよ。男が身を守る時は必死で守ると思うよ。態度を豹変させるし、卑怯なこともすると思う」

「有紗の時はそうだった？」美雨ママが訊いた後、すぐに付け加えた。「あ、ごめん。不倫じゃなかったね」

美雨ママにからかわれたので、有紗が苦笑いする番だった。

「ともかく、私は反対だからね。まだ間に合うから、産むのだけはやめた方がいいよ」

「その理由は何？」

美雨ママが低い声で訊いた。

「みんなが傷付くから」

美雨ママが頷いた。

「その通り。誰もが傷付く。誰も得しない」

「洋子が一番傷付くんだよ。だから、やめなよ」

「わかってるけど、産みたいの」

堂々巡りだった。有紗は逆に訊いた。

「じゃ、私も訊くけど、洋子が産みたい理由は何？」

美雨ママは即答する。

「ハルが好きだからだよ。ハルの子を産みたいの。そんな歯の浮くような台詞は気持ち悪い、とずっと思っていたけど、自分がその立場になってみると、産みたい気持ちが強い。すごく可愛いだろうなと思う。そういう気持ちって、今のダンナの時は感じなかったの」

有紗は保温にしていたコーヒーポットを手にして、空っぽになった美雨ママの茶碗にコーヒーを注いだ。

「でもさ、子供に会えないのって、すごく辛いよ。私、今でも息子の夢見るもの。この間、見た夢はね、息子の背がすごく伸びているのよ。夢の中の私が、びっくりしているの。そしたら、隣に俊平がいて、まるで自分の子のように、あいつ大きくなったな、なんて一緒に驚いているの」

誰にも話したことのない夢の話をしていることに、有紗自身が戸惑っている。新潟にいる息子のことは封印しているから、たまに夢に見ると悲しくてならないのだった。

「そうだろうね」

頬杖を突いた美雨ママが、スプーンでコーヒーを掻き回しながら、物憂い相槌を打った。

「ともかく忠告したからね、私は」あまり傷付けてはいけないと、有紗は話題を変えようとした。「そろそろ、焼きそば作ろうか」

立ち上がろうとした時、「ねえ、有紗」と、美雨ママが顔を上げて呼びかけた。

「何?」

「あたし、有紗がぶっ飛んだら、子供は産まない」

「ぶっ飛ぶって、どういうこと？」

「有紗が下の高梨さんだっけ？　その人と違う世界に行くようなことをしたら、あたしは産まないよ」

どういうことだろうか。有紗はわけがわからずに、美雨ママを見つめた。美雨ママは、コーヒーに口を付け、虚ろな目でカーテンを眺めている。冗談で言っているのではないことは伝わったが、理由がわからなかった。

「私に不倫しろってこと？」

「早く言えばそう。有紗にも、そういう秘密を持ってほしいと思った。親友が正義の味方じゃ、嫌だからさ。メチャクチャなこと言ってるみたいだけど、あたしの気持ちもわかってほしいのよ」

「正義の味方じゃないけど、不倫は嫌だな」

「誰だって嫌だよ。誰もそんなことしたくない。あたしは不倫を勧めているんじゃないの。遊びじゃないもの。ただ、有紗にも後ろめたいことを味わってほしいの」

美雨ママが強い口調で言ったので驚いた。目に涙が浮かんでいる。

「どうしてそんなこと言うのかわからない」

「だって、さっき高梨さんに惹かれているようなこと言ってたじゃない。橋を渡ってみてよ。あなたが躊躇している理由は何なの？　不道徳だから？　それとも良心の呵責を感じるから？　ダンナに悪いから？　ねえ、理由は何か教えてよ」

激しく問い詰められて、有紗は返事に窮した。

「怖いのよ」

ようやく答えると、美雨ママが頷いた。

「わかるよ、とってもよくわかる。何度も言うけど、あたしは別に不倫しろって言いたいんじゃないの。結果として不倫という言葉が付いてくるけど、仕方がない時もあるんだよ。大人なんだからさ。それを有紗にだけはわかってほしくて、言ってるの。有紗が経験したら、もう一回、あたしに言ってよ。みんなが傷付くから、子供は産まないでって。そしたら、有紗の言う通りにする」

「つまり、今の私の言葉は、洋子に届かないってことね？」

「そう」と、美雨ママ。

「私がバツイチで、子供を置いてきたという過去があっても駄目なの？」

「駄目なの。誰にも言えないことをしなくちゃ駄目なの。知られたら、皆に後ろ指さされるようなことをしなきゃ駄目なの。でないと、あたしは信頼できない」

美雨ママは、ぽろぽろ涙を流しながら言った。

「じゃ、誰も信頼できないじゃない」

有紗はそう言った後、だから美雨ママは孤独なのだ、とようやく理解できたのだった。

門仲のカフェで、『あたし、今に破滅するんじゃないかな』と呟いた横顔が蘇った。

「あたし、帰るね。お邪魔しました」

美雨ママが涙を拭きながら、立ち上がった。有紗は慌てて止めた。

「焼きそば作るから待ってて。スイカもあるし」

「あまり食欲ないから、ここらで失礼する。お宅で食べてね」

美雨ママは懸命に笑うと、サングラスを掛けて帰って行った。

花奈を迎えに行った時、美雨ちゃんはすでにいなかった。花奈に何気なく訊いてみると、「由季子おばちゃんが来た」と答えたから、美雨ママはあの後どこに行ったのだろう、と気になった。

「花奈ちゃん、最近、美雨ちゃんと遊ぶ？」

花奈に、美雨ちゃんの様子を訊こうとしたが、花奈は興味なさそうに答えた。

「きりん組さんとは遊ばないの」

美雨ちゃんは年中さんだから、遊び相手ではないのだろう。

「そうか。じゃあ、しょうがないね」

手を繋いで、マンションのロビーに入って行く。光線の加減で、真ん中に置いてあるグランドピアノにうっすら埃が積もっているのが見えた。真新しくて、どこよりも立派だと思っていたタワーマンションも、古びてきたのかと寂しくなる。

「ねえ、ママ。花奈、バレエ習いたい」

花奈が突然言うので驚いた。

「どうしてそんな気になったの？」

「サラちゃんが習ってて、今度発表会があるんだって。花奈もやりたいから、習ってい
い？」

「時間は何時から？」

「五時からだって」

「ぎりぎりだね」

「だからサラちゃんはバレエの日は、おばあちゃんが迎えに来るんだよ」

今ならいいが、仕事が見付かったら、五時前にお迎えなどできそうにない。

「ママがお仕事始めたら、時間に間に合わないよ」

「一人で行くからいい」

花奈には、ピアノも水泳もダンスも何も習わせていない。お受験を諦めたのだから、何か習い事のひとつでもやらせた方がいいのではないかと思うが、仕事がなくなった今、習い事さえも行かせられるかどうか微妙だった。

「いずれにせよ、生活の立て直しが必要なんだよね」

花奈はぽかんとしている。

その時、一階のコンビニから出て来る高梨の妻の姿が見えた。地味なスーツの背を丸め、せかせかと歩いていた。大きなレジ袋とエコバッグをふたつ提げて、茶のショルダーバッグも、肩からずり落ちそうだった。

高梨は、妻のあんな後ろ姿を知っているのだろうか。不意に、自分も高梨の妻を裏切っているのだと思って、苦しくなった。

「ねえ、ママ。花奈もバレエ習っていいでしょ」

花奈がエレベーターホールに走って行きそうなのを、手で押さえた。

「花奈ちゃん、ちょっとコンビニに寄って行こうよ」

花奈が一瞬、不審な表情をしたが、構わずコンビニに引っ張っていく。特に買う物などないので、俊平の缶ビールを買って帰ろうと思う。酒類は、俊平がその都度自分の飲みたい物を買ってくるので、あまり酒に詳しくない有紗が買うことはほとんどない。

「パパにお酒買ってあげるの？」

花奈が珍しいことをする、と言わんばかりに有紗を見上げた。

「ねえ、花奈ちゃん、パパがいつも飲んでるお酒はこれだっけ？」

棚を指差すと、花奈が「これだよ」と発泡酒を示した。発泡酒の六本パックを籠に入れてレジに行く。高梨の妻とエレベーターで一緒になりたくない一心で、余計な買い物をしてしまった。

発泡酒の入った重いレジ袋を提げて、エレベーターホールに向かうと、エレベーターが来なかったとみえて、高梨の妻がまだ立っていた。しまったと思ったが、もう遅い。

「あら、この間はありがとうございました」

高梨の妻が頭を下げたので、有紗はどぎまぎした。まさか高梨が自分と会ったことを喋っているはずはないと思うが、一瞬、そのことかと思ったのだ。

「いいえ、こちらこそ、ありがとうございました」

丁寧に頭を下げる。ちょうどエレベーターが降りて来たので、後から加わった、顔だけ知っている老人と、花奈と四人で乗り込んだ。

「お嬢さん、今お迎えですか？　あの保育園は近くていいですわね。羨ましいです」

「息子さんのお迎えは？」

「今日は主人が行ってくれるそうです。そのまま、息子たちを連れて、サッカーを見に行くと言ってましたから」

「それはいいですね」

何気なく頷きながら、高梨は息子たちとどんな会話をしているのだろうと想像した。よほどぼんやりしていたのか、気が付いたら、高梨の妻が閉まるドアの向こうで頭を下げていた。

有紗は、指の腹に食い込むレジ袋を左手に持ち替えながら、美雨ママに心の中で呼びかけた。洋子、私にはできないかもしれない。

7

磯のにおいはプランクトンの死骸だから、海水温の高い日は磯臭い、という話を聞いたことがある。だが、今日は蒸し暑いのに、磯のにおいはまったくしなかった。海のそばに住んでいることを、忘れてしまいそうだ。

有紗は、マンションを出てから、海の方を見遣った。暑さのせいで、沖の彼方（かなた）が揺らいで見える。

「今日はプール行きたかったのに」と、文句を言う花奈を家に残してきたので、後ろめたかった。そういう日に限って、俊平はテレビの前で昼間からビールを飲んでいるから、花奈のために動いてくれそうもない。

「皆でお夕飯食べてくるから、よろしくね」

出がけに俊平に声をかけると、即座に不満そうな返事が返ってきた。

「聞いてないよ」

「言った。ゆうべ、言ったじゃない。ママ友たちに久しぶりに会うから、お夕飯食べてくるよって」

俊平がスマホを覗き込んでいた顔を上げ、ようやく有紗の顔を、そして服装を一瞥した。

「いや、俺が聞いたのは、まだわからないけど、もしかするとそうなるかもしれない、というニュアンスだった。いつ変わったの？」

「いつって」

言い淀む有紗に、俊平が不審そうな視線を投げかけて畳みかける。

「有紗は、最初から飯食うとは言ってなかった」

まるで有紗の逡巡の道筋を辿るかのような俊平の言い方に、有紗は辟易した。

「そうだっけか。言ったと思うけど」

「聞いてないからね」と、俊平が念を押す。

「でも、カレー作るから二人で食べてって、言わなかったっけ？」

「またぞろ、カレーか」

ガラムマサラは入れたわよ、と厭味を言いたくなって、迷っていた有紗の心が、逆に固まったのだ。

「ともかく、少し遅くなるからね。花奈とお留守番、よろしくね」

俊平の顔は見なかった。

外食する、と宣言して出て来たからには、高梨と会わないなら、夜の時間は空いてしまうことになる。いぶママたちとも、どうなるかわからないのだから、流れで考えようと思う。

しかし、迷いながらも、白いパンツと、二の腕が綺麗に見える、ネイビーのフレンチスリーブのカットソーを着て出てきた。ふたつとも、この日のために新しく買った服だ。そして、素足にパンプス。

「ママ、今日かわいい」

左腕に塡めた銀のブレスレットを褒めてくれた花奈に、心の中で謝りながら、有紗は待ち合わせ場所のららぽーとに向かった。

芽玖ママと真恋ママは、すでに到着して車の前で立ち話をしていた。真恋ママの車は、白いシロッコから黒のレクサスに変わっていた。お受験のために買い換えたのかもしれない。

「ごめんなさい、遅くなって」

「花奈ちゃんママ、久しぶりね」

芽玖ママが嬉しそうに手を振る。小柄で細い芽玖ママは、黒のTシャツドレスに白いスニーカーだ。流行のハットをうまく被っているので、ファッション誌から抜け出たようだ。

真恋ママは、ノースリーブの白麻ドレスに、ウェッジソールのサンダル。二人とも、どことなく服装に気合いが入っているのは、いぶママに会いに行くからだろう。

「ねえ、いぶママのお店の話をしたら、うちの主人がこう言うのよ。青山にセレクトショップを開くなんて、個人じゃ到底できないよって。確かにそうよね。いぶパパがいくら高給取りだって言ったって、いかんせんサラリーマンなんだから、お店開くまでは無理よね。ご実家が資金を出したのかしら？」

真恋ママが車を発進させてから、助手席の芽玖ママに話しかけた。

「うん、あたしも気になって、裕美ちゃんに直接訊いてみたのよ。そしたらね、共同経営者がいるんだって。裕美ちゃんは、ご実家の土地を貸したみたいよ。だから、出資額は少ないらしい」

「へえ、そうなの。知らなかった」

真恋ママが、少々気を悪くしたような顔で、芽玖ママの横顔を見遣った。芽玖ママが、自分を差し置いて、いぶママと仲がいいのが気に食わないのだ。

「ご実家って、あの渋谷区東の？　あそこ、青山じゃないよね？」と、気を取り直したらしい真恋ママが唇を尖らせて言う。

「青山の方にも、土地があるみたいよ」と、芽玖ママ。

「そうなんだ。やっぱ、いぶママの実家はお金持ちだったのね」

「さすがよね」

「あたし、てっきり、あの貧相なビルに住んでいるのかと思ってた」

「まさか」

「あの時はびっくりしたよね」

有紗は後部座席に座って、二人の話をぼんやりと聞いていた。リアウィンドウ越しに、遠ざかるタワマンを振り返って見つめる。

高梨は、今頃何をしているのだろうか。午後から出かける理由は何にするのか。あの生真面目そうな妻を、どうやって騙すのだろうか。そんなことばかり、考えている。

「ねえねえ、花奈ちゃんママったら、聞いてますか？　もしもーし」

芽玖ママに話しかけられていたことに気付いて、慌てて居住まいを正した。

「あ、ごめん。何？」

「今ね、美雨ママの話をしてたのよ。あの人、今どうしてるの？　花奈ちゃんは、美雨ちゃんと保育園が一緒なんでしょう？」

「そうなの。時々会うわよ。美雨ママはとても元気よ。全然、変わらない」

本当のことなど、到底言えなかった。適当に誤魔化そうとしたのに、芽玖ママは納得しなかった。

「そお？　この間、ららぽの前で、いぶパパと美雨ママが大喧嘩しているところに、たまたま車で通りかかったのよ。あれは痴話喧嘩のレベルを越えていたと思う。美雨ママが、いぶパパに殴りかかっていたもの。あたし、驚いちゃったけど、顔を出すわけにもいかないから、じっと助手席で顔を隠していたの」

ちょうど信号待ちで停まったところだったから、ハンドルに手を置いたまま、真恋ママが大仰に目を剝いた。

「美雨ママの方から、殴りかかったの？」

「そうよ。凄い剣幕だった」

「何て言ってた？」

「よくわかんなかった。信号待ちで停まっただけだから、車停めて、聞き入るわけにいかないじゃない」

「そりゃそうよね。しかし、あんな場所でよく喧嘩なんかするわね」

「ほんと。あれだけ近所の人が行き交う場所なのにね。そんな余裕もなかったんでしょう」

軽蔑したように笑い合う二人を見て、有紗は気分が鬱いだ。美雨ママが怒ったのは、きっとあのことに違いない。二人の子供を産みたいと願う美雨ママと、腰が退けて反対するいぶパパの様子が、容易に想像できる。涙をぽろぽろ流していた美雨ママを思い出すと、痛ましさで胸が潰れそうだった。

「いったい何があったのかしらね。あたし、主人とそんな喧嘩したことないから、わかんない」と、真恋ママ。

「確かにそうね」芽玖ママが相槌を打った。「美雨ママって、何するかわからないところがあると思わない？　いわゆる悪女系だよね。いや、悪妻系か」

「てか、あたしはいぶママが本当に可哀相よ。あんな裏切り方をされるなんて、あり得ないよ。美雨ママは、酷い女だと思うよ」

真恋ママの言葉に、芽玖ママが深く頷いている。そこには、有紗が美雨ママと仲がいいことへの非難が微かに含まれているようで、有紗は最初から会話に入ることが許されていない気がした。

「ねえ、お二人にお訊きするけど、いぶママはこっちに帰ってきてるの？」

思い切って訊いてみたが、二人は顔を見合わせてなかなか答えない。やっと、芽玖ママが振り向いて、渋々という風に答えた。

「時々は来てるみたいだけど、基本は、青山のお店の上に住んでるんじゃない？　だって、幼稚園はあっちの方が便利だから」

「じゃ、いぶパパとは仲直りしたの？」

さらに訊きたかったことを思い切って言う。芽玖ママが前を向いたまま、首を傾げた。

「さあ、それは無理じゃないの。だって、ママ友と関係を持たれたんだよ。あたしなら、絶対に許さないけどね」

「ねえ、絶対に嫌よね」と、真恋ママが頷いた。「それも美雨ママにだよ。あんな育ちの悪い人に」

「そんなことないよ。美雨ママもいい人だと思うけど」

懸命に庇ったが、二人とも前を向いて答えない。

「じゃ、訊くけどさ」芽玖ママが振り向きながら、尖った声で言う。「花奈ちゃんママは、自分のダンナさんが、美雨ママと付き合っていたらどうする？」

「嫌だと思うよ、もちろん」

正確に言えば、そう嫌ではなかったが、一応、期待された通りの答えを言った。今の有紗は、俊平より美雨ママの方が好きだった。

真恋ママがバックミラーで有紗の顔を見ながら、念を押した。

「そうだよね？　同じママ友同士だったんだから、信じられない」

ママ友同士という言葉のせいで、車内は急に重苦しい空気に覆われた。皆、沈黙している。

有紗は疑問が湧いてきた。

どうして、美雨ママと仲のよい自分が、いぶママの店に誘われたのだろう。有紗は警戒心を募らせた。皆で、自分を介して、美雨ママの動向を探ろうとしているように思えるのは、杞憂だろうか。

南青山三丁目の交差点を過ぎてから、レクサスは小さな路地を曲がった。

「このあたりじゃないかと思うんだ。どっかにコインパーキングないかしら」

真恋ママがきょろきょろしながら、徐行する。ようやく路地奥にパーキングを見付けて、停車してから、三人で店を探した。

「ねえ、言っちゃ悪いけど、YUMMYって店の名前、どうかと思うんだけど。自分の名前を付けるのって、ちょっとださっぽくない？」

真恋ママが、有紗に囁いた。警戒した有紗が、「そうかしら」と首を捻ると、芽玖ママがくすりと笑った。

「真恋ちゃんママって、すぐディスるねえ」

「やだ、いぶママに言わないでよ」と、真恋ママが焦っている。

「あ、あそこじゃないかしら」

芽玖ママが指差した店は、想像していたような、間口の狭い小さな店とはまったく違っていた。ガラス張りのカフェのような造りで、意外に広く、奥行きもあった。

磨かれたショーウィンドウには、カラフルなキッズ用ドレスと、お揃いの大人のドレスが吊してあった。

「素敵なお店じゃない」

真恋ママが歓声を上げて、真っ先に店に入って行った。芽玖ママ、有紗と続く。

漆喰(しっくい)壁にフローリングの床。真ん中に大きな一枚板のテーブルが置いてあり、北欧の食器がテーブルセッティングされていた。奥には、ハンガーに掛かった服が整然と並んでいるが、量はそう多くない。

壁際の棚に、Tシャツやバッグ、シューズや小物類などが、間隔を空けて美しく陳列されていた。レジ横のガラスケースには、ピアスや指輪などのアクセサリー。どの商品も、素晴らしく美しく、センスがよかった。

「いらっしゃいませ」

低い声が聞こえて、有紗は顔を上げた。

「あら、来てくださったのね。ありがとう」

いぶママが、友人たちを認めてにっこりと微笑んだ。グレイのTシャツに、派手な花柄のスカート、スニーカーという姿だ。髪を纏めて、肩まで届きそうな長いピアスを付けていた。小顔にピアスが似合っている。

「花奈ちゃんママも来てくれたのね。嬉しいなあ」

いぶママは、有紗にも感じがよかった。美雨ママのことで、意地悪をされるのではないかと案じていた有紗は、ほっとした。

「おめでとうございます」

緊張の解けない有紗が、堅苦しく挨拶する。

「いいのよ、そんな改まらないでよ。どうせ素人商売だから、失敗しちゃうと思うんだ」

いぶママが照れ臭そうに細い手を振った。結婚指輪を外していないのを、有紗は素早く見て取る。

「あら、このお店なら大丈夫よ。きっと評判になるわよ」

さっき悪口を言ったばかりの真恋ママが、調子よく褒める。

「実は、女性誌が取材に来てくれることになっているのよ」

凄いね、と皆で口々に褒めそやした。

「ねえ、いぶママは、この上に住んでるの？」

有紗の質問は唐突だったのだろうか。一瞬、静まり返る。が、いぶママがにこやかに答えてくれた。

「そうなの。このビルは母の実家が持っていたのね。それで人に貸していたのを返してもらって、上も空けてもらったの。すごいリノベした」

さすがに、誰も「見せて」とは言わなかった。

「ここは便利で羨ましいな」

芽玖ママが言うと、いぶママが頷いた。

「青学のママさんたちも、寄ってくれたの」

「ついでにたくさん買ってくれるんじゃない？」

真恋ママの言葉に、いぶママが機嫌よく笑った。

「皆さん、羽振りがいいから、頼もしいわ」

皆がどっと笑った。芽玖ママが代表して、三人からのお祝い金を渡すと、いぶママが相好を崩して喜んだ。

「こんなにしてくれて、ありがとう。コーヒーくらい飲んでいって」

いぶママは、店の奥からイッタラのマグカップを三つ、トレイに載せて運んできた。

レジ横に立って、コーヒーを飲む。それぞれの子供の近況などを話して、盛り上がった。

しかし、美雨ママのことは絶対にタブーだから、有紗は花奈と保育園の話はしないように努めた。

「あたし、これ頂くわね」

真恋ママがフェイクパールのピアスと子供用のTシャツを選んで、レジに置いた。

「あら、すみません」いぶママが、手慣れた様子でレジを打つ。

芽玖ママも、同じ柄で色違いのTシャツを二枚買った。芽玖ちゃんと弟の幹矢君の分だという。有紗も、花奈の夏のワンピースを探した。どれも可愛くて目移りがする。

「花奈ちゃんなら、このサイズでいいんじゃない？　花奈ちゃん、元気にしてる？」

さりげなく横に来て服を選ぶ手助けをしながら、いぶママが訊ねた。

「うん、ありがとう。花奈は元気よ」

「有紗さん、TAISHO鮨辞めたんだって？」

さりげなく訊かれた。

「それはよかったわね。でも、どうしてここに？」

「探しているの？」

「じゃ、今仕事しているの？」

「そうなのよ」

「探している最中なの」

いぶママが、嬉しそうに有紗の顔を覗き込んだ。

「ねえ、よかったら、うちでバイトしない？　人がいなくて困っているのよ。若い女の子ならいくらでもいるけど、子供の服とかわからないじゃない」

「それはもちろん、私でいいならお願いしたいけど」

「けど、何？」

いぶママが、有紗の手を取った。冷たくてすべすべした手だった。

「できるかしら？」

「できるわよ。よかったわ」

ほっとしたように両手を合わせて喜ぶ、いぶママの横顔。有紗は美雨ママに何て言おうかと、そればかり考えていた。

8

買い物も終わり、お喋りも済んで、そろそろ皆が帰り支度を始めた時、いぶママが有紗の肩を叩いた。

「ねえ、花奈ちゃんママ。少し時間ある?」

美雨ママのことか、と有紗はどきりとする。

「少しなら、大丈夫だけど」

まだ四時過ぎだった。

「大丈夫よ、すぐ終わる。仕事のことだから」

いぶママは、揃った白い歯を見せて笑った。

「ああ、それなら」

有紗も笑顔になった。高梨との約束は六時だ。五時過ぎに渋谷に向かえば、時間は余るほどある。

行こうか行くまいか迷っていたくせに、久しぶりにいぶママたちと会って話していると、高梨に会いたい気持ちが募った。

揺るぎない自信を持つママ友たちに対して、彼女たちが知らない世界に入ることで、優越感を持ちたいのかもしれない。危険な兆候だ、と有紗は自戒する。

「今日はありがとう。また遊びに来るわね」

芽玖ママと真恋ママは、YUMMYと洒落たロゴの入ったショッピングバッグを持った手を振った。これから、二人でショッピングをして帰るのだという。

有紗は誘われなかったが、自分には別の約束があるのだから平気だと思う。こんな風に、心のバランスを考えるところが危ういのだった。

「ごめんね、引き留めちゃって。芽玖ママたちと一緒に行くんじゃなかったの？」

いぶママが申し訳なさそうに謝った。

「いいのよ。私は私で用事があるから」

有紗が堂々と言うと、いぶママが、おや？　という表情をした。

その時、女性客が二人入って来た。いぶママは、店の奥の白いドアを開けて、女の名を呼んだ。

「モナちゃん、お客様、お願いします」

デニムのショートパンツを穿いた長い髪の若い女性が現れ、愛想よく接客を始めた。いぶママが、若い女性を指差す。

「モナちゃんはバイトじゃなくて、スタッフなの。何かわからないことがあったら、モナちゃんに何でも相談してちょうだい。で、花奈ちゃんママは、ウィークデイがいいんでしょう？　月曜は定休日だから、火曜から金曜までお願いしたいけど、大丈夫？」

スタッフとバイトは、どう違うのだろう。バイトは、店の掃除でもさせられるのだろうか。何となく釈然としなかったが、条件のいい仕事は欲しい。

「それなら、大丈夫。有難いわ」

「ちなみに、何時までならいいの？」

「保育園のお迎えが五時だから、できたら四時でお願いしたいんだけど」

「了解。じゃ、火曜から金曜の、十時半から四時までね。それなら、ご主人も怒らないでしょう」

「怒るなんて、とんでもない。むしろ、おまえも働け、と言われているのよ」

「ええっ、あの人がそんなこと言うの？　すごく優しそうな人じゃない。それに、奥さんに働け、なんて普通言わないでしょう」

いぶママが楽しそうに笑った。

美雨ママが憔悴しているから、そして、いぶパパと美雨ママが揉めているから、いぶママは明るくなったんだろうか。

二人を知る有紗は複雑な思いで、美しい弧を描いた、いぶママの茶色い眉を見つめる。

「それから時給だけど、お安いのよね。ごめんなさい。千百五十円で交通費支給。もっと出したいけど、これでもいいかしら」

有紗は頷いた。TAISHO鮨は、時給千円だったから、もちろん高い分には有難い。それが
有紗が働かなければ、タワマンを出て、町田に引っ越すことになるかもしれない。それが
憂鬱の種だったからだ。それに、花奈にバレエを習わせることもできそうだ。

「ありがとう。すごく助かるわ」

「そう、良かった。こんなこと、芽玖ママや真恋ママには頼めないものね」

一瞬、空気が凍ったようだった。有紗の顔が強張る。口を滑らせたいぶママが、慌てて言い訳をする。

「だって、お受験で忙しいらしいじゃない。花奈ちゃんのところは、お受験やめたんでしょう？」

確かに自分は、花奈のお受験を諦めた。しかし、それを決断したのは最近で、お受験の話をしたのは真恋ママに、ではなかったか。ネガティブな噂が、あっという間に広がるママ友ネットワークは健在だった。

有紗は嫌な気持ちになった。自分と美雨ママは、この人たちに「公園要員」と蔑まれたことがあるのだ。美雨ママのことを、『あんな育ちの悪い人に』と言い捨てた真恋ママの声音が耳に蘇る。

いぶママへの反感が湧きそうになったが、仕事のためなんだから、と自分に言い聞かせる。

目の前の餌に釣られた自分が情けなかった。

「じゃ、来週の火曜日から来てね。モナちゃんを紹介しとくね」

接客が終わったモナがやって来た。痩せていて、棒のような手足をしている。小さな顔は人形のように整い、赤い口紅がぽつりと目立って可愛い。

「モナちゃん、この人、岩見さん。ご近所だった方なの。ウィークデイの昼間だけ、お店を手伝ってくれるそうだから、よろしくね」

モナは、職業的な愛想の良さで微笑んだ。

「モナです。よろしくお願いします」と、甲高い作り声で挨拶する。

「岩見です。こちらこそ」

「さあ、じゃ、火曜からよろしくお願いします」

いぶママが拍手した。モナも、胸の前で小さく手を合わせるので、仕方なしに有紗も拍手した。こんなことで拍手なんかしてバカみたい、と内心思う。

青山で適当に時間を潰し、地下鉄銀座線で渋谷に着いたのは、六時十五分前だった。

有紗はマークシティの中でトイレを探し、暑さで崩れた化粧を念入りに直した。鏡の前で、ネイビーのカットソーに汗染みがないか、白いパンツが汚れていないか、点検する。

自分に及第点を出して、スターバックスに向かった。六時数分前に着いたが、店の中にも外にも、高梨の姿はなかった。飲み物を買うための長蛇の列にもいない。

有紗はバッグからスマホを出して見た。着信もないし、メッセージも来ていない。どうしよう、と顔色が変わったのが、自分でもわかった。

さあ、何分待ってあげるの？

自分が自分に問うている。まるでプライドがどれだけ保つか、試されているようだった。

「五分だけ」と心の中で呟いて、とりあえずスタバの列に並んだ。

なかなか自分の順番は巡ってこない。腕時計を見て時間を確かめると、たちまち不満と不安が渦巻いた。六時五分過ぎだ。

こんな時は、誘った高梨が先に来て、席を取って私を待っているべきではないのかしら。

有紗は、高梨に虚仮（こけ）にされたのかと憤った。その憤りは、次第に惨めさに変わっていく。踊らされてバカみたい。何より、こんな新しい服を着てきたのが恥ずかしい。

有紗はスタバの列を離れて、帰ることにした。このまま半蔵門（はんぞうもん）線に乗れば三十分で帰れる。「ただいま」とドアを開け、俊平に「ご飯食べないで帰ってきた」と言えばいいだけの話だ。

そして、家族三人でカレーを食べる。一階下の住人のことなど、金輪際（こんりんざい）気にしない。それだけのこと。

こんな時は、寄り道して飲んで帰りたい気分でもある。しかし、美雨ママを呼び出すには、今日の有紗は、あまりにも彼女を裏切り過ぎていた。今日したことのすべてが、自分と美雨ママの関係を損なうものだったと、気が滅入る。

半蔵門線に向かうエスカレーターに乗ろうとした時、強い力で二の腕を摑まれた。驚いて振り返ると、高梨が息を切らして立っていた。

「間に合った」

走ってきたのか、額に汗が浮き出ていた。真っ白なシャツを着て、ジャケットを手にしている。

「ごめんなさい、遅くなって。途中で電話かメッセージ入れようと思ったけど、立ち止まるより走った方が早いと思って」

高梨が有紗の腕を離して謝った。通行人を避けて、フロアの端で立ち話をする。

「もう帰るところでした」

有紗が唇を尖らせると、拝むような謝る仕種をした。

「すみません。駅で仕事関係の人に捕まってしまった。時計を見たら、時間を過ぎているので、慌てて走ってきたんです。でも、人が多いからうまく走れなくて」

「まだ息が切れてる」

有紗が言うと、高梨が笑った。

「久しぶりに全力疾走したから」

「電話すればいいのに」

「だって、いるかいないかわからないじゃないですか。万が一来てなくて、電話やメッセージを入れたら、迷惑な場合だってあるんじゃないかと思うと、できなかった」

高梨は、きちんとアイロンのかかった白いハンカチを出して汗を拭った。

「それもそうですね」

「僕はあなたが来ないんじゃないかと思って、朝から心配だったんですよ。今日はすごく楽しみにしていたんです。せっかくめかし込んできたのに、汗でびっしょりだ」

私もそうです、とはすぐに言えなかったが、有紗は自分の感情を押し込めるのをやめた。

「あなたがいないんで、焦りました」高梨が頭を下げた。「すみませんでした。僕の方から誘っておいて遅刻はないですよね。先に来て待っていないと」

よほど慌てたのか、高梨の汗は止まらない。有紗は余裕を持って言った。

「汗が止まるまで、外に出ないで涼しいところにいた方がいいんじゃないですか?」

高梨がにやりと笑った。

「いや、あなたに会ってあがってるんで、汗が止まることはないです」

「あがってる? 本当ですか」

有紗が高梨の顔を見ると、高梨は真顔で答えた。

「僕は嘘は言わないんです。それで、あちこち問題を起こしている」

「例の女の人のことも、奥さんに言ったんですか?」

「それは言ってないですよ」

高梨が苦笑した。何だ口先だけか、と有紗は思った。

「あ、今、バカにしませんでしたか」

すかさず高梨に言われて、有紗は笑った。こうやって話をして、楽しく宵を過ごせばいいだけだ。男友達なんて作ったことがないけれど、会話と食事を楽しむ関係のことを言うのかもしれない。

有紗は途端に気が楽になって、晴れた朝、凪（な）いだ海にボートで漕ぎ出すような気分になった。

高梨が予約した店は、並木橋（なみきばし）にある和食屋だった。カウンターに案内されて、二人並んで座る。気張らず品もある、いい店だった。

「今日はお嬢さんは？」

お絞りで手を拭きながら、高梨が訊ねる。

「家にいます」

俊平の話をしたくなかったので曖昧に答えると、高梨が頷いた。

「ご主人が見てくれてるんですね。申し訳ない」

「それは私も同じです」

有紗は、いつも時間を小分けにして、きりきりとその限界いっぱいで動き回っているであろう、高梨の妻を想像した。保育園の送り迎え、食事の用意、仕事、買い物。見ている方が、胸が痛くなるような人だった。

「この間、エレベーターで奥さんに会いました」

「ああ、知ってます。女房が言ってました」

高梨が、有紗のグラスに冷酒を注ぎながら口にした。

「何て仰っていたんですか」

「エレベーターホールで、上の階の綺麗な奥さんに会ったって。あの人のところは、隣の保育園だから羨ましいって。でも、そういう恵まれた人に限って、何だか暇そうなのよねって」

確かに高梨は嘘を言わない男なのかもしれない。有紗は、高梨の顔を見上げた。高梨が笑いながら言う。

「岩見さん、僕が嘘を言わないことがわかりましたか?」

「ええ。問題を起こす人だってこともわかりました」

有紗は少々気分を損ねて答えた。高梨の妻が、保育園の件で羨ましがっているのはわかっている。だが、TAISHO鮨を辞めて、まだ二週間も経っていないし、デパートで会ったからと言って、そんな言い方をされるのは心外だった。

「お仕事してないんでしたっけ?」

高梨は、有紗の不満の種を見つけ出したようだ。

「パートは辞めたんですけど、今度は青山のセレクトショップとやらで働くことになったんです。今日、面接みたいなことをしてきました」

いぶママの態度に傷付けられたことを苦く思い出す。スタッフとバイト。『こんなこと、芽玖ママや真恋ママには頼めないものね』という口調。

「へえ、青山のセレクトショップですか。何だか洒落てるなあ」

高梨はのんびり言って、地鶏の焼き物に口を付けた。高梨は酒が好きらしく、冷酒の入った徳利はすぐに空になった。別の銘柄を注文している。

「岩見さんはそういうの、お好きなんですか？」

高梨が振り向いて真顔で訊ねた。

「そういうのって、どういうのですか」

「青山のセレクトショップ的なものですよ」と、苦笑する。

「女はみんな好きなんじゃないかしら。でも、私には敷居が高いです。私は短大までずっと新潟だったし、あっちで結婚してましたし、東京のことなんか、全然知らなかったんです」

うっかり、前の結婚のことを言ってしまった。高梨には、つるりと本音を漏らしてしまいそうになる。高梨も蕎麦屋で結婚生活の話をしたし、あけすけとは違う率直さに、ついほだされてしまうのだろうか。

「新潟で結婚されてたんですか？」

やはり、高梨が食い付いてきた。有紗が黙っていると、高梨が酒を注いだ。

「言いたくなかったら、言わなくてもいいんですよ。僕が嘘は言わないというのは、聞いたこと以上の憶測は言わないということです」

「じゃ、言わないでおきます」

有紗は冷酒を飲んだ。とろりとして旨かった。

「言わない理由は何ですか？」

すかさず訊かれて、有紗は考え込んだ。

「まだ高梨さんを知らないからでしょうね」

「いや、僕だけじゃなくて、誰にも言いたくないからでしょう？　あなたにとって、隠しておきたいことなんじゃないですか？」

どかどかと人の心に土足で入ってくるような高梨が不快だった。有紗は、きつい口調で言った。

「そうかもしれません。でも、高梨さんは、まだ知り合って間もない人だし、何でも喋る人のようだし、そんな人に大事な話はできません」

高梨が少し沈黙してから、謝った。

「すみません、仰る通りですね。僕はすぐにやり過ぎるんだ。前に言ったでしょう。思うようにならないと煽ってしまうって。それでずいぶん人を傷付けていると思いますよ」

「煽ると、相手はどうなるんですか?」

「いろいろですよ。怒って帰ったり、殴られたり、口を利かないと言われたり。取引先でそれをやって出入り禁止になったこともあります」

「面倒臭い人ですね」

思わず有紗は笑ったが、高梨は殊の外しょげていた。

「そうなんです。僕は激しいんですよ。好きになった女は振り向かないと絶対に嫌だし、家族は安全で安泰でなきゃ嫌だし、会社は不正なんかしないで、能力のある経営者がいて、真っ当でなきゃ嫌だし。我が儘と言われるかもしれないけれど、思い通りにならないと我慢できないんです」

高梨のような男には会ったことがなかった。有紗は、苦笑いしながら語る高梨を、なかば唖然として眺めていた。

9

話が途切れた時、高梨が有紗に礼儀正しく断った。

「ちょっと失礼していいですか？　煙草を吸いたくなったんで」

喫煙者の高梨が表に出て行く。ガラス戸を透かして、ベンチと灰皿が置いてあるのが見えるから、そこで一服するのだろう。

有紗は、バッグからスマホを出して眺めた。LINEでは、真恋ママと芽玖ママ、いぶママの、「今日楽しかった」「ありがとう」という文字やスタンプが行き交っていた。

有紗も、簡単に書いた。「とてもステキなお店で感激しました」。生真面目な感想過ぎて、自分がつまらない人間に見える。美雨ママとだと飾らないでいられるのに、いぶママの前だと背伸びして、いぶママや他のママ友たちの評価を気にしてしまうのはなぜだろう。

一方、美雨ママからは、まったく連絡がなかった。有紗がいぶママのショップで働くことを知ったら、美雨ママは何と言うだろう。憂鬱な気持ちで、美雨ママとのLINEの遣り取りなどを眺めていると、高梨が戻ってきて横に座った。

「すみません」

高梨の体から、煙草のにおいと、微かに外気の蒸し暑さが漂ってくる。まだ気温は高いのだろうか。すると、高梨がお絞りを手にして言った。

「外は相変わらず暑いですよ」

「今、何となくそんなことを考えていたんです」

有紗が驚いて高梨の顔を見上げると、高梨がその視線を受けて微笑んだので、釣られて笑みを返した。

「シンクロニシティですね」

「何ですか、それ」

「心が通じているんでしょう。僕は岩見さんが考えていることが、ちょっとわかる時があります」

うまいことを言うけれど、高梨は先を急いでいないか。少し開きかけていた有紗の心が、また閉じてしまう。

「今、僕をシャットアウトしたでしょう？」

有紗は苦笑した。

「やめてください」

「あのう、岩見さん。前のご主人も、今のご主人みたいなタイプの人なんですか？」

いきなり訊かれて、有紗は絶句した。

「今のご主人って、どんな感じに見えますか？」

「はっきり言って、優男ですよね？　いい感じです」

「確かにそうかもしれないけど」と、答えてから苦笑した。心の中で「つまりは、優柔不断ということだ」と、解析する自分がいる。

「何が可笑しいんですか？」

てきた。

高梨は、有紗のどんな変化も見逃さない。有紗は、敏感過ぎる高梨が、少し疎ましく思え

「ということは、優柔不断だ、と考えてしまったからです」

それでも、正直に答える。

「つまり、ご主人は優柔不断なんですね？」と、畳みかけられて頷いた。

「私もそうだし、みんなそう」

「また、そんな一般論にする。信じませんよ」

高梨は、有紗の小さなグラスに冷酒を注いだ。飲み過ぎたかもしれない、と頬を押さえる

とさりげなく訊いて寄越す。

「お水、貰いましょうか？」

頷くと、すぐに注文してくれた。

「高梨さんて、すごく気が利く人ですね」

「営業ですからね。ご主人は？」

「あの人は技術職です」そう答えながら、有紗は苛立っていることに気が付いた。

「あのう、高梨さん。岩見の話はやめませんか？」

「どうして？　僕は知りたいですけど、駄目ですか？」

「駄目じゃないけど、あまり話したくないです」

「そうかな。岩見さんが結婚した相手だから、知りたいのは当然じゃないですか。興味ありますよ」

高梨は、本当にわけがわからないという風に、怪訝な表情をする。

「じゃ、私が奥さんのことを詳しく訊いたら、どうしますか？」

「喋りますよ。でも、岩見さんは、僕の妻については、あまり質問しないだろうな」

高梨が酒を飲みながら笑った。

「どうして」

「あなたは、僕があなたに興味を持っているほど、僕に興味を持っていないからです。従って、妻にも興味を持っていない。そうじゃないですか？」

言い当てられて言葉に詰まった。

「ごめんなさい。あなたは理屈っぽくて疲れます」

冗談めかして言ったが、本音だった。

「じゃ、手を握って口説きましょうか」

高梨が素早く有紗の手を握ろうとしたので、慌てて引っ込めた。

「やめてください」

声が高くなって、周囲が静まり返った。有紗は恥ずかしくなって、バッグを手にして囁いた。

「そろそろ出ませんか？」

「わかりました」

高梨が精算している間、有紗は、高梨が煙草を吸っていた外のベンチで待っていた。蒸し暑くて、排気ガスの臭いがいつになく強い。月が見えないのは、曇ってきたせいのようだ。明日は雨か、と有紗はスマホの天気予報を見た。雨のち晴れ。

「良かった、まだいてくれた」

店から出てきた高梨が有紗の姿を認めて、ほっとしたように言ったので、思わず苦笑する。

「逃げませんよ。ご馳走になったのに、そんなことできません」

「ありがとう。ここで岩見さんに逃げられたら、僕は一生立ち直れないかもしれない」

高梨は、額の汗をハンカチで拭った。

「大袈裟なことを仰いますね」

有紗は笑って、腕時計を見た。八時五十分。迷うところだったが、高梨の方から残念そうに言った。

「時間切れ？」

「すみません。もう失礼しますね」

有紗が早口に言うと、高梨は諦めた顔をした。

「仕方ない。遅刻した僕が悪かったんですね。またご連絡しますよ。僕はビールでも飲んで帰りますから、ご一緒できませんがいいですか？」

もちろんです、と有紗が言うと、タクシーを停めてくれた。

「渋谷までタクシーの方が楽でしょうから」

先週もこうして別れた、と思い出しながら、有紗はタクシーに乗った。

高梨が手を挙げて別れを告げる姿を、振り向いて眺めているうちに、大事なものをなくしつつあるような不安に駆られた。初めての感情だった。高梨に対する、ほんのちょっとした違和感を、自分の手で広げてしまったような後悔。

しかし、もう戻るわけにもいかない。有紗は懸命に前を向いた。

「近くてすみませんけど、渋谷駅までお願いします」

駅に着く寸前にスマホが震えた。高梨からかと期待して発信元を見たら、美雨ママからの電話だった。有紗は、少しがっかりしながら電話に出た。

「もしもし、どうしたの」

「ごめんね。突然電話なんかしちゃって」

美雨ママらしくない、暗い声だった。

「いいよ、何」

「有紗、今どこにいるの？」

「宮益坂（みやますざか）。渋谷駅の近く。あ、地下鉄の入り口、通り過ぎちゃった」

地下鉄の入り口を過ぎてしまったが、美雨ママの用件の方が気になった。

「タクシーか何かに乗ってるのね。そうか」

美雨ママは、珍しく口籠もって、なかなか用件を言わなかった。

「うん、今降りるから、ちょっと待ってて」

渋谷駅で料金を払ってから降り、ハチ公前の広場に移動して話を再開した。

「ごめん。どうしたの」

「はっきり言うね。さっき、ハルに聞いて信じられなかったんだけど、あなた、今日いぶママのセレクトショップに行って、そこで働くことにしたんだって？　それって、本当なの？」

不覚にも、いぶパパの口から美雨ママに伝わるとは思っていなかった。有紗は唾を呑み込んで、思い切って喋った。

「ごめん。今日、真恋ママたちに誘われて、お店を見に行ったの。その時、いぶママに店番しないかって頼まれた。あなたには申し訳ないと思ったんだけど、私、仕事探しているからいいかなと思って」

「なるほど。渡りに舟ってわけだ」

美雨ママの言い方が無礼なので、有紗もむっとする。

「そんなつもりはないよ。でも、ＴＡＩＳＨＯ鮨を辞めて、仕事を探していたから、助かったのは事実よ」

TAISHO鮨を辞めたのも、美雨ママ夫婦の軋轢のとばっちりではないか。

「でもさ、よりによって、いぶママのお店でってのは、どういうこと？　有紗って友達だと思っていたから、あたし、そこんとこは、どうしても理解できないんだよね」

「ごめん」と謝りながら、なぜ自分は、美雨ママにぺこぺこ謝っているのだろうと不思議に思う。信義の問題なのはわかっているが、そこまで縛られることだろうか。

「私は洋子の味方だけど、別のママ友たちとの付き合いだってあるんだよね。そこを洋子に制限されるのも、何か変じゃない？」

あれ、自分は何を言ってるのだろう？　急に酔いが回ったようで、有紗は混乱した。

「つまり、有紗は八方美人なんだよ」

「言い方、きついね」

美雨ママの激しさを持て余す。

「そりゃ、きついさ。だって、あたしは有紗に秘密を打ち明けたんだよ。有紗にしか話したことない秘密だよ」

美雨ママは言葉を切って、大きく嘆息してから、さばさば言った。

「だから、あたしは大馬鹿者だったな、と自分のことを思ってるわけよ。有紗も、どうせその分じゃ、下の階の人と何にもなかったんでしょう？」

それもまた余計な口出しではないか。有紗は反論した。

「洋子に関係ないことじゃない」

「関係あるよ。その理由は言ったじゃないか」と、叫ぶ。

美雨ママは、有紗が高梨と一線を越えたら、有紗の言葉を信じて子供を堕ろす、と言ったのだった。

『駄目なの。誰にも言えないことをしなくちゃ駄目なの。知られたら、皆に後ろ指さされるようなことをしなきゃ駄目なの。でないと、あたしは信頼できない』

「そうだけど、私にはそんな簡単なことじゃないの」

「簡単とか簡単じゃないとか、そういうことじゃない」

「じゃ、何」

「信頼ってこと」

「私がいぶママの店に行ったからって、あなたの信頼をなくすの？」

「そう」

「極端じゃない？」

「そうかな。そう思ってるのなら、いいよ」美雨ママが激しく遮った。「もういい。有紗が適当な人だってことがわかったからいいよ」

「待ってよ」

ぷつっと電話が切れた。有紗は救いようのない気分で、雑踏の中に立ち尽くしていた。蒸し暑いのに、汗ひとつ出ない。優柔不断なのは他でもない、この自分だった。八方美人の自分のせいで、大事な友達をなくしてしまったのだ。電話をかけ直してみたが、美雨ママは電源を切っていた。LINEをしようかと思ったが、より惨めになると思って、やめにする。

有紗は、迷った挙げ句、高梨に電話した。出てほしいと願いながらも、心のどこかでは困るから出ないでほしい、と思っている。ずたずたに引き裂かれた気分だった。だが、高梨は数コールで、出てくれた。

「もしもし、どうしました?」

「高梨さん、今、そっちに行ってもいいですか?」

性急に言うと、驚いた様子だった。

「何かあったんですか」

「ええ、ちょっと。すぐには帰りたくなくなってしまって」

「今、どこにいるんですか。僕が迎えに行きますよ。そこで待っていてください」

「ハチ公前です」

「じゃ、五分くらいで行きますから、そこを動かないでください」

たかが、女友達と決裂したくらいで、高梨を呼ぶのか。有紗は、自分の弱さが恥ずかしかった。しかし、美雨ママは、ただの女友達ではなかった。いわば、ママ友たちの世界での盟友だったはずだ。有紗は、自分がさぞ青ざめて見えることだろうと思った。

どこでタクシーを降りたのか、高梨が眼前に現れるのに、五分もかからなかった。あまりにも早く来たので驚いていると、高梨が照れ臭そうに言った。

「近くで飲んでたんで、よかったです。セルリアンタワーのバーに行きましょうか」

有紗はセルリアンタワーがどこかも知らない。黙って、高梨について行くと、高層ホテルの最上階のバーだった。高梨は、有紗が警戒心を抱かないように、注意深く店を選んでいるようだ。

薄暗いバーで向かい合って座った途端、高梨が口を開いた。

「どうしたんですか。心配しました」

「友達と仲違(なかたが)いしたんです」

「わかった。前に聞いたことのある、魅力的な人でしょう?」

そうです、と有紗が頷くと、高梨がウィスキーのソーダ割に口を付けた。

「いいですね。僕なんか、友達は一人もいませんよ」

有紗は驚いて高梨を見た。高梨はにやにやしている。

「一人もいないんですか?」

「いない。だから、岩見さんが、僕の親友になってください」

「男と女が親友になれるかしら」

「わかりません」と、高梨。「そもそも、親友って何だかわからないから」

　さすがに二人で顔を見合わせて笑った。

「お互いに何でも話しましょうよ。で、批判しない。そして、正直に話すこと」

「そんなことしたことないわ」

　そう言ってから、有紗は美雨ママとは、そういう関係だったことを思い出して沈んだ。

「思い出してるんでしょう？　その人のこと。恋人みたいだな」

「でも、彼女が好きな人の奥さんの店に、私が行ったものですから」

　高梨は勘がいい。

「ああ、セレクトショップの人ですね」

「そう。私はその人にちょっと憧れているものだから、複雑なんです。その人は、綺麗でセンスがよくて、育ちもよくて、何というか、私が絶対になれない人なんです。だから、こんな人がいるのか、といつも感心していました」

　高梨が、突然何かを思い出したように、両手を叩いた。

「その人、見たことがあるような気がします。前に、岩見さんたちが四、五人で子供たちを遊ばせているのを、見かけたことがあるんですよ。あの海の方の公園でした。そこに、いい女がいたような気がする」

　いい女と聞いて、有紗は美雨ママかいぶママか、どちらだろうと訝（いぶか）しんだ。

「二人いるんですよ、素敵な人は」

「いませんよ、一人だけです」と、高梨。

「じゃ、いぶママの方かな」

有紗が首を傾げると、高梨が笑った。

「あなたに決まってるじゃないですか」

そんなことを言われたのは初めてだった。

「私なんて、いつも自信がないから八方美人で、優柔不断で、全然よくないと思うけど」

そう言っているうちに、美雨ママの怒りが蘇ってきて悲しい気持ちになった。

「自信満々の女なんて、ちっとも魅力的じゃないですよ。僕はあなたが一番素敵だと思うけどな」

お世辞でも何でもよかった。惨めな有紗は、自分を肯定してくれる相手がいることに安堵していた。今夜ばかりは、辛くて眠れなかっただろうから。

10

バーは、思いのほか広かった。あちこちの暗がりで、ソファに沈むように座った人々が、笑いさざめいている。誰もが、幸せそうに見えた。

高層ホテルの最上階にあるバーになんか、足を踏み入れたことがなかった。タワマンに住んでいるというだけで、羨ましがられることはあるけれど、子育て中のパート主婦である自分には、こんな贅沢は許されていない。

有紗は、赤ワインのグラスを手にしたまま、ぼんやりしていた。落ち着いてよく考えてみれば、美雨ママの怒りに対して、何だか解せない気持ちが募ってくる。

有紗が、いぶママのショップでバイトをすることは、今日ショップに行って、初めて決まった話だ。それを、いぶママが、すぐにいぶパパに伝え、いぶパパが美雨ママに言う。美雨ママは、有紗に裏切られたと怒って一方的に電話を切ったが、それは美雨ママが二重に傷付いたからに他ならないのではないか。

ひとつは、親友だと思って、何でも打ち明けていた有紗が、敵方のいぶママのショップで働くことに対する怒りであり、もうひとつは、いぶパパといぶママが、いまだに緊密に連絡を取り合っていたことに対する怒りなのだろう。

もし、いぶママたちの夫婦関係がすでに崩壊していたならば、いぶママは即座にいぶパパに連絡など入れないだろうし、いぶパパが本気で美雨ママを愛していたなら、たとえ有紗のバイトのことが耳に入ったとしても、美雨ママには伝えないはずだ。

もしかすると自分は、いぶママの復讐劇にひと役買ってしまったのではあるまいか。有紗はそこまで思い至って、呆然とした。

「何だか、憂鬱そうですね」

高梨に問いかけられて、有紗は我に返った。

「いえ、ぼうっとしてました」

有紗は、赤ワインのグラスに口を付けた。銘柄は高梨が選んでくれたものだ。すっきりしていて、飲みやすかった。

「ワイン、美味しいです」

「そうですか、岩見さんのお口に合って良かった」高梨が微笑んだ後、有紗の目を覗き込む。

「ねえ、今、何を考えていたんですか?」

最初の店では、『岩見さんが考えていることが、ちょっとわかる時があります』と言っていたではないか。有紗は可笑しくなった。

「わかりませんか?」

「わからない時もありますよ」高梨は苦笑した。「ねえ、話してください。親友になってとお願いしたじゃないですか」

有紗は首を振った。

「自分が馬鹿に思えて仕方がない話です。嫌になっちゃった」

独りごとのように呟くと、グラスを口に運びかけた高梨が手を止める。

「どういうことだろう。興味が湧くなあ。頼むから、話してくださいよ。聞いてみたい」

すべてを説明するには、美雨ママといぶパパの不倫から話さなければならなくなる。さすがに躊躇われて、有紗は首を振った。

「あなたの知らない人のことなんで言えないんです。すみません」

「律義だな。他人に義理立てすることなんかないですよ。あなたが楽になるなら、僕は何でもする。ぜひ、聞かせてください」

高梨の押しの強さに、有紗は嘆息した。

「高梨さんは強いですね」

「強い？」と高梨は首を傾げる。「そんなことはないですよ。ただ、世慣れているだけじゃないですか。ご主人もそういうところはありませんか？」

さっき斥けたばかりなのに、また俊平の話になった。高梨は、俊平に遠慮して気に掛けているのだろうか。

「さあ、もう少し、か弱い気がしますけど」

有紗はそう言ってしまってから、思わず笑った。俊平は、少年のように傷付きやすく、素直なところがある。だから、アメリカでの恋愛を正直に打ち明けてくれたのだろう。それは俊平の美点かもしれない。

しかし、自分たちママ友の齟齬や諍いについて、俊平に話そうと思ったことはあまりなかった。話したところで、興味のない顔で「へえ、そう。大変だねえ」と、他人事のように言われるのがわかっていた。

俊平と共有するものはたくさんあるけれど、実のところ、俊平は自分に興味を抱いていないのかもしれない、と思うことがある。

「あ、また憂鬱そうにしていますよ。妄想にまみれているんじゃないですか」

高梨にからかわれて、有紗はまたしても我に返った。

「妄想？」

「すみません、言い過ぎでした。あなたは本当に面白い人ですね。すぐに考えに沈んでしまうんだから」

「考え？　今、妄想って言ったじゃないですか」

有紗が反撃すると、高梨がウィスキーのソーダ割をひと口飲んでから、少し意地悪な口調で返した。

「じゃ、イマジネーションと言い換えましょうか。で、そのイマジネーションの中で、岩見さんはどういう立場にあるんですか？」

「何かわからないけど、孤独なんです」

孤独。思いがけない言葉が口を衝いて出た。夫も娘もいるのに、孤独とはどういうことだろう。高梨が真面目な顔になった。

「よくわかります。僕は妻も息子もいるし、長野に年老いた両親も兄一家もいます。でも、孤独だといつも思います。独りっきりですよ」

同じことを考えている、と思った。

「さっき友達がいないって言ったでしょう。そのこと？」

「ちょっと違うな。僕は心が通わない友達なんて要らないんです。でも、独りは寂しい。だから、さっきから言ってるじゃないですか、親友になりましょうって。ただし、掟があるんです」

有紗は驚き、躊躇いながら問うた。

「掟って、何ですか？」

「言いません、僕の心の中にだけあるから。あなたも自分の掟を考えて、僕に言わないでください。それを互いに守りながら、親友になりましょう」

高梨は急に妙なことを言う。掟とは、ルールのようなものだろうか。互いの家族を傷付けないとか、絶対に秘密にするとか、そんなことか。

確かに、高梨と自分の、この不思議な関係を何と呼べばいいのだろう。有紗は、かつて自分を激しく傷付け、悩ませたことのある、階下に住む男を眺めた。

高梨は有紗の視線を受け止めながら、グラスに口を付けている。

「私の掟を考えて、それに沿えばいいんですか？」

「そう。僕もそうします。いずれ、互いの掟が薄らぼんやりとわかってくるかもしれない。楽しみですね」

「どういう意味かよくわからない」

そう言いながらも、有紗にはある決意が生まれている。俊平や花奈には、高梨と会っていることを決して知られてはならないこと。そして、もうひとつ。

「ねえ、何があったか、教えてくださいよ」

高梨がせがむように言った。有紗は決心して、ワイングラスをテーブルに置いた。

「今日、決めてきたショップのバイトを断ろうと思っているんです。理由は、それが一番間違いだったから。いえ、彼女のショップを見に行ったことが、そもそもの間違いでした」

「何で間違いなの？」

「だって」と、言った途端に何だか笑えてきた。「さっき言ったでしょう？　ショップを始めた人は、かねがね素敵だなと思っていて、私はちょっと憧れていたんです。だから、私の一番仲のいい洋子を裏切ってしまった」

「洋子という人が、さっきあなたと仲違いした人ですね？」

高梨が何か思い出しているのか、中空に目を据えて整理するように言った。

「そうです。公園で見たことがあるのなら、髪をいつも纏めてジーンズ穿いている人。『江東区の土屋アンナ』と言われている」

高梨が楽しそうに笑い声を上げた。

「いいネーミングだな」

「それを付けたのは、ショップの彼女のダンナさんなんです」

皆が集まって、幼い子供たちを遊ばせていた頃のことを思い出して、有紗は微笑んだ。

「洋子はすごくまっすぐで、魅力的な人なんです。その彼女と、私が憧れていたショップの彼女のダンナさんが恋に落ちて」

途中まで言った時、高梨が得心したように頷いた。

「なるほど、わかった。ママ友関係が壊れてしまったんですね。で、あなたはその洋子さん側に付いた」

「そうです。いぶママは傷付いて、BWTを出て行ってしまったんです。で、洋子はいぶパパとずっと続いていたから、彼女の家族関係も滅茶苦茶になってしまった。私は洋子の実家のTAISHO鮨というところで働かせてもらっていたから、そこのご主人に、洋子と仲がいいから、という理由で苛められて、辞めることになったほどです」

「受難だなあ」

もう高梨は笑わなかった。

「いいえ、割を食ったとは思わなかった。だって、洋子といぶパパは本当に恋愛しているんだから。むしろ、そのパワーが怖くて、怖いと思う自分が惨めになりました」

「なるほど」面白そうに、高梨の目が輝いた。「その洋子さんが、あなたが自分を裏切ったと怒ったわけだ」

有紗は頷いた。しかし、いぶママが美雨ママへの復讐のために、自分を利用したのではないかという疑いは、口にできなかった。高梨が優しい口調で訊ねる。

「今の話だけど、あなたが、洋子さんたちの恋愛パワーが怖いから惨めだと思ったのはどうしてですか？」

「数年前ですけど、夫がアメリカに行ったきりで、連絡もなく、ネグレクトされているような状態の時があったんです。たまに連絡があると、離婚してくれと言われて」

「ひどいな。それはなぜですか？」高梨が身を乗り出した。

「私が前に結婚したことがあって、子供がいたことを隠して俺と結婚した、と夫が怒ったんです」

思い切って言うと、さすがに高梨は驚いた様子だった。

「結婚されていたことは知ってますが、お子さんもいたんですね」

「ええ、今年中学生になった息子がいます。その子を置いて出ざるを得なかったんです」

久しぶりに、雄大（ゆうだい）の話を人にしたら、涙が出そうになった。一週間前に、実家の母親と電話で話したばかりだ。雄大が地元のサッカークラブに入って活躍しているという。会いに行った時は、サッカーが苦手だから、勉強で頑張ると言っていたのに。

「ご主人は、あなたを好きだったから、許せなかったんでしょう」

高梨が慰めるように言うので、有紗は小さく首を振った。

「違うんです。私のことも怒っていましたが、アメリカで若い女の人と恋愛していたと後で聞きました。ショックでした」

高梨は黙って頷いただけだった。

「夫婦はいろんなことがありますよね。僕も、ずいぶん妻を苦しめたと思います。実は、僕も島根の彼女のことで、離婚を切りだしたことがあるんです」

有紗は、はっとして高梨の顔を見上げた。高梨の妻の余裕のなさそうな横顔を思い出す。前屈(まえかが)みでせかせかと歩き、忙しそうにデパ地下を走り回る様は、心の苦しさの表れだったのかもしれない。

「どうだったんですか」と思い切って訊ねる。

「絶対に別れない、と言われました」

「お子さんがいらっしゃるからですか?」

「いいえ。僕のことが好きだから別れたくない、と言われました」

それはさぞかし辛かったことだろう。自分がこうして高梨と会っていることを、妻に知られたら、また新たな苦しみを与えることになろう。どうしたらいいのだろう。有紗は暗い気持ちになった。

「僕は彼女と妻を比べるのをやめようと思いました。それが妻に対する、僕の掟だったんです」

「あなたの言う『掟』の意味が、何となくわかりました」

高梨が何も言わずに頷く。高梨は、妻の話をしたことを恥じるように俯いた。

ずいぶん長く喋っているような気がして、時刻を確かめた有紗は驚いた。すでに十二時を回っている。

「大変。もう電車がない時間ですね。急いで帰らないと」

「その前にもうひとつ」

「何ですか？」

慌てて身支度を整え始めた有紗が訊ねると、高梨が生真面目な顔で言った。

「ＬＩＮＥとメアドを教えてください」

高梨と一緒のタクシーで帰って来たが、高梨は近所の人に見られないよう途中で降りたので、タワマンのエントランス前で降りたのは、有紗一人だった。

午前一時。エレベーターで上がりながら、タクシーでの会話を反芻(はんすう)している。

『ショップ断ってどうするんですか？』

運転手の耳を気にして、高梨が低い声で訊いた。

『また、仕事を探します。マックでも牛丼屋でも何でもやります』

『僕もそうなるかもしれない』

驚いて有紗は高梨の顔を見た。高梨は笑って返しただけで、何も言わない。おそらく、会社がうまくいっていないのだろう。内心はどんなだろうと思ったが、有紗は訊かなかった。

『また今度ね』

別れ際に有紗から言うと、高梨が有紗の手を一瞬強く握って、すぐに離して寄越した。高梨から強引さが消えたことが物足りない、と思う自分がいる。

そっと部屋のドアを開けると、リビングのソファから「お帰り」と俊平の声がした。声音からすると、すでに酔っているようだ。

「ただいま」

有紗はなるべく明るい顔をして、俊平のところに行った。

俊平は、ソファで、ウィスキーの水割を飲んでいた。映画のＤＶＤを見ていたらしい。Ｔシャツにハーフパンツ。両手をソファの背にかけ、片足をロウテーブルに投げ出している。行儀の悪い姿だった。

「結構、遅かったね」

相変わらずのんびりした言い方だが、苛立ちがあるのを見て取る。

「ごめん。久しぶりなんで、話が弾んじゃった。花奈は？」

心なしか、早口になっているような気がする。後ろめたいのは、嘘を吐いているからだろうか。

「カレー食べて寝た。ママはどうしたのって、何で帰ってこないのって、しつこかった」

「ごめん」

テレビ画面から目を離さなかった俊平が、初めて有紗の顔を見遣る。

「電車なかったでしょう。どうやって帰ってきたの？」

「タクシーに決まってるじゃない」

有紗は洗面所に向かいながら、わざと不機嫌そうに言う。

歩きながら、ロウテーブルの上に、無造作にバッグを置いてきたことに気付いた。財布に高梨の名刺が入ったままだし、スマホを操作すれば、新しいメアドがばれてしまうかもしれない。ひやひやした。

しかし、何ごともないような顔でゆっくり手を洗ってうがいをし、風呂を沸かし直してから、リビングに戻った。バッグはそのまま、ロウテーブルの上に置いてある。

「どこから乗ってきたの？」

「渋谷」

「いくらした？」

「四千円くらいかな」

少し前で降りた高梨が紙幣を渡そうとしたので、「ご馳走になったから」と、有紗は断ったのだ。

「ちょっと贅沢じゃないか？」

俊平が怒っているのがわかった。

「でも、割り勘だから」と嘘を吐く。

「レシート、俺にくれない？　経費で落とせるかどうかやってみるから」

「そんなことできるの？」

俊平が取り上げる前に、バッグから財布を取りだして、タクシーのレシートを手にする。カードホルダーに、高梨の白い名刺が挟まっているのが目に付いた。そっと、クレジットカードの中に紛れ込ませる。

「はい。経費にできるならいいけどね」

レシートを渡すと、俊平はレシートなど見もせずに文句を言う。

「てかさ、帰り遅すぎないか。花奈も泣きそうだったぞ」

俊平の機嫌は直りそうにない。

第三章　賢母愚母

1

内容は忘れてしまったが、何となく甘美な印象の夢を見ていた。完全に目が覚めてしまって、がっかりする。夢の内容を何とか思い出して余韻に浸ろうと、有紗はブランケットを被って目をぎゅっと瞑（つむ）った。

「ママは、どうしてまだ寝てるの？」

キッチンから、花奈の大きな声が聞こえてきて、有紗は耳を澄ました。カチャカチャという食器の音と、俊平が何か答えている声がする。寝室のドアが開いたままになっているようだ。

「ママは、どうして起きないの？」

近頃、急に生意気になった花奈が、再び俊平に訊いている。花奈が唇を尖らす様子が、見なくても想像できた。

「ママはね、ゆうべ、お酒飲んで遊んできたんだよ」

俊平が答えている。コーヒーメーカーのブーンという音で、最後の方は掻き消された。

「ママは誰と遊んできたの？」と、花奈の声。

「ママ友たちだよ」

「じゃあ、美雨ちゃんのママと？」

「さあ、誰だろうねえ」

日曜の朝は、寝たいだけ寝ているくせに、前の晩遅くなった有紗への当てつけのように、今日の俊平は早起きだ。

どたばたと足音がして、花奈がベッドの脇に立った。

「ママ、起きて」

仕方なしに目を開けると、開いたカーテンの隙間から、今にも降りだしそうな曇り空が見えた。陰鬱な天気だった。

「起きなさい。ご飯よ」

花奈が、有紗の口調を真似ている。

「やあだ、花奈、もっと寝たあい」

有紗が逆に花奈を真似ると、花奈が苦笑いをした。まだ五歳なのに、時折大人びた表情をするので、どきっとすることがある。

「おはよう」

起きてリビングに行くと、スマホを眺めていた俊平が目を上げた。

「よく寝るね、もう十時過ぎだよ」

厭味に対抗しようと身構えたが、俊平は無言でまたスマホに視線を落とした。

「嫌なお天気ね」

それには答えず、ぽつりと言う。

「腹減ったな。朝飯、どうする?」

「トーストとスクランブルエッグでも作ろうか」

「どうせ冷凍したパンだろ? だったら、要らない。あれ、俺、嫌いなんだよ」

花奈は、自分でコーンフレークにミルクをかけて食べたようだ。最近は手がかからなくなった上に気も利くから、同性として頼もしく感じることさえあった。

「じゃ、私だけ食べる」

冷凍庫から食パンを出して、パン切りナイフで切る。オーブントースターに放り込んで、その間、ゆで卵を作った。要らないと言われたけれども、俊平と花奈の分も用意した。ミニトマトを洗って皿に盛り、簡単な朝食の準備をする。

「昨日、誰と飲んだの?」

案の定、俊平が嫌いなはずの冷凍パンのトーストに手を伸ばしながら訊ねた。

「いぶママと真恋ママと芽玖ママ。いつもの人たちよ」

有紗は嘘を吐いた。両肘をテーブルに突いて、コーヒーマグを顔の前に置き、動揺を見られないようにする。

「どこで、何食べたの？」

どうだっていいじゃない、と言いそうになるのを必死に堪えて返事をする。

「並木橋の和食屋さん。居酒屋っていうのかしら。割と高級な感じのお店で美味しかった。いぶきちゃんのママが案内してくれたの」

「へえ、いぶきちゃんのママって、俺がアメリカから帰ってきた時に、ダンナの前でテンパってた人だろう？」

有紗は、花奈の耳を気にして小さな声で言う。

「そう、あの綺麗な人」

花奈が振り向いた。

「ママ、いぶきちゃんがどうしたの？」

「どうもしない。いぶきちゃんじゃなくて、いぶきちゃんのママの方よ」

「なんだ」

花奈は大人の話だと悟ったらしく、気に入りの本を持って寝室に入って行く。花奈は一人っ子らしく、ベッドに寝転んで本を読むのが好きだ。

「しかし、居酒屋なんか行きそうにないタイプだけどな」

俊平がたいして関心のない顔で呟くので、有紗はどきりとしたが素知らぬ顔で頷いた。

「人は見かけによらないのよ」

嘘を吐く苦しさ。毎回嘘を重ねれば、どんな嘘を吐いたのかも忘れてしまいそうだった。今後、高梨と会う時は、遅くならないように気を付けようと思う。

「その後、どこに行ったんだよ」

俊平はしつこい。有紗は苛立ったが、努めて顔に出さないようにした。

「セルリアンタワーの最上階のバーだけど」

「豪華だな、おい」俊平がコーヒーを飲みながら、苦笑した。「あそこ、高いだろう?」

またしてもレシートを出せと言うのではないかと、有紗ははらはらしたが、さすがに何も言わなかった。

「ワイン一杯だけだから」と、有紗は曖昧に言葉を濁した。「三千円くらいじゃない?」

「まさか。テーブルチャージがあるから、ワイン一杯だって五千円くらいは取られたんじゃないか?」

「そうだっけ」

ボロが出そうになり、有紗は誤魔化して席を立った。冷蔵庫の奥に入っているマーマレードの瓶を探すふりをする。

「マーマレード付ける？」

振り向いて訊くと、有紗の後ろ姿を凝視している俊平と目が合った。猜疑心に満ちた眼差しだった。危うい、と有紗は怖くなった。

午後、俊平は一人で映画を見てくるというので、ほっとした有紗は、花奈を連れてららぽーとに向かった。

花奈にソフトクリームを買い与えて、スマホを取り出す。いぶママに電話して、ショップのバイトを断るつもりだ。ＬＩＮＥで簡単に済ませようと思わなくもなかったが、さすがに申し訳ないので、直接話すことにした。

「こんにちは。どうかしたの？」

数回のコールで、いぶママの明るい声がした。その澄んだ声を聞いていると、この人は人を貶めたり、騙すようなことなどするわけがない、と思えてくる。

「ごめんなさいね、電話なんかしちゃって。今、大丈夫？」

「いいのよ。まだ家にいるから大丈夫。あたしは日曜はお店に出ないことにしているんだけど、これからちょっと見に行こうかと思っているところ。ねえ、もしかして、花奈ちゃんの服、サイズが合わなかったんじゃない？」

いぶママに明るく言われて、有紗は思わず声を漏らした。いぶママの店で買った花奈のサマードレスを、どこかに置き忘れてきたことに気が付いたのだ。

「あ、いや、違うの」と、慌てる。

「そう。サイズ、大丈夫だった？　最近、花奈ちゃんに会ってないから心配してたのよ。子供って急に大きくなったりするでしょう。花奈ちゃん、いぶきと同じくらいの背だけど、ちょっと細かったから気になって」

「ちょうど良かったわ。大丈夫よ。ありがとう」

買い物袋を忘れたのは、化粧を直したマークシティのトイレの中か、あるいは並木橋の居酒屋か、渋谷駅に移動したタクシーの中か。それともセルリアンタワーか。どこで荷物が手から失われたのか、まったく記憶がなかった。それほどまでに、昨夜は高揚、もしくは動揺していたのだろうか。自分の心の有り様が忘れ物に表れたようで、恥ずかしい。

「だったらよかったけど。で、どうしたの？」

「あのね、実はショップのバイトのことなんだけど、私はやっぱり働くのを遠慮させて貰おうかな、と思ってるの」

「ええーっ」と、いぶママは失望の声を上げた。「本当？　どうして？　せっかくいい人が見付かったと思って喜んでたのに」

早く適当な嘘を言え、と有紗の中の「バランス」とでも言うべきものが告げている。

「ごめんなさいね。生返事しちゃって。ちょっと花奈の時間帯と合わないとか、いろんなことが気になってしまって」

「時間なら調整できるわよ。三時に帰りたいならそうできるし、どうにでもなるから、そんなに心配しなくても大丈夫よ」

いぶママは、急にてきぱきと言う。

「ありがとう。でもね、正直に言うと、バイトの身分じゃなくて、正社員の道を探そうかなと思ってるの。だから、ごめんなさいね」

スタッフとバイト。いぶママの厳然たる区分を思い出す。

いぶママが、「だったら、スタッフになってよ」と言ったらどうしよう、と焦る。ところが、いぶママは温度がすっと冷えるように、しつこく誘いはしなかった。

「あら、そうなの。そういうことなら、仕方ないものね。こっちこそごめんね。無理に頼みこんじゃって」

「いいえ、とんでもない。誘ってくださって嬉しかったわ」

「じゃ、またお店に遊びに来てね」

「ありがとう。じゃまた」

若干の失望と、若干の苛立ちと、若干の違和感。

この埋めようのない齟齬を、何と言ったらいいのだろうか。

気が合わない？　それとも、いぶママの方に悪意がある？

両方とも正しいのかもしれない。有紗はスマホを耳に当てたまま、呆然と立ち竦(すく)んでいた。

自分がバイトを断ったことは、すぐにいぶパパに伝えられるだろう。そして、いぶパパは美雨ママに何と告げるのだろうか。いや、いぶママは、何も言わないかもしれない。与り知らないところで、自分が人間関係に利用されているようで、何とも不快だった。その不快さは、昨日、自分を詰った美雨ママにも向けられている。「勝手に私を利用しないで」と、叫びたくなる。

「ママ、どうしたの」

花奈が心配そうに見上げている。

「何でもないよ。ママね、電話しなきゃならないところがあるから、ちょっと待ってて」

気を取り直して、並木橋の居酒屋の名を思い出し、検索して電話をかける。「お忘れ物は何も届いておりません」と言われる。今度は、セルリアンタワーの最上階のバーだ。こちらはまだ営業時間外だとかで、フロントや警備などあちこちに電話を回された挙げ句、やはり届いていない、と言われる。

有紗は、せっかく選んで買った品を忘れてきてしまった後味の悪さを嚙み締めながら、花奈を呼んだ。

「花奈ちゃん、帰ろうか」

「ママ、どうしたの？」

花奈は、母親のいつもと違う苦い表情に驚いた様子で、一瞬、怯えた顔をした。

「何でもないよ」

有紗は、花奈の細い手を強く握った。

途中で夕飯の買い物をして帰ってきたが、まだ俊平は戻っていない。有紗は夕飯の支度をしながら、美雨ママに電話かＬＩＮＥをしようか迷っている。しかし、どうせまだ怒っているだろうから、とやめにした。

有紗は急に疲れを感じて、ダイニングの椅子に腰掛けた。いぶママからＬＩＮＥがきたのは、ちょうど俊平が玄関のドアを開けた瞬間だった。有紗は驚いて返事をかえした。

さっきはどうも。あなたの買った花奈ちゃんの服だけど、今日タクシーの運転手さんがお店まで届けてくれたそうです。

それはすみません。実は、さっきの電話の途中で忘れたことに気付いたの。

そんなこと知らないで会話しちゃった（笑）

すみません。言いにくくて。

運転手さんは、あなたが渋谷で降りた後に忘れ物に気付いて、お店の住所に届けてくれたんだって。

親切な人でよかった。じゃ、今度お店に取りに行きます。

BETのコンシェルジュに届けておきました。

ありがとうございます。

サイズが合わなかったら、連絡してください。じゃね。

嘘を吐いたことが、いぶママにばれてしまった。何もかもが、うまくいかないのはどうして。有紗は苦笑いをした。

「どうしたの」

苦笑いした瞬間を俊平に見られたらしい。

「何でもない。昨日、いぶママのお店に忘れた品を、わざわざ届けてくれたの」

俊平は怪訝な顔をしたが、構わず、有紗は部屋を出た。エレベーターのボタンを押すと、一階下の二十八階で停まって、なかなか上にあがってこない。二十八階で降りたのは、高梨ではあるまいか。そんなことを想像すると、会いたくなった。こんなに近くに住んでいるのに、会うことができないなんて。二十八階の高梨の住まいに行って、今日のことをすべて話したい衝動に駆られた。

コンシェルジュに預けられていた花奈のサマードレスは、着せてみると少々大きかった。有紗は、ドレスの脇を摘んで縫い縮めてやるつもりだ。

月曜の朝、有紗は、お昼寝用のシーツやタオルなどの大荷物を持って、保育園に向かった。花奈の布団に、カバーをすっぽり掛けながら、美雨ちゃんと美雨ママが来るのを待った。だが、二人はなかなか登園してこない。有紗は焦れて立ち上がった。花奈はとうに園庭に出て遊んでいる。

「岩見さん、おはようございます」

まだ二十代前半の保育士が、陽に灼けた顔を綻ばせて挨拶してきたので、訊ねてみた。

「今日は美雨ちゃん、お休みですか？」

保育士が驚いて眉を上げた。

「あら、岩見さん、栗原さんと仲がいいですよね？」

「ええ」と、頷きながら、嫌な予感を隠せない。何かあったのだろうか。

「美雨ちゃん、先週でここを辞めたんですよ」

思いがけない返答に、有紗はしばらく何と言っていいかわからなかった。

「辞めちゃったんですか？」

「ええ。保育園じゃなくて、幼稚園の方に移るって聞きましたけどね。でも、妹さんが仰っていたので、よくわかりませんけど」

「移るってことは、またわかば幼稚園に戻るのかしら」

「さあ、どうでしょうか。そこまで聞いてませんけど。もしかしたら、引っ越されるのかもしれませんね」

洋子、水臭いじゃないか。思わず、そんな愚痴が出そうになる。しかし、美雨ママは何もかも打ち明けた有紗に裏切られたと、腹を立てていた。だから、保育園を辞めたのだ。そう思うと、居ても立ってもいられなかった。

有紗は保育園を出ると、すぐに電話をした。予想通り、美雨ママは電話に出ない。留守電に切り替わったので、吹き込んだ。

「私です、有紗。今、保育園を出たところなんだけど、美雨ちゃん、保育園辞めちゃったんだってね。すごく驚いたし、ショックだった。ひとことくらい相談してくれてもいいんじゃないの。水臭いよ。私がいぶママのお店を見に行ったことは、そんなにショックだった？ごめんね。あなたを傷付けたことは悪かったと思っている。だから、バイトはもう断った。

私はずっと洋子の味方だからね。せめて、美雨ちゃんがどこに行ったのか、くらいは教えてほしい」

そろそろ留守電の残りがなくなると思ったところで、美雨ママが電話に出てきた。

「もしもし」

特徴のある掠(かす)れ声だ。

「洋子？　この間のこと、ごめんね。もう、いぶママのバイト断ったから、怒らないで」

「こっちこそごめん。逆上した」

元気がなかった。

「わかってる。逆上させて悪かった」

「いや、逆上する方が悪いんだって」

「そうかな」有紗はほっとして笑った。「洋子、あなた元気なの？」

美雨ママから返事はなかった。

2

暑い一日の始まりだった。海辺の埋め立て地は、陽射しが強い。美雨ママの返事を待つ間、有紗は陽射しを避けて、マンションのロビーに移動した。

保育園の前でのんびり話していると、いかにも仕事をしていないようで目立つ、という理由もあった。ロビーでも人目を気にして、奥のコンビニ前で電話を続けた。

「美雨ちゃん、わかば幼稚園に戻るの？」

元気か、と訊いても、美雨ママが返事をしてくれないので、違う質問を投げかけた。すると、ようやく美雨ママが答えた。

「あそこじゃなくて、門仲の方の仏教系幼稚園に入れることになったの」

「えっ、どうして？」

「わかばじゃや、知ってる人もいるからでしょう」

まるで他人事（ひとごと）のように言う。嫌な予感がした。

「でも、門仲じゃ遠いじゃない」

「いいの。あっちに引っ越すから」

初耳だったから、寂しさが募った。

「洋子も行っちゃうの？」

「いや、あたしは行かないの。だって、離婚することになったんだもん」

早晩そういうことになるのではないか、と怖れていたが、美雨ママの口から「離婚」の二文字を聞くと衝撃があった。

「そうか、残念だね」と、溜息を吐く。

「うん。あたしもいっちょまえにバツイチの身になれたから、これで有紗とタメだね。そうでしょ？　あ、状況が違うね。あたしは不倫だもんね」

美雨ママが明るさを装っているのがわかり、痛々しく感じる。

「そうだね。一緒だね」と、やむを得ず苦笑する。「洋子、離婚したら、美雨ちゃんはどうなるの？」

またしばらく返答がない。威勢のいい美雨ママにしては、珍しく歯切れが悪かった。

きっと夫の元に、美雨ちゃんを置いて行くことになったのだ。

「有紗が予言した通りになったよ。あいつ、美雨は絶対に離さないって。あたしになんか、絶対にやれないって」

「そうだったの」

有紗も、息子を置いてきた時のことを思い出して胸が痛んだ。

自分の我が儘で、息子を捨てることになったのではないか。

自分は、弱い母親だったのではないか。

もっと頑張れば、息子に悲しい思いをさせないで済んだのではないか。

このような自責の念に、何年悩まされたことだろう。自分にしかわからない悲しみや焦りに、どれだけ苦しめられただろう。

　俊平と結婚して花奈を得たからと言って、悔恨が消えるわけではない。一生ついて回るのだ。悔恨を抱えていると自覚している分だけ、俊平がシンプルに思えて仕方がない瞬間がある。

　だから、自分たち夫婦には、最初から他の夫婦にはない深い傷や溝がある。そして、その傷や溝は、置いてきた息子にも刻まれているのかもしれないのだ。突き詰めて考えるのは、怖ろしかった。

「美雨ちゃん、可哀相だね」

　思わず呟くと、美雨ママが小さな溜息を吐いた。

「栗原はね、どうしても親権は渡さないって、すごく頑固に言ってるの。あたしが有責だからって。そこまで言われたらどうしようもないよ。だって、あたしはハルの子を産むことを選んだんだからさ」

「そのこと、滋さんに言っちゃったの？」

「言ったよ」と、あっけらかんと答える。

「どうして言っちゃったの？」

「だって、産むことに決めたんだもん。それに、あと数カ月したら、わかることじゃん」

　有紗は絶句した。

「どうして産むことにしたの。私、反対したよね」

「もちろん、覚えてる。あたしが産みたい理由も話したよね？」

「聞いた。気持ちはわかるけど、どうしても賛成できなかったんだよね」

「覚えてる。ね、有紗、高梨さんとどうした？」

今度は、有紗が沈黙する番だった。何と言えばいいのだろうか。何も起きなかったけれども、違う世界に船出したような気がする。

「後ろ指さされるようなことした？」

「してない」と、やむなく答える。

「じゃ、やっぱ、産むよ」

美雨ママは笑ったようだった。

「洋子。今日これから会わない？　いろんなこと話したい」

「あたしも話したいな。夜、飲みに行かない？」

「アルコール飲めないって、言ってなかった？」

「そうだけど、飲み屋なら何となく話せそうだから」

行きたかったが、土曜日、高梨と会って遅くなったことを思うと、またぞろ月曜の夜に出る、とは俊平に言いにくい。

「ごめん、今夜はちょっと無理かもしれない。週末なら何とかなりそうだけど」

「そうだよね」と、美雨ママ。「有紗は、あたしみたいに子育てから自由になったんじゃないものね。まだ花奈ちゃんがいるんだもんね」

語尾は寂しそうに消えた。夫の復讐は、美雨ママから娘を奪うことだったのだ。美雨ママがいぶパパの子を産もうが産むまいが、すでに全員が傷付いている。

「一緒にお昼食べようよ。うちにおいでよ」と、誘った。

「うん、わかった」

美雨ママが気乗り薄な声で言った。体調が悪いのかもしれない、と心配になったが、どうしても顔を見て話したい。昼時に、また有紗の家で会うことにした。

急いで家に戻って、洗濯と掃除を済ませてから買い物に出よう、とエレベーターホールに小走りで向かった。その時、高梨からメールがきていることに気付いた。

さっき、保育園の前を通ったら、中にいるあなたの横顔がちらっと見えた。
あなたはいつも綺麗だ。素晴らしい月曜日です。

思わず顔が綻ぶ。今朝は保育園でいろいろな準備があるから、早めに着くように家を出たのだった。いつもより十五分早く家を出るようにすれば、高梨の出勤時間と合うかもしれない。

擦れ違うだけでもいい。胸が高鳴って、何と返事しようと浮き浮きしている自分がいる。

『素晴らしい月曜日です』。この気持ちを誰かに打ち明けたくて堪らないが、悩んでいる美雨ママに話せるわけがない。

美雨ママが、いぶパパと恋愛している時、自分はどこか苛々していなかったか。それは、羨ましいからでも、嫉妬しているからでもなかった。美雨ママが、自分のいる世界とは違う世界にいて、違うものを見ている、と感じたからだ。

高梨との付き合いを楽しげに話せば、美雨ママも同じように、今の自分に違和感を持つだろう。俊平がちらっと見せた不信感も、同じ根から生じているのかもしれない。気を付けなければいけない、と有紗は自戒した。

高梨とのことは、誰にも言わずにいようと思う。夫や娘はもちろん、親友にも言わないこと。それが自分の新たな「条件」だ。本物の、自分だけの秘密を持つこと。

誰にも言わない孤独に耐えられるだろうか、と有紗は高梨の文面を何度も読みながら思った。心を落ち着けてから、なるべくさりげない返事を書く。

おはようございます。土曜はありがとう。楽しかったです。

「こんちは。お邪魔します」

美雨ママは、少し遅れて現れた。黒のタンクトップに、ダメージ・ジーンズ。白いスニーカーが眩しい。陽に灼けた二の腕にほどよく筋肉が付いていて、ノースリーブがよく似合う。

「元気そうじゃない」

有紗はほっとして笑った。美雨ママがスニーカーを脱ぎながら、照れたように目を伏せて謝った。

「土曜日、ごめんね。あたし、何だか頭に来ちゃってさ。有紗が、いぶママの配下になるのかと焦った。でも、よく考えてみると、有紗じゃなくて、そんなことを伝えてきたハルになんだよね」

「うん、わかってる。その話も聞きたかったの」

有紗は頷いた。やはり、想像した通りだった。

「うわ、ご馳走だ」

美雨ママが、テーブルの上を見て叫んだ。

「どこが」と、有紗は苦笑した。ツナとトマトのパスタと、生ハムサラダだけなのに。

「いいの。あたし、最近、家に帰ってないから、あまり作ってないんだ。家庭料理に飢えている」

「帰ってないの？　じゃ、どこで寝泊まりしてるの？」

有紗は冷蔵庫から、ウーロン茶のペットボトルを出しながら訊ねる。

「ハルと二人で借りたアパート」

そこまでしていたのか。有紗は、いぶママの自信たっぷりな充実している様子を思い浮かべた。いぶママたち夫婦は、いったいどうなっているのだろうか。

有紗は、美雨ママの顔を見た。夫に殴られた痕は、ほとんど黄色くなって消えかかっていた。妊娠しているせいで面窶(おもやつ)れしているけれど、前より陰影が濃くなって、いっそう美しい。同性ながら惚れ惚れと見つめて、有紗はウーロン茶をグラスに注いだ。二人でグラスを合わせて乾杯する。

「離婚に乾杯だね」と、美雨ママ。

「新しい門出に、でしょう」と、有紗は言い直す。

「そうね。あたしと赤ちゃんの門出に、だね」

有紗は、パスタとサラダを二人の皿に取り分けてから、思い切って言った。

「はっきり訊くけどさ。いぶパパ、どうしたの？　あなたは、いぶパパたちは別れないよって言ってたけど、あの人たち一緒に住んでるの？　こないだ、いぶパパにコンビニで会ったけど一人って感じだったよ」

「ほんと？　有紗と会った話は聞いてないな」美雨ママがウーロン茶をひと口飲んでから、眉を顰(ひそ)めた。「正直に言うけどさ。あたしたち、もう駄目かもしれない。ハルはいぶママのところに戻ってるみたいなの」

やはり、そうだったのか。

「二人して、BWTに住んでるの?」

「いぶママは、いぶきちゃんのために青山学院に近い実家の方にいるでしょう。ハルはそこに帰ってるみたいよ。BWTはいずれ賃貸にするんじゃないかな」

美雨ママが、低い声で早口に言う。さんざん悩んだ後、ようやく諦めた人のように、やけにさばさばしていた。

「どうしてそんなことになったの? 洋子はそれでいいの?」

「あたしがどうしてもハルの子を産むって言ったから、うんざりしたみたいよ。『きみがどうしても産むなら別れたい』って言いだした。理由は、そこまでして周囲を傷付けたくないって。もう充分、みんな傷付いているのにね。うちなんか修羅場なのにさ。あっちはまた元に戻ってる」

美雨ママが、パスタをフォークに絡めながら、独りごとのように喋った。フォークから、トマトやツナが滑り落ちているが、どうでもいいのか、パスタだけを不器用に口に入れた。

「あっちだって、元には戻れないでしょう。だって、あなたは妊娠したんだよ」

「だからさ、いぶママ夫婦はあたしのことなんかガン無視なの。そんなことはなかったことにしたいのよ」

「そんなこと、できっこないよ」

有紗は首を横に振った。しかし、いぶママの取り繕った様子や、自分を雇うと言った時の、高圧的な言い方などを思い出すと、あり得なくはないと思うのだった。

「何で、できっこないと思うの？」と、美雨ママ。

「だって、仮にも、夫が他の女と恋愛して、子供まで作ったんだよ。あなたなら、許せる？」

するると、美雨ママが、暗い目で有紗を見て言った。

「好きじゃなかったら、どうでもいいんじゃない？」

「つまり、いぶママはいぶパパのことは好きじゃないの？」

「もう愛してないと思う。冷たい女だもん。だけど、金づるだし、一生苦しめてやれと思ってると思う。そして、このあたしのこともね」

「怖いね」

真恋ママと芽玖ママも、いぶママの復讐にひと役買っていたのではないか。だから、美雨ママと仲のいい自分を誘い出して、美雨ママを二重に傷付けようとしたのでは……妄想が止まらない。

「あたしは怖くない。あたしは逆に子供と一緒に生きていこうと思った。美雨は仕方ないよ。栗原の子だから。でも、今度の子は、あたしだけの子なの」

「さっきは元気ないんじゃないかって心配したけど、離婚が決まったら、洋子は強くなったような気がする」

美雨ママが苦い顔で笑った。

「ハルがすたこらさっさと逃げていくのがわかったからじゃね？」

「酷い男だね」

いぶパパを詰ったものの、そう簡単に妻子を捨てることはできないだろう。高梨の言葉を思い出した。

『いいえ。僕のことが好きだから別れたくない、と言われました』

美雨ママが、サラダのルッコラにフォークを突き刺した。少し食べて、食欲がなさそうにフォークを置く。

「あたしたちね、木場に部屋借りて、そこで二人で逢い引きしてたの。ハルは、あたしと会うために、会社を抜け出してきてね。昼間っから抱き合ってた。完全に逢い引きの部屋だった。夜はそこに帰って来て、お酒飲んで話した。二人とも帰りがたくて、家に帰る時には、互いに泣いて別れたものよ」

美雨ママが思い出すようにゆっくり話しだしたので、有紗は目を閉じて聞いた。

「八畳の狭いワンルームでね。そこにベッドのマットレスを置いて寝てた。お風呂とトイレが一緒になったユニットバスがあって、まるで学生の部屋なの。その小さな湯船に二人で入って、背中流したりした。楽しかったよ。いつか二人で暮らそうねって、言い合った。その時、子供を捨てられるかって話になると、あたしもハルも悲しくて泣いたものよ。それなのに、あたしだけが美雨を失うなんてね。でも、それでもいいの。だって、ハルって、弱い人なんだもの。あの人は、いぶママみたいな怖い女がいないとやっていけないんだと思う」

言葉を切ってから、美雨ママはウーロン茶を飲んだ。グラスいっぱいに入れた氷が、からんと音を立てて崩れた。

「整理がついたみたいな言い方ね」

有紗が口を挟むと、美雨ママが遠くを見ながら首を振った。

「整理はついてないよ。栗原に二人のことがばれて、殴り合いの喧嘩をするようになってからは、あたしはほとんど木場の部屋にいたの。怖くて帰れなかったのよ。ハルは、そんなあたしたち夫婦の喧嘩に、おそれをなしたんだと思う。そこは、やっぱサラリーマンだな、と思った。ハルは、あたしとのことが、会社にばれるのが怖かったのよ。いくら出版社で自由業に近い仕事っていったって、会社にはコンプライアンスとか、いろんなことがあるんだって。しかも、栗原が会社に言うぞって脅したもんだから、ますます縮み上がっちゃったのね。今は会社員の不倫だって、ネットに出るような時代じゃない。いぶきちゃんの将来が心配だとか言いだしたのよ。それで、ハルの方から、少し時間をおきたいと言ってきたの。つまり、別れたいってことよ。二カ月前のことね。でも、あたしは妊娠してることがわかったから、別れたくはなかったの。当たり前じゃない。それで、妊娠のことを打ち明けた。そしたら、ハルはすごく驚いたみたい。あんなに避妊に気を付けていたのに本当かって、訊くの。まるで、あたしがわざと妊娠したみたいに言うから、頭にきてハルと大喧嘩した。その後、どうしても堕ろしてほしいと泣いて頼まれて、また大喧嘩。結局、産んでも認知しない、とまで言われたのよ」

「認知しないの？」

うん、と美雨ママは大きく頷いて、綺麗な白い歯を見せてにっこりした。

「笑うしかないでしょう。あたし、だから産んでやれ、と思ったの。前は堕ろせと言われて、悲しくて泣いてばかりいたんだけど、ここまでくると笑うしかないんだよね。しかも、栗原はあたしと別れてどうすると思う？」

「さあ？」と、有紗は首を傾げた。

「由季子と結婚するんだってさ。またＴＡＩＳＨＯ鮨チェーンの娘の一人と結婚して、しかも母親代わりも得られるの。すごい話じゃない？」

有紗は啞然として言葉も出なかった。

3

有紗のスマホに、息子・雄大の近影がたった一枚だけ、保存されている。

青いユニフォームを着た雄大が、サッカーボールを追いかけている写真だ。雄大の横を走っているのは、兄の息子。つまり、甥と従兄弟同士になる雄大が、偶然にも一枚の写真に写っている。

兄嫁が撮った写真らしいが、「雄大が写っていたよ。大きくなったね」と、母が送ってきてくれた。

十二歳になった雄大は、背も伸びて体も大きくなり、逞しくなっていた。有紗の兄によく似ていると言われていたが、少年らしくなると、元夫の鉄哉にそっくりだった。

新潟に住む息子と会える可能性は、ほとんどないに等しい。でも、このように時々、消息が聞けるだけでも幸せなのだ、と有紗は感じている。

鉄哉と離婚した時、雄大は三歳だった。喧嘩を繰り返す両親に怯えて、いつも姑にまとわりついていたっけ。鉄哉と怒鳴り合う若い自分は、さぞかし鬼のように怖ろしく見えたことだろう。それも心残りのひとつではあったが、あの時はどうしようもなかった、と思うしかないのだった。

「ねえ、ぼうっとしてる。何、考えてるの?」

美雨ママの方から訊ねられて、有紗は誤魔化した。

「何でもないよ」

ハーブティーを淹れに立ち上がった。

「有紗」と、美雨ママが有紗の背中に話しかけてくる。

「なあに」

有紗は振り返って、美雨ママの目を見た。美雨ママは優しく微笑んでいる。

「有紗は自分のことを思い出していたんじゃない？」

「そうだよ。雄大と別れた時のことを思い出していた」と、素直に答えた。

「雄大君、可愛かったよね。男の子っぽくてさ。何か凛々しくて」

「そうだったね」

「会えないの辛くない？」

有紗は頷いた後、笑いながら言った。

「会いたいと思うけど、仕方ないよ。私、あの子を捨ててきたんだもん」

美雨ママが、意外だという顔をする。

「そんなあ、捨てたんじゃないじゃん。やむなく、お父さんのところに置いてきたんでしょう？」

有紗は、首を傾げた。

「やむなく、なのかな」

「そうだよ」

美雨ママが、腕を組んだ。両の二の腕の内側に、以前と同様の、誰かに強く摑まれたような輪になった紫色の痣が見えた。有紗がはっとするのと同時に、美雨ママが何ごともなかったかのように、腕を下ろしたので、「それはどうしたの」と、訊きづらくなった。

「あの時の気持ちを正直に言うとね。私は、義理の両親とうまくいってなかったから、姑や舅にくっついて、彼らに味方する息子がちょっと憎たらしかったのよね。だから、気持ちの中では『捨てた』んだと思うよ。でも、そう思った若い自分に、嫌気が差すこともあるのよね。だって、雄大なんか、まだたったの三歳だったんだよ。それなのに、どうしてそんな拗ねたような気になったのって思う。幼稚だったよね、私って？」

「そうかな。わかる気がするな。有紗は誰も味方がいなくて、独りぼっちだったんだよ」

美雨ママがテーブルの上に肘を突いて手を組み、顎を載せた。

「そうね、誰も味方がいなかった」

有紗は、美雨ママの言葉を繰り返す。その通りだと思った。

「じゃ、あたしも正直に言うね。美雨と別れるのは辛いんだけど、由季子が母親代わりになるのなら、それでもいいか、と思わなくもないの。由季子はああ見えても、あたしよっかずっと保守的で、家庭第一なの。栗原にも合ってると思うんだよね。美雨も懐いているし、美雨が小さい時から、さんざん面倒を見てもらったし、あの子が母親になるのなら、それでもいいか、と納得している部分があるの」

由季子と初めて会った時は、バンド活動をしていてスキンヘッドだったことを思い出す。

最初は奇抜な髪型に度肝を抜かれたが、由季子は美雨ママに代わって、美雨ちゃんの世話をするうちに、どんどん普通の形に変わっていった。

そして、有紗に対しても、何となく批判めいた表情を隠さなくなった。由季子の中で、不倫をする姉に対する怒りと、滋への同情が増していたせいだろう。有紗が、姉の味方をしていると思ったのだ。

白昼、門仲の通りで、滋に怒鳴られた時の屈辱を思い出す。有紗は、美雨ママに対する憎しみの渦の中に、自分も無理やり突っ込まれているのかと思うと、憂鬱な気分になるのだった。

「洋子も味方がいないの？」

「いるよー」と、美雨ママが心外そうに言った。「いるじゃん、有紗が。あたし、有紗にすごく助けられている」

「だったら、よかった」

美雨ママがそう思ってくれるのならば、滋やいぶママに敵視されても仕方がないと思う。

「てかさ、栗原みたいなヤツと一緒になりたいのなら、我が妹ながら、もうどうしようもないなって感じじゃない？」

美雨ママはさばさばと言って、あははと笑った。

「ご両親は何て？」

有紗は、ポットにカモミールの葉を入れながら訊いた。美雨ママは肩を竦める。

「そりゃもう、栗原に申し訳ない、の一点張りよ。あたしのことは、とんでもない馬鹿娘だと思ってるんじゃないかな。だから、離縁してもらって当然だと思っている節がある。お店は全部、栗原と由季子に任せるつもりじゃないかな」

「じゃさ、洋子は赤ちゃんを産んでから、どうやって食べていくの?」

「そこだよね、問題は」

美雨ママが笑って言った。

「笑ってる場合じゃないでしょう」

そう言いながらも、釣られて有紗も笑ってしまった。

「もう笑うしかないよ」と、美雨ママ。「まったく、あたしたちも、何て運命を生きているんでしょうか」

「二人とも一緒なのね」

「そうだよ。有紗は先輩じゃないか」

美雨ママがふざけて言う。腕を上げた時、また紫色の痣が見えた。

「ちょっと、そこ、どうしたの?」

思い切って訊いてみた。

「ああ、これ」と、美雨ママが二の腕の内側を見た。「ハルと揉み合った時に、強く摑まれたの」

「殴られたわけじゃないのね？」

「違う。ハルはそんなことしない。栗原と違うもん。むしろ、あたしの方がハルを殴ってるんだもん」

冗談を言う美雨ママの横顔は、逆に沈んでいた。

「何で揉み合ったの？」

「子供のことよ。産むって主張したら、頼むからやめてって懇願されて、あたしの子供だから、ハルにそんなこと言う権利ないって言ったら、何てことを言うんだって、強く摑まれた」

「まさに修羅場だね」

「そういうこと。初めての経験だよ」

美雨ママは大きな目をくるりと剝いて見せた。子供を産むと心を決めてから、強くなったようだ。美雨ママの将来に対する不安と安堵が、同時に押し寄せてくる。

「せめて、美雨ちゃんが大きくなった時に、ママを責めないでほしいと願っているよ」

有紗は思い切って口にした。自分が、雄大に対して自責の念を持っていたからだった。

「そうなっても仕方ないな。あたしは全部受け止めるつもり」

美雨ママはキッパリと言った。

「で、いぶパパはどう関わるの？」

「知らない。今頃、すごく悩んでいるんじゃないかな」

美雨ママは、有紗が運んできたポットから、自らマグカップにハーブティーを注いだ。勢いがいいので、テーブルに飛沫が飛んだ。

「いぶパパとは連絡取らないの？」

「懲らしめてやろうと思って、敢えてメールもしてないし、電話もしないの」

「そんな懲らしめるなんて」

そうは言ったものの、産むと決めた美雨ママは、どこか遠くの地平へ飛んで行ってしまったかのようだ。誰も美雨ママにはついて行けないし、誰の追随も許さないほど強くなった気がした。

「有紗、高梨さんて、どんな人？」

お茶をひと口啜った美雨ママにいきなり訊かれ、有紗は答えに窮した。ひとことでは説明できないからだった。

「よくわからない人」

「でも、魅力的なんでしょう？　どこがいいの？」

頷いたものの、何が高梨の魅力なのかも説明できなかった。

「何だか摑みどころがないの。意地悪だと思うと、とても優しくなったり、失礼だなと思うと、急に礼儀正しくなったり、よくわからない」

「つまり、翻弄（ほんろう）されてるってこと？」

有紗は驚いて、反射的に美雨ママの顔を見た。自分が翻弄されている？　いや、高梨に訊いたら、高梨の方が翻弄されていると答えそうだった。いったい、何が起きているのだろう。怖ろしかった。

「どうしたの、驚いた顔して？」

「いや、何もかもがよくわからないの。だから、ずっとこのままなの」

慌てて言い訳する。そんな自分にも驚いて、息を呑んだ。

「そうなんだ。今度何かあったら、教えてね」

美雨ママが、何かを期待しているような大きな目で有紗を見つめた。

「何もないと思うよ」

「なるほど。修羅場になるのが怖いのね」

美雨ママに言い当てられて、有紗は息を止めた。雄大に続き、花奈を失うようなことがあっては、決してならないのだった。

一週間が過ぎてゆく。有紗は職を探しながら、保育園に花奈を送り、迎えに行く日々を送っていた。月曜以来、高梨からの連絡は途絶えている。物足りない反面、落ち着いた日々が過ごせて、ほっとするところもあるのが不思議だった。

しかし、保育園に行っても、美雨ママに会えず、美雨ちゃんの姿が見えないのは寂しかった。「美雨ちゃん、どこに行ったの？」と、花奈にも訊かれたが、「引っ越したみたいよ」としか、答えられない。友達にさよならも言えずに、違う幼稚園に移っていった美雨ちゃんの心中はどんなだろう、と心配にもなる。

知らない番号から電話がかかってきたのは、金曜の午前中だった。ネットで求人情報を見ていた有紗は、一瞬迷ったものの、思い切って出てみた。

「もしもし、どちら様でしょう？」

「すみません、突然お電話してしまって。私、竹光と申します。いつも、いぶきがお世話になっております」

いぶパパからだった。驚いた有紗は、思わずダイニングの椅子から立ち上がっていた。

「あら、どうも。先日はコンビニで失礼しました」

「いえ、こちらこそ」

いったい何の用事だろうか。もしや、美雨ママに何かあったのではないかと思うと、気が気でない。

「あの、洋子に何かあったんでしょうか」

思わず訊ねると、いぶパパは一瞬慌てたかのようだった。いきなり『洋子』という名を出されて、戸惑ったのだろうか。

「いや、そうではないのです。もし、よろしければ、今日ちょっとお目にかかれませんでしょうか？　岩見さんに、ご相談したいことがあるのです」

美雨ママのことに決まっていた。有紗は迷わず即答した。

「わかりました。私でよければ、伺います。どちらに行けばいいですか？」

「大変、申し訳ありませんが、銀座あたりまでご足労願えれば有難いです」

近所の目もあるから、銀座がちょうどいい。有紗は咄嗟に時計を見た。午前十一時半。

「わかりました。伺います」

午後二時に、銀座一丁目にある喫茶店で待ち合わせをすることになった。銀座通りに面して入り口のある、地下の喫茶店だという。

二時少し前に店の前に着いた有紗は、隣のブランド店のウィンドウをしばらく覗いて時間を潰してから、喫茶店に入った。いぶパパは、一番奥の席に腰掛けて、落ち着かない様子で入り口の方を振り返っていた。

「お待たせしました」

有紗が前に立つと、緊張した様子で立ち上がった。白いシャツに、紺色の麻のパンツ。こざっぱりした身形だった。見覚えのない黒縁の眼鏡をかけているので、一瞬、わからなかったほどだ。

「岩見さん、突然すみません」

奥の方の席を勧めてくれたので、有紗は腰を下ろした。アイスコーヒーを注文する。いぶパパはホットコーヒーを飲んでいた。

以前は、いぶパパはベイタワーズの誰よりもお洒落で、カッコいい人だと思っていたが、高梨よりも線が細く軽く見える。そう思った有紗は、無意識に高梨と比べている自分に気が付いて溜息が出た。

「お暑い中、ご足労頂きまして、申し訳ありません。実は面目ないことなのですが、洋子と連絡が取れないので、心配で堪らないのです」

『懲らしめてやろうと思って』という美雨ママの作戦は、功を奏しているようだ。有紗は頷いた。

「そうですか。私は月曜日に一緒にお昼を食べましたが、元気でしたよ」

「よかった」いぶパパは心底ほっとしたように嘆息した。「美雨ちゃんも、転園したみたいですね」

「ええ、栗原さんと離婚すると聞きました。私は彼女が一人きりになるのではないかと、心配しています」

いぶパパは無言だった。しばしの沈黙の後、いぶパパが重い口を開く。

「あのう、恥を覚悟で伺いますが、あの件、洋子から聞いていらっしゃいますか？」

「彼女が子供を産むというお話ですか？」

いぶパパが苦渋に満ちた表情で頷いた。

「そうです」

「聞いています」

「じゃ、私が反対したことも、それでも彼女が産むと言っていることもご存じですね？」

「はい」と頷く。

「こういう場合、どうしたらいいんでしょうか」

単刀直入に訊かれて、有紗は言葉に詰まった。もちろん答えはある。あなたが離婚して、洋子と一緒になればいい、と。でも、明らかに恥を掻くことを覚悟して、懊悩している中年男に、そんなわかりきったことは言えなかった。

「竹光さんは、私に、どういう答えを言ってほしいと思っていらっしゃるんですか？」

率直に訊ねると、いぶパパが形のいい頭を上げて、有紗を正面から見た。

「本当ですね。岩見さんの仰る通りです。無意識に何かを期待していたんでしょうね」と、苦笑する。

「例えばどんなことを期待しているんですか？」

有紗はアイスコーヒーをストローで啜った。

「洋子にもっと大人になれ、とか。子供を産むと皆が困るじゃないか、とか。そんなことは言えないですよ。でも、私の中の狡い部分がそうしたいと願っているんですよ。最低ですね」

「それは彼女もわかってるんじゃないですか」

有紗がはっきり言うと、いぶパパは弱ったように両手で頭を抱えた。

「でも、生まれてくる子供が可哀相じゃないかな」

「竹光さんが、認知しないからですか？」

「えっ」

そんなことまで知っているのか、と愕然とした表情をするいぶパパに、有紗は言った。

「竹光さんの認知なんて、洋子は要らないと思っていると思います。子供はきっと彼女だけのものになるんでしょうね。その子を生き甲斐にして生きていこうと思っているんでしょうね。でないと、あなたと恋愛したことが消えてしまうって言ってました。洋子はすごく強くなったと思います」

「わかってます」と、いぶパパが低い声で呟く。この人にも誰も味方がいないんだ、と有紗は思った。

4

気まずい沈黙が続いた。

有紗は、店内を見回した。お仕着せの黒のワンピースに白いエプロンを着けたウェイトレスが、銀盆を持って静かに歩き回っていた。銀座に買い物に来たらしい女性客や、一人で来ている中年サラリーマンが多い。

有紗は、洒落たカフェでなく、コーヒーの香りが漂う昔ながらの喫茶店に、いぶパパと二人きりで相対していることが不思議だった。

まだ子供たちが小さい頃、いぶパパにディズニーランドまで送ってもらったことがあった。話したのはその時だけで、以後は、会えば挨拶する程度だった。

いぶパパは、若いファミリーが多いベイタワーズでも、誰よりも人目を引く男だった。それなのに今、有紗の目の前にいる人は、慰めの言葉を待つかのように、俯(うつむ)いて沈み込んでいる。

いぶパパがようやく顔を上げて、有紗を見た。

「岩見さんは、私に怒っていますよね？」そう言って、苦笑する。「どうしてですか？　私が狭いからですか？」

いぶパパに問われて、有紗は答えに迷った。

「狭いなんて思っていませんけど、何だか、洋子だけが割を食っているような気がして、可哀相です。だって、離婚することになったし、美雨ちゃんの親権も栗原さんに取られてしまうし、すごく気の毒だと思います。それに比べて、竹光さんの方は何か変化があったんでしょうか？」

「つまり、彼女に比べて、私は何も失ってない、と思っておられるんですよね？」

いぶパパの穏やかな苦笑は、まだ続いている。

「ええ」と、躊躇(ためら)いながらも、はっきり答えた。「何も失ってないとは思いません。思いませんけど、離婚はなさらないんでしょう？」

相変わらず美しく、何の憂いも感じられなかったいぶママの横顔を思い出す。いぶパパは答える代わりに深く嘆息して、ゆっくりかぶりを振った。

「残念だけど、できないですね」

「どうしてできないんですか？」

「理由は話せないな」と、弱ったように言う。

「あのう、裕美さんが絶対に嫌だって、言ってるからですか？」

有紗は思い切って訊ねたが、いぶパパは苦り切った顔で答えない。

「いぶきちゃんが青学に入って、お金がかかるから？」そう言ってから、有紗は恥ずかしくなった。「すみません、そんな失礼なことを言っちゃって」

「いや、いいんです。それも理由のひとつではありますから」

いぶパパは苦しそうに言った。

「じゃ、本当の理由は何なんですか？」

「すみません、言えません」と、いぶパパ。

「洋子には言いましたか？」

「いや、言ってない」

「洋子自身が原因だからですか？」

いぶパパがはっとしたように顔を上げた。

「まさか。とんでもない」

否定した時に、いぶパパの形のよい額に一瞬、青い血管が浮かび上がった。それが苦悩の象徴のように思えて、有紗は何も言えなかった。

再び、二人は沈黙した。コーヒーを飲み終わった有紗は、手持ち無沙汰のあまり、メニューを手に取った。

「岩見さん、何かいかがですか？」

いぶパパに勧められて、かぶりを振る。

「いえ、お水で結構です」断った後に、有紗はいぶパパに言った。「あのう、ひとつお訊きしてもいいですか？」

「何ですか？」と、いぶパパが顔を上げる。

「竹光さんは、どうして私を呼んだのですか？」

いぶパパは、懐からスマホを出してちらりと眺めた後、「すみません」と失礼を詫びた。そして、有紗の目を見ずに言った。

「正直に言いますと、岩見さんに、何とか彼女を説得してもらえないかと思いました」

「何を説得するんですか？」

訊かなくてもわかっていた。自分だって美雨ママに、堕ろした方がいい、と余計なお節介を言った。

「自分の意見なら言うけど、竹光さんに頼まれて、そんなこと絶対に言えないです」

「そうですよね。私が馬鹿でした。あまりにも孤立しているので、誰かに甘えたくなったのでしょう。軽蔑してもいいですよ」

孤立。孤独ではなく孤立。でも、自分たちは孤独、と有紗はなぜか高梨の顔を思い浮かべながら思った。どう違うのだろう。

「でも、竹光さんが裕美さんと別れないでやっていくと決めたのなら、洋子の決断も受け入れるしかないのではないですか？」

「わかってます。確かに勝手です」と、いぶパパは低い声で答えた。「でも、どう考えたって、子供を抱えて生きていくのは、彼女にとって損だと思う。子供も可哀相だし、彼女も可哀相だ。今は子供を育てるのは金もかかるし、綺麗ごとじゃ済まない。岩見さんだって、本当はそう思ってらっしゃるんでしょう？　私は金が惜しいんじゃないんです。ただ、子供を産むのはどう考えても得策ではない、と言いたいだけなんです。でも、私がそう言うと、彼女はますます意固地になる。だからもう、どうしたらいいかわからないんですよ。子供を産むと決めたことが、離婚しない私への復讐にも感じられてしまって。そうなると、可哀相なのは生まれてくる子供の方でしょう？　違いますか？」

「でも、洋子は美雨ちゃんを取られてしまうんですよ」

「それとこれとは関係ない。私は、自分たちの子供が美雨ちゃんの身代わりになる、なんて甘いことは思ってもいませんよ。彼女がそんな馬鹿なことを考えている、とも思いたくない。何度も言うけど、彼女に大人になってほしいだけです」

「大人って、人に迷惑をかけるなってことですか」

「それに近いことです」

いぶパパが曖昧に言ったので、有紗は反発した。

「竹光さんは、家族を選んで、洋子を捨てるんですね」

「捨てるだなんて」

いぶパパは憤然としたが、言葉は続かなかった。

「いいえ、捨てるつもりなんでしょう。だから、洋子に出産を諦めさせたいのよ。自分の家族の平和のためにもね。違いますか？」

言い捨てた有紗は、そろそろ帰ろうと、グラスの水を飲みかけた。すると、「あのう」と、いぶパパが声をかける。

「失礼ですが、岩見さんは一度離婚されているそうですね？」

有紗は驚いて、グラスをやや乱暴にテーブルに置いた。美雨ママが喋ったに違いなかった。

「ええ、そうですが」

「お子さんを置いて出てきた、と聞きました。どんなお気持ちでしたか？」そう言ってから、いぶパパは恥じたように言い直した。「すみません。どんな気持ちかなんて、訊かなくたってわかっているのに、失礼しました」

「辛かったです。だけど、こじれている関係を続ける方が辛かったものですから」

「お子さん、お一人だったんですよね？」

有紗が頷くと、いぶパパが自嘲するように、ふっと笑った。その笑みが苦しそうだった。

有紗ははっとして、いぶパパの顔を見た。まさか。そんなことがあるのだろうか。

「もしかすると？」

いぶパパが肩を竦めた。

「そうです。裕美にも子供が出来ました。だから、離婚はできないし、洋子に去られても仕方がない状況になりました。虫がいいのは百も承知で、洋子には子供を諦めてもらいたいと思っています。その方が絶対に彼女のためになると信じていますから、諦めずに説得を続けるつもりです。岩見さん、お願いですから、一緒に説得してください。まだ間に合います」

有紗は驚いて、しばらく声が出せなかった。

「どうして、そんなことになったんでしょう」

「私にもわかりません」

「そんな無責任な」

有紗は声を荒らげた。自分がそんな目に遭ったら、絶対に許さない。しかし、いぶパパは悄然としているが、頑固に唇を閉じている。

「わかっているはずです」と、有紗は断じた。

「ええ、わかっています。すべて、私が悪い。では、洋子に責任はないのか、と言われれば、同罪でしょう。私らは家族を裏切ったんです。洋子だけ罰が重い、と岩見さんは憤慨するけれど、私だって、妻と娘と栗原さんから、一生恨まれ続けるでしょう。そのくびきから逃れて、洋子と一緒に暮らせたのなら、どんなに幸せかわかりません。はっきり言いますが、私は彼女が一番好きです。状況的に仕方なく裕美を選んでいるわけですが、裕美はそのことでとても苦しんでいます。裕美は苦しんだ分だけ、私と洋子に復讐していくかもしれない。それで、生まれてくる子供には、その復讐が及ばないようにしたいんです。わかって頂けますか？」

わかるようなわからないような論理だった。有紗は両手で顔を押さえた。

「洋子は、あなたと裕美さんの関係が続いていたことに、深く傷付くでしょうね」

「そうですね。でも、私だって無傷じゃない。この先は言いたくないので、洋子からでも聞いてください。はっきり言って、みんなボロボロです」

「わかりました。竹光さんから伺ったことは、誰にも言いません。でも、私なりに考えて、彼女には何か言ってみます」

何を言うのだ？　と、自分が自分に訊ねている。答えは思いつかなかった。

あれだけ愛し合っていた、美雨ママといぶパパの恋の終わりを見届けている実感があった。禁じられた恋愛の果てには破滅しかない、ということがひどく悲しい。

「泣いておられますね」

いぶパパが気の毒そうに言う。はっと気付くと、涙ぐんでいた。

「すみません」

「洋子が可哀相？」

「いえ、みんなが」と答えて、有紗はいぶパパの顔を見た。いぶパパは、その視線を受け止めていたが、やがて自ら外した。その目にも、涙が浮かんでいる。

「じゃ、私はお先に失礼します」

「では、私も会社に帰ります」

いぶパパが伝票を摑んだので礼を言ってから、有紗は何気なくいぶパパに訊いた。

「竹光さんの会社はこの近くでしたよね？」

「ええ。でも、じきに辞めてフリーになります」

意外な答えに驚く。

「どうしてですか？」

いぶパパが言いにくそうに、口を歪めた。

「責任の一端が及んでいるのです」

「あの、栗原さんが、会社の方に何か言ったんですか？」

いぶパパがさっきと同じ、自嘲的な笑いを浮かべた。

「まあ、そんなようなことです。事態がどんどん悪くなるから、笑うしかないですね。岩見さん、今日はありがとうございました。どうぞお先にいらしてください」

「じゃ、失礼します」

有紗は先に歩きかけたが、すぐに引き返した。洒落たトートバッグを持って立ち上がったいぶパパが、席に戻ってくる有紗に驚いている。

「何か忘れ物ですか？」

「ええ、言い忘れました。竹光さん、お願いだから、洋子と一緒になってください。それしか、方法はないような気がします。でないと、皆が憎しみ合っていて、誰も納得しないでしょう」

いぶパパが、暗い面持ちになって言い捨てる。

「私たちが死なない限り、誰も納得なんかしませんよ」

いぶパパと別れた後、有紗は、外国人観光客でごった返す、三越の地下の食料品売り場に寄った。総菜売り場をあてどなく歩きながら、今頃、美雨ママはどうしているのだろうと気になった。

いぶママが妊娠したことは、絶対に自分の口からは言うまい、と思う。しかし、後でそのことがわかれば、美雨ママは有紗が黙っていた、と怒るだろう。いや、怒る元気もないかもしれない。二人の恋愛に巻き込まれていることが、今日ほど悲しかったことはない。

「こんにちは。よくお会いするわね」

後ろから声をかけられて、有紗が振り向くと、高梨の妻が微笑みながら立っていた。

白いリネンのブラウスに、紺色のタイトスカート。胸にはＩＤカードをぶら下げている。髪をアップにして、ブラウスから、白のインナーのレースが透けているのが、いつになく女っぽく美しく見えた。夕飯の買い物をしているらしく、膨らんだエコバッグを持っている。

「お夕飯のお買い物ですか？」

まだ仕事を得ていない疚しさも忘れて、有紗は話しかけた。

「そうなんです。今済ませてしまうと、後で楽なもんだから。休憩時間だから、急いで買い物しないとならないのがちょっとね」

そう言いながらも、今日は話したそうに立ち止まっている。

「岩見さんでしたよね？　うち、来週からご一緒の保育園に入れることになりました。よろしくお願いしますね」

「あら、そうですか」

美雨ちゃんの空きだろうか。

「一人欠員が出たって知らせが来て、ほっとしました。下の子は年中さんですから、一年下ですね。お子さん、何て仰いましたっけ？」

いつも時間がないのか、せかせかと忙しない高梨の妻だったが、転園できる喜びからか、今日は落ち着いていた。

「うちは、花奈といいます。花に奈良の奈です」

「そうですか。うちのは、亮介といいます。よろしくお願いしますね」

「よかったですね」

「近いから、有難いです。私もこれで駅の向こうまで、わざわざ行かなくても済むようになって、ほっとしています」

ということは、高梨と保育園で会うこともあるのだろうか。そんな時は、いったいどんな顔をすればいいのだろう。ついさっき、美雨ママたちの恋の顚末に涙が溢れたのに、心がざわめいてならない。

「岩見さん、お仕事見つかりました？」

高梨の妻が心配そうに訊ねる。

「それが、青山のショップに決まりかけたんですけど、ちょっと事情があってなしになったんです」

何もないよりはと思って、言っただけなのに、高梨の妻が心配そうに眉を顰めた。

「事情って何ですか？」

「たいしたことないんです。勤務時間とかそんなこととの折り合いが悪くて」

「あの、岩見さんて、ショップとかで働きたいんですか？」

銀行勤務だという高梨の妻は、不思議そうに有紗の顔を見た。パートでなく、もっときちんとした働き口の方がいいと思っているのだろう。

「あれば何でもいいんです。たまたまそこは、友人のお店だったものですから」

「なるほど。ご友人のお店だったら、何かといいのにねえ」

いぶママが、友人と言えるのかどうか。

『裕美は苦しんだ分だけ、私と洋子に復讐していくかもしれない』

いぶパパの言葉が蘇って、自分もその中に入っているのだろうと思うと、切なくなった。

黙ってしまった有紗に、高梨の妻が言う。

「ところで、いつもここでお買い物なさるの？」

「いえ、とんでもない。今日は銀座に用事があったので、ついでに寄っただけです。高梨さんこそ、いつもここでお買い物ですか。凄いですね」

「主人がここで売っているお豆腐が好きなものですから」

高梨の妻はにこにこと笑いながら頷いた。この微笑みが消えないように、高梨のことは心の中だけに留めようと思うのだった。

5

有紗は、高梨の妻を見送ってから、三越地下の総菜売り場をぐるりと巡って、豆腐屋を探した。高梨が好んでいるという豆腐を買ってみようと思う。

高梨からは、一週間近く何の連絡もなかった。そのことが、自分の気持ちを穏やかに、鎮めてくれている。だが、高梨の妻と会ってみると、高梨はいったいどんな夫で、どんな父親なのだろう、とにわかに生々しい興味が湧いてくる。

豆腐は天然のにがりを使用しているとかで、有紗の家では普段買わないような値段だった。しかし、絹豆腐を二丁買った。豆腐を特に好まない俊平は、あまり食卓にのぼらない冷や奴を見て、首を傾げることだろう。

あるいは、勘が冴えるかもしれない。有紗が、料理にはまったく無知な俊平が、珍しくガラムマサラに拘ったのを奇妙に感じたように。

でも、今日は金曜だと思い出す。近頃の俊平は、金曜の夜は飲み会があるとかで、日付が変わるまで帰ってこないことが多い。そして、帰宅時は、決まって泥酔しているのだった。度重なると、酒好きの俊平が疎ましい。

有紗は、豆腐の包みをぶら下げて地下鉄に乗り、五時きっかりに花奈を保育園に迎えに行った。

園庭のブランコで、賑やかに女の子たちが遊んでいる。その一人が花奈だとは、一瞬わからなかった。ピンクのTシャツに、藤色のショートパンツ。ひまわり組の黄色いキャップからはみ出した長い髪。服装は朝と同じなのに、遠目に見ると、我が子ながら見違えてしまう。最近、めきめきと背が伸びたせいだった。

でも、目と目の間隔が空いたのんびり顔は、俊平にそっくりだ。有紗が思わず苦笑すると、「ママー」と駆け寄ってきた花奈が、有紗の顔を怪訝そうに見た。

「ママさあ、おしごと、どうしたの？」

「ちょっとだけお休みしてるって、言ったでしょう」

小さな声で囁く。保育園に通う花奈に差し障りがあるといけないので、辞めたことをはっきり告げていなかった。

「そうなんだ」

花奈は不満そうに唇を尖らせ、ひまわり組のキャップを取った。髪が汗ばんでいるので、そっと撫でて整えてやる。

「どうして、そんなことを訊くの？」

「ゆうとくんがね、花奈ちゃんのママは、どんなおしごとしてるのってきいたの」

「それで何て答えたの」

「おすし屋さんのパートだよって」

帰り支度をしながら、有紗は続きを促した。

「そしたら、ゆうとくん、何て言ったの？」

有紗が仕事を辞めたことを周囲に知られて、美雨ママと同じく糾弾されるのだろうかとひやひやする。

「おれのママは、お医者さんなんだぜって言ったの」

「へえ、ゆうとくんのママって、お医者さんなんだ。すごいねえ」

うん、と頷きながらも、花奈は釈然としないらしく、眉を顰めている。

「何か気になるの？」

「だって、ゆうとくん、えばるんだもん。おれのママの方がすごいだろうって」

花奈が傷付いた顔で訴える。何だそんなことか、と安心する反面、高梨の妻の言葉を思い出した。

『あの、岩見さんて、ショップとかで働きたいんですか？』

勿論（もちろん）、フルタイムで、きちんとした会社に勤めたかった。いい給料と、多い有給休暇と、整った福利厚生。しかし、たいした学歴も何のキャリアもない主婦の自分に、そんな幸運は多分あり得ない。結婚する前に勤めていた広告代理店だって、派遣の営業補佐という立場だったではないか。

あり得ないとわかっていても、高梨の妻と張り合えるような仕事に就きたい、と思う自分もいるのだった。見栄っ張りの自分。だから、高望みばかりして、仕事探しも思うように進んでいなかった。

すると、つい最近まで、花奈にお受験させようと考えていたことを思い出した。いぶママのグループ、つまり芽玖ママや真恋ママたちは、自分のことを身の程知らずだと思っていたに違いない。

急に悔しくなった有紗は、花奈の手をしっかり握った。

「何、ママ？」

花奈が驚いて顔を見るので、「何でもないよ」と笑いかける。沈んだ心を鼓舞するように、花奈に言った。

「花奈ちゃん、バレエ習おうか」

「うん、花奈、バレエやりたい」

「ママもやろうかな」

「うん、ママも一緒にやろうよ」

「花奈ちゃんはレオタード、何色がいいの？」

「紫がいい。ママは？」

「ママは黒にしようかな」

「ママはね、ブルーがいいよ」

二人で話しながら、マンションのエントランスに入った。中はひんやりと冷房が効いていて、涼しかった。建った当時のように光り輝くような新しさは失せたが、床は綺麗に掃除されている。

俊平に言われるまでもなく、自分のパート収入がなければ、いずれ、このタワマンに住むことも難しくなる。それなのに、自分は花奈に何を約束しているのだろうと、虚しくなった。

TAISHO鮨で仕事することが決まった時は、結婚の行く末自体がわからなかったから、必死だった。そして今は、見栄を張る自分がいる。何ということだろう。有紗はエレベーターに乗り込みながら、自嘲の笑いを浮かべた。

「ママ、これ、お豆腐?」

花奈が、有紗の提げたレジ袋を見て訊ねる。

「そうよ。美味しいお豆腐買ったから、今日は冷や奴食べようね」

ママと二人だけで、という言葉を呑み込む。

最近の俊平は、家で夕食を食べないことを、わざわざ連絡しなくなった。有紗が文句を言うと、「帰ってから食べたいこともあるからさ。どっちとも言い難いんだよ」と、言い訳する。とりわけ金曜は遅いので、食べないことの方が多かった。

こういう事態を、「壊れかけている」と言うのだろうか。いや、さっき完全な崩壊の姿を見たではないか。

『私たちが死なない限り、誰も納得なんかしませんよ』

多分、彼らが死んだって、誰も納得しないだろう。有紗は、いぶパパの弱り切った姿を思い出して、震撼した。

花奈は、冷や奴を「おいしい」と喜んでよく食べた。風呂に入った後は、日中の疲れが出たのか、すぐに寝てしまった。

有紗はニュース番組を点けっぱなしにして、ちらちら見ながら、一人で白ワインを飲んだ。さっさと台所を片付けてしまったので、俊平が帰ってきても食べる物はすぐに用意できない。どうせ遅くなるだろうし、俊平の酔った顔と姿を見たくなかった。帰ってすぐに、スーツのまま、ベッドに潜り込もうとしたことさえある。

だから、有紗は十一時過ぎに風呂に入り、そのまま寝てしまった。

朝方、何となく目を覚ました。隣に寝ているはずの俊平がいないことに気付く。時刻を確かめると、午前五時過ぎだった。

「朝帰りされちゃった」

苦笑して思わず呟く。枕元に置いたスマホを見たが、何の連絡も入っていなかった。何かあったのではないかという不安と、誰かと過ごしているのではないかという不快さとが、心の裡でせめぎ合った。が、ともかく帰りを待とう、と有紗は懸命に目を閉じた。

しかし、二度寝できるはずもなく、有紗は起きてしまった。隣の部屋を覗くと、花奈はぐっすり眠っている。何となく安堵して、キッチンに行って湯を沸かした。紅茶でも飲もうと思う。

夏の朝はすでに明けている。俊平が昨夜の格好のまま、二日酔いの青い顔で、朝陽の中を歩いている姿を想像することに嫌悪感があった。俊平に、いったい何が起きているのだろう。シカゴの女子大生のように、再び心を奪われる女が現れたのだろうか。

自分だって、高梨に心を騒がせているのに、俊平に嫉妬するなんて。自分の心の有り様がわからず、途方に暮れた気分で、有紗はガスの火を止めて窓辺に行った。

バルコニーの戸を開けると、ごうっという風の音がした。空は薄曇りだが、すでに明るい。潮の香りがきつかった。有紗は、バルコニーに一歩足を踏み出して、一階下の左手を見下ろした。そこに高梨がいる。会って、この心の混乱をどうしたものか、話したかった。

切ない気持ちが募って、どのくらいそうしていただろうか。

「有紗」

突然、背後から名を呼ばれて、有紗は飛び上がるほど驚いた。

リビングに、俊平が困惑した顔で立っていた。高梨の部屋を見ようと、身を乗り出していた有紗は、気まずい思いで部屋に戻った。

「どうしたの？　自殺でもするのかと思って、焦ったよ」

まだ酔っているらしく、俊平の口が回らない。俊平の酔った状態を知って、有紗は余裕を感じた。

「あなたが帰ってこないから、エントランスを見ていたのよ」

しれっと嘘を吐ける自分に驚嘆しながら、答える。

「ごめん」劣勢になった俊平は、頭を下げた。「飲み過ぎたんだ」

「今までどこにいたの」

これまでどんなに遅くとも、午前二時までには帰っていたのに。

「後輩の部屋。嘘じゃないよ」

女の後輩じゃないの？　厭味を言ってやろうと思ったが、有紗の口を衝いて出た言葉は優しかった。この瞬間、高梨を思っていたからかもしれない。

「嘘だなんて思ってないけど、朝帰りしないでね。心配するから」

「ごめん」

ワイシャツ姿で通勤している俊平は、ベルトを外してシャツのボタンを開けながら、酒臭い息を吐いた。

「ああ、慌てたな。俺、てっきり有紗が飛び降りようとしているのかと思って」

「まさか。花奈がいるのに、そんなことしっこないよ」

俊平がいるのに、とは言えなかった。

「そうだよな」

「俊平、お酒臭いからさ、リビングのソファで寝てよ」

邪険に言ったのに、俊平は素直だった。

「いいよ」

他の女の匂いがするから、素直に従ったのではないか。

邪推だらけの自分に疲れ果てて、有紗はベッドに戻った。不思議なことに、すぐに再び眠りに入ることができた。

俊平は、土曜の午前中は十時過ぎには起きるのに、この日は昼過ぎまで起きてこなかった。

「パパ、まだ寝てるの？」

俊平とプールに行きたがっていた花奈は諦めたのか、素麺の昼食を食べた後、同じマンションの内の友達の家に遊びに行った。


「スーパーに買い物に行ってきます」

有紗が起きた後、ベッドに移って眠りこけている俊平にひとこと断って、有紗は部屋を出た。

いつもながら、エレベーターが二十八階を通過する時はどきどきした。高梨が乗ってくるのではないかと思うからだ。まして、今朝のようなことをした後は、特に気恥ずかしい。

エレベーターが一階に着いた時、美雨ママからＬＩＮＥがきていることに気付いた。

昨日、ハルがあなたに頼んで会ったんだってね。

今、電話してもいい？

駄目なら、都合のいい時間教えて。

ちょうど一人でいる時でよかった。有紗は、返答する代わりに、ロビーの隅に行って美雨ママに電話した。

「もしもし、有紗。わざわざありがとう」

美雨ママの少しハスキーな声が聞こえる。元気そうなので、ほっとする。

「私も話したいなと思っていたところなの。ちょうどよかった」

「話してても、ダンナさん、平気？」

「今、ちょうど買い物に出てきたところなの」

俊平が朝帰りしたことを話そうかと思ったが、後回しにする。

「花奈ちゃんはどうしたの？」

「今、お友達のうちに遊びに行ってるから、大丈夫よ」

「そうか。だったらいいけど、あたしたち母親って、一人きりになりにくいじゃない。でも、あたしはこの部屋でずっと一人だから、何か変な感じなんだよね。でもね、お腹の中にいる子が、あたしが独りぼっちじゃないって言ってくれてるみたいで、嬉しいの」

有紗は目を閉じて、美雨ママが喋っているのを聞いていた。離婚して、親権も取られ、いぶパパとも別れるかもしれない美雨ママは、何もかも失った。唯一の希望は、お腹にいる赤ん坊なのだろう。

「そうだね。私はもう何も言えないよ。洋子が決めたんなら、信じる方向に行くといいと思う」

有紗は静かに言った。本音だった。

「でも、ハルはわざわざあなたを呼び出して、あたしが産むのをやめさせようとしたんでしょう?」

「まあね」

「有紗には迷惑だったわね」

「そんなこと思ってないよ。きっといぶパパは、あなたの負担を思ったのよ」

有紗は当たり障りのないことを言った。

「違うよ、有紗。あたし、知ってるの」

突然、美雨ママに遮られて、有紗は観念した。あのことを知っているのだ。それでも、敢えて問う。

「ねえ、何を知ってるの?」

「いいよ、隠さなくても。いぶママも妊娠したんだってね?」

「うん」

暗い声で答えたのに、美雨ママは気持ちが悪いほど明るかった。

「昨日、ハルと会ったんだけど、ハル自身が打ち明けてくれたの。裕美が妊娠しているから、できたら、産まないでくれないかって。都合よく聞こえるのは百も承知だけど、裕美はあたしたちを恨んでいるから、生まれてくる子供が可哀相だって」

「洋子は何て答えたの」

「あたしが決めることだって、それだけ」

「その通りだと思うよ。私も前は止めたけど、あなたがそうしたいのなら、産めばいいよ。いぶママが何をしようが関係ないもん」

しかし、美雨ママは、同時期にいぶママが妊娠したことが許せるのだろうか。自分なら絶対に許せないだけに、有紗は訊く勇気がなかった。

すると、美雨ママの方から言った。

「有紗は、そんなことをしたハルを信じられるのかって、訊きたいんでしょう？」

「まあ、そうだけど」

いぶパパの苦悩をこの目で見ただけに、有紗は曖昧に答えた。

「あたし、わかるような気がするんだ。いぶママは対抗したんだと思う。ハルに逃げられないように必死だったのよ。敵ながらあっぱれだよね」

そうは言っても、どうして割り切れるのかが不思議だった。これは本当に美雨ママだろうか。

二の句が継げずに、有紗は黙っていた。すると、美雨ママが喋った。

「ともかく、彼女は狂乱してるの。静かに見えても、かなり怒ってる。だから、ショップのお金もハルに出させたって。ハルに迷惑をかけたいのよ。ひいては、このあたしに。だから、今は黙って言う通りにしてくれって言われた。あたし、子供以外は承知したの。子供を堕ろすのだけは承知できないけど、他は我慢するって」

「どうして我慢できるの？」

有紗は悲しくて、スマホを握りながら涙ぐんでいた。狂乱しているのは、美雨ママの方ではないのか。

「だって、あの人があたしを愛しているのがわかるから」

美雨ママは、誇らしげに答えた。

6

美雨ママとの電話を切った後、有紗はしばらく呆然として、ロビーのソファにへたり込んでいた。ショックだった。

いぶママ、芽玖ママ、真恋ママ、そして美雨ママと自分。五人は同じ年頃の女の子を持つ母親として公園で出会い、仲良くなった。一緒に子育てをしながら、夫たちの顔も知るようになったし、それぞれの家庭の状況も見当が付いた。幼稚園でばらばらになるまでは、強い友情と共感があったと思っている。

もちろんグループ内でも、気が合う合わないは多少あった。有紗は、美しくてセンスのよいいぶママに憧れたが、はっきりものを言う美雨ママは少し怖かった。そして、賢くて要領のよい芽玖ママや、世慣れた真恋ママとは、少し距離があった。

いぶママたちBWTの分譲組と比べ、賃貸組の自分たちは「公園要員」に過ぎない、と美雨ママに言われて以来、いぶママたちとの距離はますます遠くなり、美雨ママとは親友になった。

それでも五人で集まって、それぞれの子供を遊ばせながらお喋りをすれば、気が晴れることも多かったし、楽しかった。いぶママだって、率直な美雨ママを誰よりも気に入っていた時期があったはずだ。

そう、こんなことになるとは、誰も予想できなかったのだ。

『ともかく、彼女は狂乱してるの。静かに見えても、かなり怒ってる』

美雨ママの言葉が蘇って、有紗は怖ろしさに震えた。いぶママと美雨ママとは、恨みの消えることのない敵同士になったのだ。二人がそれぞれ、いぶパパの子供を産んだらどうなるのだろうか。

有紗は、いぶママの怒りと悲しみが怖ろしくてならなかった。道を外れた美雨ママといぶパパは、その怒りから逃れることができるのだろうか。いぶパパは、それを怖れるあまり、美雨ママに子供を産まないでくれ、と懇願している。

美しいいぶママは、今、何を思っているだろう。いぶパパはどうするのか。そして、孤独になった美雨ママは、幸せになれるのだろうか。三人は、出口のない迷路に嵌って、彷徨を続けている。その迷路とは、許されない恋愛だ。

「こんにちは」

突然、声をかけられた有紗は、驚いて顔を上げた。目の前に、高梨が立っていた。

以前、ららぽーとで会った時と同じく、ハーフパンツにビーサンという服装だ。上はTシャツではなく、ブルーのシャツ姿で、袖をまくり上げている。いかにも勤め人の週末という格好だ。

「あら、こんにちは」

思わず声が弾んで、有紗は慌てて周囲を見回した。ロビーは知り合いが多い。誰かに見られていたらどうしよう。

だが、高梨は平気な顔で話し続けた。

「どうしたんですか。難しい顔をしていましたね」

「ちょっと友達と電話していたものですから」

「わかった、彼女ですね。江東区の土屋アンナでしょう?」

高梨が言い当てたので、有紗は感心した。

「よく覚えていますね」

「あなたが言ったことは、一言一句覚えてますよ」

「嘘ばっかり」と、笑う。

「嘘じゃないです。毎晩、反芻(はんすう)しています。あれはどういう意味だったのだろう、とかね」

高梨は真面目な顔で反論した。

「どうして?」

「そんなこと言わせないで」と、今度は高梨が苦笑する。

有紗は、明け方、高梨の部屋をバルコニーから見下ろしていたことを思い出して、そのことを告げたくなった。が、言えるはずもなく、話す気になった自分を恥ずかしく思う。高梨に甘えている、と自戒する。

「お父さーん」

「早く」

エントランスから、サッカーのブルーのユニフォームを着た子供たちが高梨に向かって叫んでいる。小学生の長男と、今度、花奈と一緒の保育園になるという次男だ。長男の方は、高梨の妻にそっくりの、目尻の下がった優しい顔をしていた。

「今行くから、ちょっと待ってて」

高梨が振り向いて、子供たちに手を振った。

「すみません、これから息子たちをサッカー教室に連れて行かなきゃならないんです」

ポケットから車のキーを出して、有紗に見せる。

「ええ、どうぞ」

「今日、時間ありますか？」

高梨が有紗の目を素早く見た。

「夜は無理です」

「じゃ、後でメールします」

近くに住んでいれば、こうしてばったり出会うこともある。鬱いだ気分が、たちまち舞い上がった。自分と高梨はどうなってゆくのだろう。自分だけの掟を決めたはずなのに、早くも破ってしまいたい自分がいる。

いぶパパと美雨ママも、初めはこんな風に心が躍っていたに違いない。だから、いけないのだ。有紗は自分の心に自重を呼びかける。しかし、思いがけず高梨と会えた歓びは大きかった。朝帰りした俊平への怒りを相殺するほどに。

いぶママと美雨ママの諍いが悲しいのも、自分には思い当たる節がたくさんあるからだった。離婚して長男と別れ、やっと結婚した俊平は、長く有紗を放っておいて、アメリカで若い女と恋愛をしていた。そして、今度は自分の心が騒いでいる。

どうして人生はままならないのだろう。強引に、自分の思うように振る舞えば、必ずや傷付く人がいて、誰もが幸せになれない。

有紗は、近所のスーパーで夕食のための買い物をする間も、高梨からメールが来るのではないか、と気になって仕方がなかった。家で俊平を気にしながら、メールを読むのも返信するのも苦痛だった。

有紗は時間を稼ぐためにゆっくり食材を選んだ。だが、考えがまとまらないために散漫になり、籠はすぐにいっぱいになってしまった。

諦めてスーパーを出たところで、高梨からやっとメールがきた。


今どこですか？

四時半までなら大丈夫だから、ドライブしませんか。


有紗は、『あおき』にいます」と返した。すると、「黒のパジェロです。十分後に前に停めます」という返信がきた。

ネギやセロリの飛び出たエコバッグを置きに家に戻りたかったが、買い物を終えた有紗が再び外出するのを、俊平は不審がるだろう。そう思うと、戻る気はなくなった。

「あおき」の入り口に立って、メールの履歴を消す。その間も、目は絶え間なく知り合いがいないかと周囲を見回している。三週間ほど前、ここで真恋ママに会ったことがあるから、白昼に公然と高梨の車に乗ることに不安があった。

有紗はパジェロという車種をよく知らない。道路の向こう側に停まった車高の高い車がそうだとは気付かず、しばらく立っていた。

「岩見さん」

運転席の窓が開いて、高梨が堂々と手を振ったので、有紗は慌てた。急いで道路を渡り、高い助手席のステップに足をかける。

「ごめんなさい。車の中がネギ臭くなるかもしれません」

エコバッグを見せると、高梨が受け取って後部座席に置いた。

「大丈夫ですよ。息子が何か言うかもしれないけど」

「子供は臭いに敏感だから」

「そうですね。お父さん、女の匂いがするよって、言うかもしれない」

「どうしよう」

「冗談ですよ」

有紗は落ち着かず、車窓からあちこち眺め回した。二人の住むBETが、少しずつ遠ざかってゆく。

「誰かに見られるんじゃないかと思うと、気が気じゃなかったです」

「じゃ、横浜に行きましょうか。高速だと三十分くらいで着くから、向こうでスタバでも行って、戻ってきましょう」

「いいですね。横浜って、一度しか行ったことがないんです」

ランドマークタワーが東京湾の向こう側に見えるのに、横浜は、有紗には縁のない場所だった。

「岩見さん、シートベルトしてください」

まごついていると、信号待ちの間に高梨が装着してくれた。有紗の胸のあたりを、高梨の手が掠めていく。緊張が伝わってきた。

「すみません。うちは車がないので、わからないんです」

「ご主人は運転しないんですか？」

「免許はあるみたいですが、車を持つ気がないんです」

「エコですか？」

有紗は噴きだした。

「いえ、そんな立派なんじゃなくて、単にお金がないんです」

「エコって立派かなあ」と、高梨が呟く。

「だって、威張れる感じじゃないですか」

「なるほど、俺はエコだぞって、何か文句あるかって」

高梨が笑った。二人で前を向いて話していると、相対している時のように緊張しないから、いつまでも楽しく喋れそうだ。

「そう言えば、うちの息子が同じ保育園に行くことになったそうですね」

「ええ、奥様に聞きました」

「俺が毎朝送って行こうかな。岩見さんに会えるから」

「お迎えも来ればいいのに」

「遅刻と早退で、会社をクビになるかもしれませんね。ま、いいか。どうせ業績不振なんだから」

高梨はさばさばと言った。

「奥様がちゃんと働いてらっしゃるからいいじゃないですか。私なんか失業したままで、情けないです」

高梨が初めて有紗の顔を見た。目が合う。

「あなたはどこで何をしていようと、そのままでいいですよ」

「褒められているのかしら」

高梨はそれには答えず、ナビを見ながら言った。

「ナビが真っ赤だ。渋滞してますね。横浜は行って戻るだけになってしまう。羽田にしましょうか」

横浜に行きたかった有紗はがっかりした。すると、高梨が有紗の横顔を見た。

「横浜に行きたい？」

「いえ、どっちでもいいです」

「もっと時間がある時に横浜に行きましょう」

「私はどこでもいいんです。うちの近くでなければ。あそこは知り合いばかりで息が詰まります」

何の気なしに言ったのに、高梨が心配そうに訊ねた。

「さっき、泣いていませんでした？　エレベーターを降りたら、あなたがソファの前で立って電話していたから、今日はついてる、と思って喜んだんだけど、あなたは涙を拭いているように見えた」

「そうなんです。悲しくなった」

「何が悲しかった？」

高梨が何気なく左手で有紗の右手を摑んだ。あまりに自然だったので、有紗はそのままにしていた。高梨の胸に縋って泣きたいような、途方に暮れた気分だった。

いけない。また甘えている。

自分が嫌になって、そっと手を抜こうとするが、高梨は離さない。

「どうしたんですか」

「ママ友の決裂が悲しくて、何だか遣り切れなくなりました。少し前までは、皆で仲良くしていたのに。今は憎み合っている。二人とも妊娠したんだそうです。相手の男の人は一人。それで、私と仲のいい彼女、江東区の土屋アンナは離婚することになって、娘は夫に取られて、保育園を移りました」

「ああ、それでなんだ」と、高梨が声を上げた。「それで空きが出たので、順番待ちをしていた、うちの息子が入れることになったんですね。あなたは複雑な気持ちでしょう」

高梨が有紗の手を離してウィンカーを出し、羽田空港の国際線に向かう側道に車を入れた。そのまま忘れたかのように有紗の手は握らず、前を向いている。

「思うに、その男は本当に困っているでしょうね」

「会社も辞めるようなことを仰ってました。彼女のご主人が怒って、会社に告げ口したんじゃないかと思います」

「コンプライアンスがうるさいからね」

高梨が同情を込めて言う。

「ええ。その男の人は、彼女に子供を産まないでくれ、と頼んでいます。奥さんも妊娠していて、奥さんが彼女の子供にまで復讐するかもしれないからって。でも、彼女は産むって言ってます」

「女の人が産むと決めたら、男はどうしようもないですよ。しかし、大丈夫かな、その男。ずいぶん追い詰められていますね。自殺なんかしなければいいけど」

有紗の腕にぞわりと鳥肌が立った。

「やめてください。怖いです」

「怖いね」

高梨は同調しながら、ちらりと空を見上げた。驚くほど低空で、飛行機が離陸してゆくところだった。

「あれに乗って、どこか遠くへ行きたい気分だろうな。何もかも捨てて」

「女二人と子供たちを？」

「そう。誰も自分を知らない街で、ひっそり生きたいんじゃないかな。あれ？　そんな映画を見たことがあるなあ。確か、ジェレミー・アイアンズが出ているんだ。息子の嫁さんと出来ちゃってね。それを目撃した息子が動転して転落死する。すべてが終わる。それで男は一人、モロッコかなんかで暮らすんだよ。でも、全然可哀相じゃないんだ。何だか解放感があった。何て映画だっけか」

高梨が独り言のように呟いた。映画にさほど詳しくない有紗は、黙って聞いている。

「女や子供って、うざいんですか？」

「男はうざくない？」と、高梨が有紗の顔を覗き込む。

有紗は、朝帰りした俊平のことを思い出した。泥酔している俊平は、見るのも嫌だ。俊平が酒臭い息を吐いて隣で寝ていると、ベッドを出て行きたくなる。実際、出て行って、リビングのソファで寝たこともあった。

「何か思い出していますね」

高梨にからかわれて、有紗は答えずに苦笑いした。

「駐車場に入れますね。でも、あと四十分くらいしかいられないな」

高梨は、立体駐車場に車を入れた。上階まで空きがなくて、しばらく場内をぐるぐる巡った。

「車の中で話していませんか」

有紗が提案すると、高梨が頷いた。

「そうしましょう。自販機で飲み物買ってきます。ちょっと貧乏臭いけど、たまにはいいでしょう」

「ネギ臭いし」

有紗が冗談を言うと、高梨が笑った。

高梨が爽健美茶を二本買ってきてくれた。キャップを開けて口を付けた時、俊平からLINEがきた。

花奈が帰って来て、「ママどこ?」って騒いでる。

何時に帰る?

既読となってしまうが、敢えて返信しなかった。俊平は朝帰りしたので、有紗が怒っていると思うだろう。スマホをバッグに仕舞うと、その様子を観察していたらしい高梨が訊ねた。

「返信しなくていいんですか？」

「いいんです。夕方に帰りさえすれば」

高梨はそれを聞いて真剣な表情をした。

「あなたがうちの斜め上にいると思うと、何だか嬉しいんです。僕はよく家で、斜め上の方を見上げているんだ」

それなら早朝、高梨の部屋を見下ろした自分と同じではないか。有紗の胸がいっぱいになった。しかし、高梨はこう続けた。

「でも、僕はあなたとは寝ないつもりです」

有紗がその理由を訊こうとしたら、高梨は有紗の口を塞ぐように一気に喋った。

「僕はあなたが好きです。初めて会った時から好きだった。あなたも同じ思いだと確信しています。だから、僕らは、寝たらおしまいだ。きっと互いに配偶者を忘れてしまうほど、相手が好きになるでしょう。僕はそれが怖いから、あなたとは寝ない。親友だから、キスくらいはするかもしれない。それでもいいですか？　また僕と会ってくれますか？」

有紗の目から涙がこぼれた。おや、どうしてだろう、と自分でも不思議だったのだが、涙は止まらず、そのまま嗚咽になった。

「泣かないで」

高梨が有紗の顎を手で掬って、唇にキスをした。大人になった私たちは、すべてを失わないために、キスで留めるのだ。有紗の涙は止まらなかった。

7

羽田からの帰りの車中、有紗はほとんど何も話さなかった。いや、何も話せなかった。高梨と語らえば、とめどなく話すことができる。だから、ずっと一緒にいたいのに、別れなければならないのが切なかった。

有紗は、ナビに表れる水色の部分、海をじっと眺めた。海に沿って行けば、有紗と高梨の住まいがある。住まいは近いのに、二人の間は遠く離れたままだ。離れたまま、心を通わせることができるのだろうか。

「今度はいつ会えますか？」

高梨が、前を向いたまま訊ねた。有紗は、ナビから目を転じて、高速道路を並行して走るトレーラーの、大きなタイヤをぼんやり眺めていた。

高梨が片手で西陽を避けながら、なかなか答えない有紗の方を見遣る。

「どうしたんですか」

溜息をひとつ吐いてから、有紗は小さな声で言った。

「私たち、もう会わない方がいいのかしら」

「もう会いたくない？」

高梨が真剣な声で訊いた。

「いいえ、会いたいけれど」

有紗は言葉を切った。いつもの高梨なら、「けれど、何？」と突っ込んで訊いてくるのに、今日は訊こうとしない。そのまま、有紗の言葉を待っている。

「会うと、もっと辛くなりそうな気がするんです」

「確かに辛いですね」高梨があっさり肯定した。「辛いけど、あなたが会わないと言うなら、僕はそれでも仕方がないと思う。だって、寝ないというのは、僕が決めたことですから、申し訳ないと思っている」

有紗は高梨の横顔を見上げながら言った。

「あなたから聞いた時は傷付いたけど、私もそう決めてたんです」

「そうだと思ってました」

「何でそんなに勘がいいんですか？」

有紗は苛立ちを感じて、思わず叫んだ。高梨の言うことは、ほとんど正しいのだ。自分たちは、寝てはならない。だが、惹かれ合う異性が親友でいるのは、困難な道だった。それでも会い続けるのなら、別の指針が欲しい。

「それは、僕があなたのことばかり、考えているからですよ。どうして、それがわからないんですか」

高梨も心なしか、声を荒らげた。

「来週の土曜日なら大丈夫かもしれません」有紗はいとも簡単に折れた。「でも、確実ではないんです」

「よかった。じゃ、メールしますから」

高梨が有紗の右手を取った。高梨に手を握られただけで、鳥肌が立つ。さっき、高梨とキスしたのだ。思わず、高梨の唇を見つめると、高梨が有紗の手の甲に唇を付けた。男の唇の感触にまたも全身に鳥肌が立った。その震えが伝わったのか、高梨が唐突に訊いた。

「今日、ご主人とセックスしますか？」

有紗は反射的に首を激しく振った。

「しません」

「どうして」と、高梨が見る。

高梨が好きなのに、夫に抱かれるなんてことができるわけがない。それに、俊平が朝帰りしたことを怒っていた。自分たちは幸せに暮らしている、と見栄を張りたいわけではないが、惨めだとも思われたくないのだった。

「じゃ、あなたはどうするの」

「しない」と、即座に首を振る。

「でも、彼女から誘われたら？」

「わからない。するかもしれません」

また、涙が出そうになった。高梨とは寝ないことに決めたのだから、嫉妬ではなかった。でも、自分たちの関係を継続する難しさを知った思いがする。

「泣かないで」

高梨が敏感に察して、右手を強く握った。

「いやね。どうして涙が出るのかしら。馬鹿みたい」

有紗は自嘲的に笑ったが、高梨は笑わない。

「あなたに応えられなくて、申し訳ないと思っている」

「じゃ、私が誘ったら？」

「あなたは誘うわけがない」

「そんなの、わからないじゃないですか」

有紗は強い口調で言ってから、高梨の手から右手を乱暴に抜いて、右頬を押さえた。まさか、高梨とこんなことを話すようになるとは、思ってもいなかった。

「ともかく、僕は妻を傷付けたくないんです。あなたのご主人も傷付けたくない。だから、僕らは寝ないで思い合うしかないんだ」

「そうしたら、彼らは傷付かないの？」

「知ったら、傷付くでしょうね。でも、寝たら、もっと傷付きます。僕は覚えがあるから、どうしてもできないんだ」

「わかってます」

その感情はよく知っている。俊平がアメリカでの女子大生との恋愛を打ち明けた時の傷は、まだ有紗の心の柔らかな部分にくっきりと残っていた。有紗と花奈を放っておいて、彼らは睦(むつ)み合っていたのかと思うと、今でも眼前が暗くなる。

お台場(だいば)の海浜公園が見えてきた。東雲(しののめ)の出口を出たら、別れなければならない。

「どこで降ろしたらいいですか？　マンションまで行く？」

「それはちょっとやめた方がいいと思う」

「じゃ、『あおき』の前にしましょうか」

「すみません」

「とんでもない。僕は本当に嬉しかった」

「これから、サッカー教室にお迎えですか？」

「そうです」

「男の子って可愛いでしょう？」

有紗は、雄大のことを思い出しながら訊いた。

「どうだろう。動物みたいなヤツらですよ」と、高梨が笑った。

高梨は絶対に家族を捨てないだろう。だけど、自分は雄大を捨ててきた。有紗は、自分の方がすでに深い傷を負っているような気がした。

東雲の出口を出る。そろそろ、お別れだ。有紗は髪を手で整えた。

高梨が、有紗の顔を心配そうに見ているのに気付いた。黙って、自分の目許に手をやって知らせてくれる。

「目、腫れてる？」

「いや、黒くなってる」

慌ててコンパクトを覗くと、マスカラが落ちていた。泣いたからだ。

「やだわ、直して帰らなくちゃ」

ららぽーとのトイレに寄って、身支度を整えてから帰ろうと思う。パジェロは「あおき」の前に着いた。降りようとすると、高梨が後部座席からエコバッグを取って、手渡してくれた。

「これ、忘れないで」

ネギとセロリの飛び出たエコバッグ。この食材で、自分は俊平と花奈の食事を作る。有紗は溜息を吐いた。高梨と別れたくなかった。家に帰りたくなかった。

高梨も同じ気持ちだったらいいのに。手を取りたい気持ちを抑えて、「じゃあね」と言う。その後、「さよなら」とは言いたくない。「またね」とも言いにくい。迷った有紗は礼を言った。

「今日はありがとう」

するると、高梨が意外なことを言った。

「二人で生きていこう」

「どうやって?」助手席のドアを開けながら、有紗は振り返った。また涙ぐみそうになる。

「それは、どうやればいいの?」

「二人で考えるんだ」

有紗は頷いて車を降りたが、自分たちが一番辛い道を選択したことだけは確かで、どうしたらいいかわからなかった。だから、パジェロが走り去るところは、敢えて見ないようにした。

数時間前、パジェロに乗った時の緊張感はもうない。逆に、脱力している。この数週間、急に高まりつつあった互いの感情を認めないようにしてきたのに、とうとう高梨が破ってしまったのだ。

しかし、愛情を確認した途端、もう結ばれることはなくなった。なぜなら、そう決めたから。悲しみで胸が張り裂けそうだ。これが本当の恋愛なのだろうか。二度も結婚したのに、今頃わかるなんて。「私は馬鹿なんだわ」と、独りごとを言う。

有紗は、ららぽーとのトイレで顔を直しながら、スマホに入っている雄大の写真を眺めて、「ごめんね」と雄大に謝った。

サッカーをする十二歳の息子。二年半前、新潟に会いに行った時も、懸命にリフティングの練習をしていたっけ。高梨の息子たちは、幸せそうだ。高梨が彼らを捨てないから。

有紗の最初の結婚は、二十三歳の時だった。鉄哉は有紗の三歳下だから、まだ二十歳。若過ぎるカップルだった。

有紗の父親は、鉄哉と結婚したいと告げた時に、「二人ともまだ若い。もう少し考えた方がいいんじゃないか」と、大反対した。

でも、有紗は待てなかった。鉄哉が好きで堪らなかったというよりは、家を出て行きたかったのだ。

父親は市役所勤めのせいか、近所の評判ばかりを気にする保守的な人間だった。門限にうるさく、有紗の服装や化粧が派手だと、干渉ばかりする。

母親は、「有紗なら、もっといい人がいるんじゃないの」と、高卒で若い鉄哉への不満を露わにした。有紗は、母親のことを、打算的でアンフェアだと強い反感を持った。だから、こんな家は早く出て行って、絶対に幸せになってやる、と意地になったのだ。

だが、正直なところ、鉄哉と結婚が決まってからは、こんな風に人生が決まってしまうのかと、何だか損をしたような気分になったこともあった。それは鉄哉も同じだったのかもしれない。二人に深い愛情と信頼があったら、あんな酷い喧嘩を繰り返すようになるはずはなかったのだから。

父の「若い」という言葉は当たっていた。鉄哉のことは、外見が好きだっただけかもしれない。予定と違う生き方を強いられた自分は、兄の死に打ちひしがれている鉄哉に、今ひとつ同情できなかったし、冷酷だった。

だから、雄大を姑に取られても、自身が幸せになる方を選んだ。「ごめんね」と、もう一度、誰にともなく言う。高梨と出会っても、一緒になることが叶わない自分に言ったのかもしれない。

歩いていると、また俊平からLINEがきた。

今朝はごめん。
帰ってこないの、俺のせい？
花奈が可哀相だから、早く帰ってきてください。

低姿勢だった。まだ五時前で明るい時間だというのに、花奈をダシにして不安を隠している。俊平の心持ちは手に取るようにわかっていた。

シカゴでの出来事が、二人の間に溝を作っている。まだ許していなかった自分の心を、有紗は持て余している。落ち着いてから、ようやくＬＩＮＥを返した。

ママ友と会ったので、お茶してます。
もうすぐ帰ります。

堂々と嘘を吐いた。ママ友なんて、もう有紗の周りにはいない。美雨ママは親友だが、離婚と妊娠といぶパパのことで手一杯だから、美雨ママから連絡がない限りは、しばらくそっとしておくつもりだ。

「花奈ちゃんママー、こんちはー」

驚いてスマホから顔を上げると、そのママ友たちが目の前に立っていた。芽玖ママと真恋ママが、揃ってショッピングだったのか、ＺＡＲＡの袋を提げて立っていた。

「あら、二人だけ？　真恋ちゃんと芽玖ちゃんは？」

「パパが見てるの」

二人は口を揃えて言ってから、顔を見合わせて笑った。

「土曜日だもんね」

「花奈ちゃんもそうでしょう？」

「そうなの。今、早く帰ってこいっていうＬＩＮＥを見ていたところ」

「うん、難しい顔してたよ」

真恋ママが笑った。

「どこも同じだね」

芽玖ママが親しげに有紗の腕を取る。芽玖ママも真恋ママも、流行のガウチョパンツだ。だが、太めの真恋ママには、あまり似合わなかった。それを知っているのか、真恋ママはしきりにカットソーの裾を気にしている。

「お茶飲まない？　そんな時間ない？　あたしたち、いつもお受験で走り回ってるじゃない。今日だけは、ちょっと息抜きしようと出てきたのよ。ねえ、付き合いなよ」

芽玖ママに誘われて、有紗は迷いながら頷いた。一週間前、二人に誘われていぶママのショップに行ったのはいいが、いぶママには小さな意地悪をされたのではないかと怪しんでいる。芽玖ママと真恋ママも共犯ではないかと疑っていたのに、親しくされると、疑いは雲散霧消してしまう。

「行こうよ。久しぶりじゃん」

真恋ママに背を押されて、有紗は歩きだした。自然と三人の足は、ららぽーとの二階にあるスタバに向かった。幸い席が空いていたので、向かい合って座った。

「あの後、いぶママのところのバイト、断ったんだってね？　彼女、残念がってたわよ」

芽玖ママがナイロントートとＺＡＲＡの紙袋を、空いた席にどさっと置きながら、有紗の顔を見た。

「そうなの。ちょっと時間が合わなくて」

いぶママに断った理由を、できるだけ正確に思い出しながら言う。

「でも、時間は調整できるって言ってたじゃない」

芽玖ママは、さすがに理が勝つ。

「そうだけど、バイトよりは正社員になりたいじゃない。だから、中途半端はよくないなと思って断ったのよ」

「そりゃそうだね。同じ働くなら、正社員の方がいいわよ。花奈ちゃんママなら、まだいろんな仕事できるよ」

芽玖ママは、あっさり引き下がった。

「ねえ、時給いくらか聞いた？」

真恋ママが横から口を出す。

「千百五十円って言ってた。あと交通費もって」

「へえ、結構いいじゃん。あたしがやろうかな」

真恋ママが言うと、芽玖ママがからかった。

「またまた、適当なこと言っちゃって。こないだは、いぶママは人使いが荒そう、とか言ってたくせに」

「へへへ」と、真恋ママが、アイスカフェラテを啜りながら笑った。「それに、あの店、ちょっと高いよね。オリジナルTシャツが、四千八百円って高過ぎない？　それも、子供用なんだからさ」

いったい二人は、いぶママのことをどう思っているのだろう。有紗は混乱して、思わず真恋ママの丸い顔を見た。少し太ったのか、ピアスのフープが頰にくっ付いている。

「あそこ、場所的に難しいよね。だって、青山って言ってるけど、渋谷に近いしね。今はご祝儀買いが多いけど、そのうち寂れると思う」

「はいはい、また真恋ママのディスりが始まったね」

芽玖ママが笑いながら言う。が、まんざらでもないらしい。

「あなたたち、いぶママとは、仲がいいんじゃないの？」

思い切って訊いてみると、二人は顔を見合わせた。

「仲はいいけど、彼女、最近ちょっと変わったよね？」

真恋ママが、芽玖ママの顔を見た。

「うん、変わった。あそこはもうお受験ないし、うちらはこれからが本番だしね。しかも、あちらは天下の青学でらっしゃるし」

「そうそう。実はあたしたち、こんなことしてる暇ないくらい、忙しいのよね」

「ほんとほんと」

二人はそう言って肩を竦めた。

8

ららぽのスタバで、芽玖ママと真恋ママは、有紗そっちのけでお受験の話を始めた。

「昨日、パパが会社でこっそり、プリントのコピーを取ってきてくれたの。すごく助かったけど、あれを普通にコンビニとかでやってたら、お金も時間もかかってやってられないわよね」

真恋ママが愚痴ると、アイスカフェラテを飲んでいた芽玖ママが同意した。

「あたしの知ってる人は、コピー機をレンタルして家に置いてるって」

「そんなこと、考えつかなかった」

真恋ママが真剣な表情になって、身を乗り出す。

「確かに二年くらいレンタルすれば、多少高くついたって、元が取れるって話だった。時間の節約になるしね」

「なるほどね」と、真恋ママ。「早く気が付けばよかった。もう遅いけどさ」

「ほんとね。ともかく、プリントなんて反射神経を養うだけの目的なんだからね」

「動物を躾けるみたいなもんかしら」と、真恋ママ。

「言い過ぎじゃない」

「いや、動物みたいなもんよ。真恋なんか、すぐに飽きちゃうのよね」

「真恋ちゃん、できるから大丈夫よ」

「そうかな。芽玖ちゃんは、自分は受験するって意識が高いから平気よ」

互いに褒め合った後、芽玖ママが呟いた。

「意識高い系か」

二人は顔を見合わせて笑った。が、その笑いには、倦怠が潜んでいるような気がする。これからお受験も本番に入るのだろうが、親の方は相当に疲れているらしい。

そんなことも、とうに青学への入学を果たした、いぶママへの反感に結び付いているのだろうか。

関係のない話に退屈した有紗は、二人に遠慮しつつも、こっそり俊平からのＬＩＮＥをチェックした。俊平は低姿勢で、あれきり連絡してこない。だが、さっき別れたばかりの高梨からメールがきていることに気が付いた。


今日は会えて嬉しかった。

あなたと会えることが、僕の歓びです。

またメールします。


嬉しさに頬が緩む。だが、このメールはすぐに消去しなければならないのだ。消すのが惜しくて、有紗はたった三行の文章を何度も読み返した。はっと気が付くと、芽玖ママが有紗の顔を覗き込んでいた。


「ごめんね、あたしたちだけ話しちゃってて」

「つまんなかったでしょ」

「あら、いいのよ」

有紗は、スマホをエコバッグに仕舞った。

「花奈ちゃん、保育園でどう？　元気にやってる？」と、芽玖ママ。

「うん、元気よ。でも、美雨ちゃんがいなくなったから、ちょっと寂しそう」

うっかり口が滑った。どう誤魔化そうかと考えていたが、何もいい考えが思い浮かばないうちに、やはり真恋ママが食い付いてきた。

「美雨ちゃん、保育園、辞めちゃったの？　どこに行ったの？　わかば？」

有紗は曖昧に首を振った。

「門仲の方の幼稚園だと思う」

「みんな、口さがないものね」

一番口さがない真恋ママが、まるで周りに敵がいるかのように、店内を見回す。

「やっぱ、あのことが原因なんでしょ？」

芽玖ママが声を潜めた。答えないでいると、真恋ママが突然、有紗の腕に手を置いて謝った。

「ねえ、花奈ちゃんママ。ごめんね」

驚いて、真恋ママのふくよかな顔を見つめる。

「何のこと？」

「あたし、この間、いぶママのショップに行く時に、美雨ママの悪口言っちゃったじゃない。考えてみたら、あなた、彼女と仲がいいのに悪かったな、と思って」

芽玖ママは、美雨ママのことを『悪女系だよね。いや、悪妻系か』と言い、真恋ママは、『あんな育ちの悪い人に』と口走ったのだった。

「何かね、あの時は、いぶママに味方していたのよ。美雨ママは、いぶママを苦しめている、酷い人だと思っていた」

「じゃ、今は？」

有紗は驚いて真恋ママに問い返す。どういう風の吹き回しなのだろうか。

「さすがに言い過ぎたと反省してる。ごめんね。あなたが気分悪くしたのは無理ないよねって、二人で言ってたの」

真恋ママが、芽玖ママの顔を見た。芽玖ママも何度も頷いた。

「あたしもごめんね。調子に乗ったかもしれない。あたしは美雨ママは嫌いじゃないの。あの人、さっぱりしていて面白いじゃない。見栄を張らないところもカッコいいし、好きなのよ。でも、いぶパパの一件だけはどうしても許せなくて、何か彼女に対して否定的になっちゃったのよね」

「だって、あの人、ご主人に離婚されたって話じゃない？　それに、美雨ちゃんの親権も取られたって聞いた。一人で追い出されて、しかも、ご主人はちゃっかり妹さんと結婚するっていうでしょう。それはさすがに可哀相で、あり得ないと思ったのよ」

真恋ママが言ったので、初めて得心がいった。美雨ママの受けた罰が、二人には想像も付かないほど重く思えるのだろう。

「そのこと、誰に聞いたの？」

二人は顔を見合わせる。

「裕美ちゃん」

いぶママのことだ。いぶママのところに、滋本人から連絡がいったのかもしれない。妻に不倫された夫と、夫に裏切られた妻が結託するのは、大いにあり得ることだ。しかし、どす黒いパワーが渦巻いているようで怖ろしい。

もうひとつの可能性は、いぶパパだった。本人と会って話した印象からは、いぶママに詰め寄られて、渋々話している図が浮かぶ。

「裕美ちゃんが、まるで鬼の首を取ったみたいに嬉しそうに言うから、今度は美雨ママが可哀相になっちゃった」

真恋ママは人がいい。悲しそうに眉根を寄せた。

「でもさ、あたしはやっぱり美雨ママが悪いと思うよ。いくら、いぶパパがそういう浮気男だとしても、誘われてほいほい行っちゃったんだから」

芽玖ママが、ストローに付いた口紅を手で拭きながら言う。

「いぶパパって、浮気男なの？」

有紗が訊ねると、芽玖ママが大仰に頷いた。

「凄かったらしいよ、もてて。会社の若い女の子と同時に何人も付き合ってて、いぶママもずいぶん苦労したらしいの。ともかく、社内不倫の多い男で有名だったらしい。それが、どういうわけか、美雨ママに引っかかったんだから、信じられない話だよね。裕美ちゃんも、最初は本気じゃないだろうと、思ってたんだって」

「でもさ、屈辱じゃない？」と、真恋ママが唇を歪める。「だってさ、相手は、娘の友達のママなんだよ。しかも、美雨ママって、たいした学校出てるわけじゃないし、若い時に水商売やってたって聞いたことあるし、何か違う階層って感じじゃない」

有紗は耳を塞ぎたくなった。気が付いたら、思わず庇っていた。

「それは、私だって同じよ。地方出身だし、たいした学校なんか出てないもん。でも、美雨ママは、門仲では有名な人だったらしいよ」

「門仲？」

芽玖ママがくすりと笑った。

「何か美雨ママっぽいね」

「花奈ちゃんママはね、美雨ママとちょっと違うんだよね。何か楚々としてて、暗闇にひっそりと咲いている百合みたいな感じじゃない？」

真恋ママの比喩に、芽玖ママが笑い転げた。有紗も思わず笑ってしまった。

「私は暗闇なのね」

「いや、何となくエッチって意味よ」

「褒めてないよ」

芽玖ママが呆れたように言って笑った。三人で笑っているので、店中の視線が集まった。

有紗は笑い過ぎて滲んだ涙を、指の腹で拭った。

「それでさっきの続きだけど、ともかくいぶパパはそういう人で、いぶママは悩まされてきた挙げ句に、今度の騒ぎでしょう。だから、本当に頭に来たみたいで、すごい復讐を考えているみたいなのよ」

「怖いよね、裕美ちゃんが怒ると」

芽玖ママがそう言って、ぶるっと肩を震わせた。

「どんな復讐？　それは美雨ママへの復讐？」

有紗が訊ねると、芽玖ママが頭を振った。

「わからない。でも、ともかく、ただじゃ済ませない人だよ、裕美ちゃんは」

「でも、美雨ママはもう充分に罰を受けてるよ。美雨ちゃんは違う幼稚園に転園したし、美雨ママはたった一人になっちゃったし。子供取られたんだよ」

真恋ママが弁護したが、芽玖ママが真面目な顔で反論した。

「それは仕方ないよ。本気で、他の人のダンナを好きになっちゃったんだから、許されないことじゃない？」

有紗は思わず口を挟んだ。

「そんなに許されないこと？　だって、結婚した後で、本当の恋を知ることだってあると思うよ。美雨ママのご主人はＴＡＩＳＨＯ鮨チェーンの跡取りとして婿みたいなものだったたし、年上だったじゃない。便宜的な結婚だったのよ」

「だからってねえ。美雨ちゃんだっているんだし」

芽玖ママが、真恋ママに同意を求めると、真恋ママは曖昧に「まあね」と小さな声で言った。真恋ママは、いぶママと微妙な関係なのかもしれない。

誰かのスマホが鳴った。芽玖ママがゴヤールの白いトートから、スマホを取り出して眺めている。LINEがきたらしい。

「そろそろ帰らなきゃ」

芽玖ママがそう言って、残ったカフェラテをストローで飲み干した。釣られて、真恋ママもスマホをチェックしている。

「あたしも行かなきゃ」

「楽しかったわ。また会おうね」

二人が立ち上がる。有紗は腕時計を見た。五時半。何と、昼過ぎから「あおき」に買い物に出て、半日外にいたことになる。


「ただいま」

ドアを開けると、玄関先で待っていたらしい、花奈のふくれっ面が真っ先に目に入った。

「ママ、遅いよ」

俊平は奥でテレビを見ているらしく、現れない。

「ごめん」

「ママ、どこに行ってたの？」

「だから、真恋ちゃんママや、芽玖ちゃんママと会ってたの」

「どこで」

花奈は追及の手を緩めない。細い手足でまとわりついてくる。

「ららぽのスタバ」

「いいなあ。何食べたの」

「食べてないよ、コーヒー飲んでたの」

有紗は適当にあしらいながら、キッチンに行った。エコバッグを床に下ろして、買ってきた食材を調理台の上に並べ、冷蔵庫を開ける。何を作ろうかと迷って、しばらく食材を前にして立ち竦んでいた。

ようやく麻婆豆腐と、ホタテを入れた大根サラダにしようと決めて、米を研ぎ始めた。夕食は遅くなるが、仕方ない。

「ママ、これ誰？」

花奈が、有紗のスマホを持って見せに来た。どうやら有紗のエコバッグから勝手にスマホを取り出して、写真や動画を眺めていたらしい。

まったく気付かなかった。有紗はひやっとした。高梨のメールを、まだ消去していなかったからだ。

「ねえ、ママ。この人、誰」

花奈がまた同じことを言って、有紗の目の前にスマホを突きつけた。見ると、新潟の母親が送ってくれた雄大の写真だった。有紗は慌てて嘘を吐いた。

「おばあちゃんちの近所の男の子だって」

「へえ、何て名前の人?」

どういうわけか、花奈は興味を掻き立てられたらしい。

「知らないよ」

「知らないのに、何で送ってきたの?」

「わからない」

何とか誤魔化そうと、素知らぬ顔で冷たく言った。花奈が手を離した隙に、スマホを取り上げて、手元を見せないようにして、素早く高梨のメールを消去した。

その時、目の端に留まった一文、『あなたと会えることが、僕の歓びです』が、心を優しく撫で上げていった。有紗は消すのが惜しくて、涙が出そうになる。

『そんなに許されないこと? だって、結婚した後で、本当の恋を知ることだってあると思うよ』自分の言った台詞が蘇る。それは、まさしく自分のことだ。

「ねえ、スマホ、花奈に貸して」

花奈がだだをこねた。

「駄目よ。玩具じゃないんだからさ。それよっか、花奈ちゃん。ママのスマホ見るの、ママに断ってからにしてよね」

「何で？」花奈は大人っぽい視線でじろりと見遣った。「ママは、そんなこと一度も言ったことないじゃない」

「言ってるよ、いつも。人のスマホを勝手にいじらないのって。いじりたい時は、ひとこと断って、ママがこれならいいよっていうのだけを見るのよ。それが礼儀だよ。親子でも礼儀は必要だよ。花奈ちゃん、スマホのことで、パパにも叱られていたじゃない」

「叱られてないよ」

しれっと嘘を吐く。誰に似たんだろう、と有紗は苛々した。

「ママ、もう一回見せて。さっきの写真」

花奈がせがんだが、有紗はスマホをジーンズのポケットに滑り込ませた。そして、途中になっていた、炊飯器をセットする。

「お帰り」

リビングから、俊平が顔を出した。今日は休日なので、破れたTシャツに色褪せたハーフパンツ、という緩んだ格好をしている。もう飲んでいるらしく、少し顔が赤い。

「遅くなってごめん」

俊平はじろりと調理台の上を眺めた。

「いいけど、何、揉めてたの？」

「ママが写真見せてくれないの」

「何の写真？」

有紗は答えないで、鍋に水を入れて味噌汁を作り始める。花奈が、父親の背中によじ上ろうと腕にぶら下がった。

「重いよ、花奈。やめなさい」

俊平が花奈を邪険に振り落とした。フローリングの床に軽く尻餅を突いた花奈が、一瞬、きょとんとした後、泣きだした。有紗は花奈に怒った。

「何で泣くの。怪我なんかしてないでしょう。花奈がしつこいからだよ」

「別にしつこくないよ」

俊平が有紗の剣幕に驚いて、代わりに答えた。

「いや、そうじゃなくて、その前の出来事よ」

柄にもなく、有紗がムキになっているのは、他ならぬ高梨のメールを読まれたくなかったからであり、雄大の写真を見られたくなかったからだ。花奈だけではなく、俊平にも絶対に知られてはならない。面倒になったらしい俊平が、肩を竦めた。

「ま、いいよ。ともかく花奈、泣くのやめなさい」

花奈は泣きやんだが、恨めしそうに有紗を睨み付ける。

「ママ、早くご飯食べたい。おなかすいた」

「はいはい」

有紗は、挽肉のパックを開けた。今頃、高梨家でも夕食の準備をしているのだろうか。それとも、子供たちを連れてどこかに食事に出掛けたか。切なさと苛立たしさに、心が捩れるようだった。

9

その夜、花奈が寝静まるのを見計らっていたのか、俊平が突然切り出した。

「花奈がさっき見ていたスマホの写真てさ、何なの？」

夕方からずっとビールを飲んだりワインを飲んだりしていたから、相当酔っているはずなのに、よほど心に引っかかっていたらしい。

風呂から上がって、肘にボディクリームを塗りこんでいた有紗は、正直に答えようかどうしようかと一瞬迷った。

「雄大の写真なのよ」

思い切って言うと、俊平が首を傾げた。

「雄大って誰？」

瀬島家に置いてきた息子の名を、俊平に告げたことは何度かあった。だが、どうやら忘れてしまったらしい。

「新潟にいる息子の名前なんだけど」

有紗に子供がいることを知らされていなかったと、俊平が有紗を長く拒絶していた経緯がある。だから、躊躇いながら答えたのに、俊平は「ああ、そうだっけ」と、たいして興味のなさそうな返事をするので、気が抜ける。

「今、何歳くらいになったの？」

「十二歳だから、中学一年かな」

「中一の男子っていったら、反抗期だろ。結構、親が苦労する年頃じゃないかな」

他人事のように言う。

「そうなの？　一緒にいないから、わからないけど」

雄大の写真を見せてほしいと頼まれたら、応じようと思っていたのに、俊平はそれ以上何も言わなかった。有紗は、俊平の無関心ぶりに軽く失望しながら、食器棚からワイングラスを取って、卓上の白ワインを注いだ。

「有紗も飲むの？」

俊平が酔った顔で笑う。

「うん、飲みたい。いいかしら？」

「いいかしらって、もう注いでるじゃない。もちろんいいよ」

俊平がソファの端に寄ったので並んで座った。有紗が横に座った途端、俊平は弾かれたように立ち上がり、花奈が寝るまで見ていたDVDをケースに仕舞い始める。有紗がそばに来るのを怖れているかのようで、気になった。

「写メは、お母さんが送ってくれたのよ。雄大は兄の子供と同じサッカークラブに入っているんだって。それで、たまたま兄の子供を撮った時に一緒に写っていたからって」

言い訳めいていると思いながらも、母親が前の婚家と親しいと思われると嫌だから、懸命に説明した。

「そうか、サッカーやってるんだ」俊平が力のない相槌を打った。「花奈のお兄ちゃんになるわけだしな」

「そうね。兄のところの子供とは従兄弟同士でもあるのよね」

「なるほど。有紗が、人間関係を複雑にしちゃったんだな」

俊平が有紗の横に勢いよく腰を下ろしながら言う。

「そうね、みんな私のせい」

冗談めかして笑ってみせる。だが、大きな痛みを伴った離婚を、『人間関係を複雑にしちやったんだ』と、簡単に括られるのにも抵抗があった。

黙ってワインを飲んでいると、俊平が言った。

「何だ、子供のことだったのか。有紗が、スマホを見られるのをすごく嫌がっていたから、何だろうと不思議に思ってたんだ」

本当は、高梨のメールを見られたくなかったからだ。どきりとしたが、なるべく表情に出さないように努めて、テレビのリモコンをいじりながら言う。

「だって、花奈にはまだ教えてなかったから、ちょっと慌てちゃったのよ」

「知ったら、ショックだろうな」

俊平がぽつりと呟く。

「やっぱり、そうかしら」

有紗は急に不安になって、俊平の顔を見上げた。

「そりゃ、そうだろ。唯一無二と思っていた母親が、別の男と一回結婚したことがあって、そこに見も知らないお兄ちゃんがいるんだからさ」

「別の男」という部分に力が込められているような気がするのは考え過ぎだろうか。

「まだ責めるの？」

思わず問うと、俊平は面倒臭そうに手を振った。

「まさか。もう解決済みだよ。気にするなよ」

そうは言っても、有紗としてはあまり面白くなかった。その話になると、どうしてもネグレクトされた時の苦しみと痛みが蘇り、さらには俊平の恋愛が思い出されて、ひどく不快になるのだった。

有紗は、ワインを飲み干して、さらにグラスに注いだ。

「あまり飲むなよ」

俊平に注意されてむっとしたので、ふざけて言い返す。

「朝帰りの人に言われたくないんだけどな」

「気が強いねえ」

呆れたように俊平が嘆息する。

「そうかしら。だって、朝帰りなんて初めてじゃない？」

「だからさ、飲み過ぎて寝ちゃったんだよ。それで、気分が悪いから、近くの後輩の部屋で休ませて貰ってたんだよ。何度言ったらわかるんだよ」

「タクシーで帰ってくればいいじゃない」

「車の中で吐いたら困るだろう？」

「そんなになるまで飲むのが悪いのよ」

俊平の酒量が上がっていることを仄めかすと、俊平は不機嫌に黙ってしまう。それなのに、有紗は追い打ちをかけてしまった。

「ねえ、その後輩って誰？」

するとと、しつこさに音を上げたような顔をする。

「有紗に名前言ったってわからないよ。そんな意味のないことしたってしょうがない」

「そうかな。その言い方、ちょっと気に入らないんだけど」

有紗は小さな声で文句をつけた。

「しつこいよ。もう、いいじゃない。どうせ、有紗は俺なんかに、関心ないんだろうからさ」

はっとしたが、俊平の顔を見る勇気はなかった。

「そんなことないよ」

「そうかな。最近、上の空だぜ」

言い当てられて衝撃を受けた。心の動きをどれだけ隠しても、色に出てしまうのかという焦りだった。

「何言ってるの。どういう意味かわからないよ。あなたは花奈の父親なんだから、関心がないはずないじゃない」

誤魔化すと、俊平が意地悪く言った。

「じゃ、雄大の父親だからって、前のダンナとよりを戻すってか？」

「そういうことじゃないよ」

「何か最近、有紗、綺麗になったよね」

「そう？　ありがと」

それだけはふざけて笑って返したが、もし、俊平に久しぶりに誘われたらどうしようと、内心慌てた。しかし、俊平は飲み過ぎているから、大丈夫だろう。

そう思ってほっとした途端に、自分たち夫婦の壊れ方に改めてショックを受けた。いや、まだ壊れてはいないが、自分の心はここにはない。それは、壊れているということではないのか。

花奈のためにも、関係を修復せねばならないのに、自分は高梨に惹かれていて、そのことしか考えられない。どうしたらいいのだろう。

高梨は、『二人で生きていこう』と言った。そのためには、夫も娘も騙し続けていかねばならないのだ。家族を裏切る重荷に耐えていけるかどうか、自信がなかった。

「花奈にいつ話す？」

唐突に訊かれて、有紗はうろたえた。

「何を？」

「何をって、新潟に兄貴がいるってことだよ」

俊平は、二人のグラスにワインを注いで、ボトルを空にした。この分では、また新しいボトルを開けるつもりかもしれない。

「そうね、いつかは言わなきゃならないけど、どの時点で言うか、考えなきゃね」

有紗は、子供部屋の方を窺った。花奈は熟睡しているはずだが、こんな大人の側の算段は絶対に聞かれたくないから心配だった。

俊平が、リモコンの消音ボタンを押して、音のない映像を見ながら言う。

「さっき言えばよかったんだよ」

「さっきって？」

どきりとして問い返す。

「スマホを見たいと騒いだ時だよ。この人誰って訊かれたら、新潟にいる花奈のお兄ちゃんだよって言えばよかったんだ。本人はまだ何のことかわからないだろう。それでも、告知したことには違いないからさ、それでいいんじゃないか。そういうことって、早くから真実を明らかにしておいた方がいいって、言うじゃない。アメリカじゃ、養子の子が言葉を解した時から、お前は養子だって告知しているみたいだよ」

「花奈の場合は、二十歳過ぎてからでもいいと思うけど」

「親として、いいカッコしたいってこと？」

今日の俊平は突っかかる。有紗は苛立った。

「告知する必要はあるだろうけど、言いましたよって、そんなアリバイを作るみたいな言い方しなくてもいいんじゃないの」

「アリバイ作りだなんて、ひと言も言ってないじゃん」

俊平が俯いたまま、むかついた口調で言う。

「言ってないけど、そういう風に聞こえた」

「考え過ぎだよ」

さも気分を害したように言うので、有紗は口を噤む。何を話しても喧嘩になりそうな、一触即発のような危うい雰囲気だった。

「そろそろ寝ようかな」有紗はワインを飲み干して、立ち上がった。「あなた、まだ飲むの？」

「飲むよ。明日は休みなんだからさ。有紗も飲めよ」

俊平がリモコンでザッピングしながら言う。

「私は、寝るよ。おやすみ」

「ちょっと待って、有紗。話があるんだ」

腕を摑まれたので、仕方なくまた腰を下ろした。

「何？」

「仕事、どうした？　探してる？」

「探してるよ。ちょっと前に、いぶママのショップに決まりかけたけど、やめにしたの」

「いぶママって、ショップ経営してんの？　すげえな」

「青山にあって、素敵なお店だった」

いぶママとの遣り取りなどを思い出して、気分が落ち込んだ。美雨ママといぶママの争いに巻き込まれたことが、何とも不本意だった。もちろん、美雨ママの味方ではあるものの、はっきり敵方といぶママに決め付けられ、旗幟（きし）を鮮明にさせられたことが暴力的に思える。

「そこ、時給はいくらだったの？」

「千百五十円プラス交通費かな？」

「まあまあじゃないの。そこ行かせて貰えば？」

俊平があまりにも簡単に言うので、腹立たしい。

「そんなにシンプルにいかないのよ、友達だし。いろいろ面倒なことが起きそうだから、やめにしたの」

「じゃ、どうするの？　せっかく保育園に入れたんだから、ちゃんと仕事探せよ。このままじゃ、暇そうなのに保育園に入れてるって、後ろ指差されるぞ。きょうび、保育園に入れるのも容易じゃないんだから。俺の知り合いなんて、籍を入れない方が未婚の母で優遇されるからって、まだ籍も入れないんだよ。つまり、戸籍上、非嫡出子にしたって、保育園に入れる方が先決なんだから。これで気に入った仕事がないからって、普通の幼稚園に移ってみろよ。今の二倍は金がかかるよ」

熱弁をふるう俊平を、有紗は不審な思いで見遣る。

「二倍は大袈裟(おおげさ)じゃないかしら。それに、花奈は年長さんだから、いまさら移ることはないでしょう」

「楽観的だな。どういう展開になるかわからないぞ」

「そりゃそうだけど」

「仕事探しはどんな感じ？」

「派遣に登録した。勤務先はこの近所、あとパート希望で出してる。今のところ、ファッション関係のバックヤードくらいしか仕事がないの」

「それ、やりゃいいじゃん」

「でも、ネット見ると、きついらしいから、迷っている」

仕事がきついということが、気分が乗らない主因ではなかった。実は、高梨の妻に対して見栄を張りたい気持ちがある。

『あの、岩見さんて、ショップとかで働きたいんですか？』と高梨の妻に言われた時の戸惑いが蘇った。

「TAISHO鮨の時は、きつくなかったの？」

「全然きつくなかった」

「時給は同じくらいだろう？」

「TAISHO鮨の方が低いけど、近くてよかったわ」

「何で辞めたの」

それは説明し難(にく)いことだった。不倫した美雨ママに味方したから、夫に辞めさせられたとは、俊平に言いたくない。

「違う仕事がしたくなったの」

「だったら、ファッション関係のバックヤードだっていいじゃん。顔も見せなくていいんだし」

「私は学校事務とか病院事務とか、そういうことをしたいと思ってるの」

「仕事ある？」

「なかなかないみたい」

実際は、高学歴の若い女性が取り合っているような状況らしい。

「ともかく、俺が言いたいのは、生活費が足りないから、仕事の選り好みをしないでほしいってことだよ。有紗が仕事しないのなら、いずれ貯金を取り崩してしまう。だったら、こんな家賃の高いタワマンに住む必要なんかないんだよ」

有紗は息を呑んだ。まさか、町田に住む、と言いだすのではあるまいか。

「わかってるつもりだけど」

「前も言ったけど、俺、町田に住もうと思っているんだ。今度、実家のそばにマンション建つんだよ。あそこだったら、買えるからさ。それに、オヤジたちもいずれは亡くなる。そしたら、マンション売って、あの家に住む。こんな派手なタワマンで高い家賃払うより、地に足が着くと思うんだ。いざとなれば、花奈もオフクロに預けられるから、有紗も働きに行けるよ。それこそ、バックヤードみたいな仕事しなくてもいいかもしれない」

ああ、とうとう俊平が口にした。

「町田は、ちょっとどうかしら」

遠慮がちに反対する。

「オフクロがいるからだろう?」

瞬時に言われたが、咄嗟に首を振った。

「違う違う。ここが好きだからよ。ママ友もいるし、花奈もここで育ったし」

そして、何よりも高梨が近くに住んでいる。保育園も同じだから、偶然会う機会もこれからは増えるだろうし、すぐそばで息をして暮らしているという喜びは何ものにも代え難かった。

「でもさ、いずれ築地市場もここに移ってくるし、観光客も来るだろうから、人気の場所になるよ、きっと。そしたら、家賃も上がると思うんだ。だったら、何もここで無理して暮らすことはないよ。町田で子育てして楽しく暮らそうよ。有紗だって、もう一人欲しいって言ってたじゃないか」

以前、子供がもう一人欲しいと言った時は、あれだけ反対していたのに、今更そんなことを言う。

「私は、ここがいいけど」

「もともと、有紗がタワマンに住みたいって言ったんだよね。俺は最初から、こんな高い建物は好きじゃなかった。俺は、町田の家みたいな庭付きの戸建てが好きなの。花奈もああいう家の方がいいと思うよ」

「私、ここに住みたいから、仕事見つけるね」

有紗の言葉に、俊平は黙り込んだ。俊平からすれば、有紗は自分の両親と足繁く行き来したくないから、タワマンに住む方法を必死に探しているように見えることだろう。

第四章　聖母俗母

1

高梨の妻への対抗意識などという、つまらない見栄を捨てて、新しい仕事を見付けなければならない。仕事を得て収入が安定すれば、俊平も引っ越しを口にしなくなるだろう。いずれ町田への移住を考えていたとしても、すぐさま強要することはあるまい。

そうは言っても、思うような仕事が簡単に見付かるはずもなく、有紗は気ばかり焦って日々を過ごしていた。

その実、身勝手な自分に嫌気が差して俊平に申し訳なく思ったり、花奈を手放すようなことになってはいけないと自戒したり、高梨への思いに耽(ふけ)ったり、毎日ころころと気分が変わって落ち着かない。『最近、上の空だぜ』と俊平に言われたことが、心に突き刺さっていた。

高梨からは、ほぼ一日おきにメールが届いた。それは、「これから大阪に日帰り出張です。大阪は暑いそうです。あなたも気を付けて」などと、その日の行動を知らせる、暢気なものだった。

心躍らせる言葉は書かれていなくとも、有紗はしばらくメールに見入って、嬉しさを嚙み締めた。自分を気遣ってくれる男がいることに、感動を覚えていた。

そして、惜しみながらメールを削除した。削除する時は、自分の言葉も同じように高梨に削除されているのかと、悲しみを覚えるのだった。行き交った言葉を反芻する間もなく、闇に消し去ることが、虚しくてならない。

保育園で会うこともあるかと、期待を込めて行ってみても、高梨の次男は八時前には到着していて、帰りも有紗の迎えの時間よりも遅く、高梨の妻にも高梨本人にも、会うことはなかった。


そんな有紗に、仕事が舞い込んできたのは、まったくの偶然だった。

花奈の乳歯がぐらついてきたので、抜歯してもらうために、保育園を早退して歯医者に連れて行った日のことだ。

隣駅にある「さかがみ歯科クリニック」は、花奈や有紗だけでなく俊平も通い、家族じゅうで世話になっている。

治療が終わって料金計算を待つ間、受付事務をしている院長夫人が、子供用歯ブラシを選びながら有紗に訊ねた。このクリニックでは、乳歯が抜けると歯ブラシを一本プレゼントしてくれる。

「花奈ちゃんの幼稚園では、歯磨き指導もしてくれてますか？」

五十代の院長夫人は、白衣は着ずにいつも私服姿だ。今日は、マリメッコの花柄プリントのブラウスを着て若々しかった。

夫の坂上(さかがみ)が歯科医で、夫人は受付業務。他に女性の歯科衛生士と助手が一人ずつの、こぢんまりとした家庭的な雰囲気のクリニックだ。

「うちは保育園です。お昼ご飯の後に、歯磨きしています」

「あら、保育園なのね」

これはプレゼント、とピンクの歯ブラシを花奈に手渡してくれながら、院長夫人が思い切ったように口を開いた。

「立ち入ったことを伺いますけど、岩見さんは今、お仕事をしていらっしゃるんですか？」

午後の早い時間だったから、時間があるように見えたのだろうか。よく知っている相手なので、有紗はあまり警戒せずに正直に答えた。

「いいえ、今失業中で、職探ししているところなんです」

院長夫人の顔が綻(ほころ)ぶ。

「あら、そうですか。実は、うちで受付のお仕事を手伝ってくれる人を探そうと思っていたところなんですよ。よかったら、アルバイトででも来てくださると助かるんですが、いかがでしょう？」その後に、慌てて付け足す。「もちろん、岩見さんはもっといいお仕事を探されているんでしょうね。だから、失礼かもしれないけど、ちょっと事情があって急いでいるものですから」

突然だったので、有紗は思わず問い返した。

「事情と仰るのは？」

踏み込んでいるかと思ったが、院長夫人の方で話したそうだった。

「介護問題なんですよ」

院長夫人が声を低めて溜息を吐く。院長夫人の母親が認知症だという噂を聞いたことがあったので、有紗も声を潜める。

「そうですか、それは大変ですね。でも、私、病院事務とかの経験がありませんけど」

「経験なんか、なくても大丈夫ですよ。ここの仕事は、受付と予約の管理、それからレセプトのパソコン入力くらいかしら。準備やお掃除は、助手の子がやるから、来てくださるだけでいいのよ」

院長も夫人も長い付き合いだから、好人物なのは知っている。しかし、まだ躊躇う気持ちがある。

「私は若くないけど、いいんですか？」

病院受付の求人は、若い女性が圧倒的に好まれるという事実に何度も打ちのめされていたから、念のために訊いてみる。

「うちは若い人じゃない方が、むしろ有難いです」院長夫人が嬉しそうに言った。「歯医者にはいろんな患者さんが見えますから、人生経験がある方の方がいいのよ。これから求人広告を出そうかと思っていたんですけど、それもいろいろ大変でね。だから、岩見さんが来てくださるなら、坂上も喜びますよ」

結局、その場で、さかがみ歯科クリニックで働くことが決まった。

休診日は木曜と日曜で、土曜は午前中のみ。九時から五時までのフルタイムで、正社員扱いになるという。月給は手取りで二十万弱だが、社会保険も完備している。

院長夫人も、有紗の一家をよく知っているので、間違った人選ではないと思ったのだろう。肩の荷を下ろしたように言う。

「本当に助かったわ。お声をかけてみてよかった」

「私も早く決めなくちゃならなかったので、有難いです」

退屈して外に行きたがる花奈を宥めながら、有紗は受付のカウンターの前で、院長夫人としばらく世間話を続けた。

「私の母が手に負えなくなってね。もう、限界なのよ」

「おいくつなんですか」

「八十五歳になるの。認知症がひどくなって、片時も目が離せなくなっちゃった。この間も夜中に徘徊して、警察のお世話になったのよ。だから、私がしばらくお守りをすることになったの。どこにも行けないわ」

「そうですか」と言ったきり、有紗も二の句が継げない。

次の予約患者が現れたので、院長夫人が早口に言った。

「引き継ぎがあるので、なるべく早く来て頂きたいんですが、いつ頃からいらっしゃれるかしら？」

「来週からでもよろしいですか？」

院長夫人は明日にでも来てほしい様子だったが、有紗は少し時間が欲しいので、そう答えた。まずは、俊平に相談せねばならない。働きだしてからの事後報告では、さすがに俊平も不愉快だろう。

だが、家に着いてから、有紗は真っ先に高梨にメールした。

今日、仕事を決めました。
歯科クリニックの受付です。
無職だと保育園で肩身が狭かったから、ほっとしました（笑）

それはおめでとう。

今度会う時、お祝いしましょう。
あなたが外に出ていると、僕は何だか嬉しい。
ご主人に嫉妬しているのかな。

嫉妬。自分も高梨の妻に嫉妬している。銀行の仕事をフルタイムで続けている高梨の妻は、自分より能力が高くて頑張り屋に違いない。敵うわけがなかった。しかも、自分は最初の結婚に失敗して、子供を置いて逃げてきた。弱い自分。
有紗の心の底には、そんなコンプレックスが横たわっているのだった。高梨の明るい「嫉妬」に比べ、自分の嫉妬は何と仄暗いのだろう。

その歯科クリニックはどこですか？
僕もそこにしようかな。
そしたら、あなたに会える。

高梨はいつもこんな言い方をする、と有紗は不満に思った。保育園に自分が送っていけば、あなたに会える。歯医者を変えれば、あなたに会える。でも、決してそうはしないし、偶然を装った出会いなんかつまらないではないか。話すこともできないし、態度も繕わなければならない。そんなことなら、会わない方がましだとまで思う。

自分は、高梨と目を見つめ合って話したいのだ。高梨に強く抱き締められたいのだ。いつも唇を合わせていたいのだ。もっともっと、と思いが募って、有紗は嘆息した。

『駄目なの。誰にも言えないことをしなくちゃ駄目なの。知られたら、皆に後ろ指さされるようなことをしなきゃ駄目なの。でないと、あたしは信頼できない』

美雨ママはそう言ったけれど、では、後ろ指さされるようなことをしないと約束を交わしたことは辛くないのか。有紗には、これ以上、耐えられるのかどうか自信がない。

何よりも辛いのは、高梨も同じような苦しみに耐えているのかどうかが、わからないことだった。高梨にとっては、ただの遊びかもしれない。だとしたら、自分はピエロだ。こんなに苦しんで、高梨の妻に引け目を感じているのに。

今度は疑心暗鬼が膨らんで、たとえようもなく醜くなる自分がいる。

有紗は高梨のメールに返信しないで、削除した。気がおかしくなる前に、生活を立て直さなくてはならない。きちんと仕事をして、花奈を大事に育て、家の中を整理整頓して、俊平とうまくやる。

そう決意したのに、そのすぐ後には高梨に口づけされた時の感触が蘇って、自身の唇に指を触れた。

その夜、俊平に仕事が決まったことを告げた。

「私、さかがみ歯科クリニックで働くことにしたの」

珍しく酔わずに帰宅した俊平が、覗いていたスマホから顔を上げた。

「さかがみさんで？　それは、どうやって決まったの」

「花奈の前の歯が抜けそうだって言ったでしょ？　だから、早退させて、さかがみさんに抜いてもらいに行ったのよ。下手に抜けると、消毒だの何だのが大変だと思って」

会話を聞きつけて、ソファに座ってテレビを見ていた花奈が振り返って、俊平に前歯のない歯茎を見せた。

「ほんとだ、抜けてる」

俊平の言葉に、家族全員が笑った。

「花奈、全然泣かなかったよ」花奈が自慢げに言う。「そしたら、先生の奥さんが、ピンクの歯ブラシをくれたの」

「へえ、よかったね」

俊平はあまり気のない返事をしたが、花奈は満足げにテレビに向き直った。

「そしたら、あそこの奥さんが、受付の仕事をしませんかって。お母様の介護で大変なんですって。ちょうど公募しようと思っていたところだって」

俊平が驚いた顔をした。

「有紗はあそこのカウンターでスカウトされたわけ？」

「そういえば、そうね」と、笑う。

「いいじゃん、あそこなら。近いからチャリで行けるし、坂上先生は感じがいいから、楽な職場じゃない？」

「そうなの。決まってほっとした」

「うん。で、給料いくら？」

「手取りで二十万弱くらいだって」

喜ぶかと思って言ったのに、俊平は不満顔だ。

「安くない？　だってフルタイムだろ？」

「そうだけど」

たちまち自信をなくして黙り込む。こんな時にまた、高梨の妻と比較する自分が現れ出でる。高梨の妻なら高給取りだろうに、二十万ぽっちで自分は喜んでいる。

「でも、私ができることって、こんなことだもん。ファストファッションのバックヤードよりいいと思う」

「そりゃそうだ」

俊平は家計が潤うことに安堵したのか、おとなしく引き下がった。

「花奈ちゃん、バレエスクール見学に行こうか」

花奈が嬉しそうに返事をした。

「行く」

木曜休みなら、木曜クラスのあるバレエスクールに花奈を入れよう。土曜の午後でもいい。自分も何か習いごとをしたい。車がないからゴルフは無理としても、テニスやヨガやジャズダンス。あるいは、芽玖ママが得意なデコパージュや、真恋ママも通っていたクッキング。人気のあるタワマンに住んでいるのに、自分の楽しみなど何も持てなかったと思い出して、有紗は俊平の方を見た。俊平はソファに移って花奈と並んでテレビのお笑い番組を見ながら、缶ビールを開けている。

「私もテニス習おうかな」

「いいんじゃない」

俊平が有紗の方を見ずに答える。

「ママ、花奈ね、英語とスイミングも行きたい。ゆうとくんが英語やってるの。英語ぺらぺらなんだよ」

「そんなにやるの?」

ぎょっとしたように俊平が、花奈の顔を見た。

「でも、お稽古ごとをひとつもしてないのって、花奈くらいじゃないかな。みんないくつもやってるよね」

「マジ？」俊平が笑いながらビールに口を付ける。「英語なんか今からやったって、絶対に身に付かないよ。意味ない」

俊平の決め付けに腹が立って、有紗は言い張った。

「そんなことないでしょ。子供の時からやってることで身を立てることだってあると思う。それに、他の子がやっていると、やってない子は差がついちゃうんじゃないかしら」

有紗の弁に、俊平がムキになった。

「流されるなよ。子供にいくつも習いごとさせるのは、よほど余裕のある親だよ。てか、親の自己満足さ。ものになるようにするなら、親も子も死に物狂いでやるしかないよ。時間も金もかけてさ。そんなことできないだろ？　だったら、習いごとは、自分で興味を抱いて自分からやるような時期になるまで待った方がいいんじゃないか」

「それは正論だってわかってるけど、今の世の中は、のんびりした子は負けるようになってるのよ」

「俺の時はそんなことなかったよ」

俊平が口を尖らせた。

「俊平が子供の時とは、今は全然違う世の中じゃない。今の子は、赤ん坊の時からスマホをいじって、当たり前のようにゲームとかアプリとかを自在に操ってるでしょう？　私たちの時とは比べものにならないんだよ」

「そんなの有紗に言われなくたってわかってるよ。でもさ、俺は子供には子供らしい生活をさせたいんだよ。庭のある家で、花や木に囲まれてさ」

ああ、始まった。町田の実家で暮らそうという話になるに決まっていた。せっかく仕事を見付けてきたのに、引っ越しを迫られるのか。有紗は憂鬱になった。

「あなたのご実家みたいに、オリーブとかお洒落な木がある家？」

厭味に思われたらしく、俊平が苦い顔をした。

「別にお洒落な木がある家なんて思ってないよ。俺は空に聳えるマンションに住んで、稽古ごとをたくさんさせるよりは、地に足が着いた生活をさせた方がいいだろって言ってるだけだよ」

花奈は両親の雲行きが怪しくなったのを見て、「あーあ」とこれ見よがしに嘆息して、マンガを持って自室に行ってしまった。

「ともかくバレエはさせようと思うの。体が綺麗になると思うから」

「はいはい、どうぞ。俺は何にも言いません」

俊平が硬い表情で捨て台詞めいたことを言って、この話はおしまいになった。何となく落ち込んだ有紗は、俊平を残して寝室に行った。ベッドに横になってスマホを手に取る。すると、高梨からメールがきていた。昼間の発信だった。

返事がないので心配になった。
気に障ったなら謝る。
好きだ。抱きたい。

有紗は何回も読み直してから、ようやく削除した。途端に大事なものをなくした気がしてうろたえた。

2

『でも、僕はあなたとは寝ないつもりです』

高梨の方から、はっきり言ったのに、早くも破ろうとしているのはなぜか。有紗はメールの返事を書こうとしたが、何をどう書いていいか、わからなかった。

私もそうしたいと強く望んでいる自分がいる一方で、泥沼に嵌りたくないと尻込みしている自分がいる。また、豹変した高梨を危ぶむ気持ちもあった。いったいどうしたら、いいのだろう。

有紗はベッドに仰向けに横たわったまま、あたかもスマホが高梨自身であるかのように、胸に抱き締めた。会いたくて堪らない。『好きだ。抱きたい』。このたったふたつの言葉が、有紗を燃え上がらせている。

リビングから、バラエティ番組の観客の陽気な笑い声が響いてくる。俊平は、有紗が身悶えしていることも知らずに、一緒に爆笑していた。それをよそに、高梨から、また一通メールが届いた。


ごめん。少し酔っている。

昼間のメール、気を悪くしたなら許してほしい。

でも、本心だ。


私も同じ気持ちです。

だけど、

そうメールを打った直後、俊平がリビングから大きな声で訊ねた。

「有紗、もう寝てる？」

「いや、まだ」

驚いて返答をしたせいで、声が上ずってしまった。今の返事は不自然だったと焦る。万が

一、怪しんだ俊平が見に来たらどうしよう。上気した顔を見られてしまうからだ。
有紗は書きかけの文面を消そうとしたが、慌てていたせいか、誤って送信してしまった。

『私も同じ気持ちです。だけど、』。この返信を読んだ高梨は、どう思うだろうか。確かに自分の本心には違いない。だが、もっと扮飾すべきだった。恥ずかしい。パニックになりかかった有紗に、また俊平の声が届く。

「ねえ、まだ寝てないなら、花奈見てきてよ」

「どうして」

今度は平静な声が出て、ほっとした。

「どうしてって、花奈が寝ちゃってんじゃないかと思ってさ」

いつもだったら、「じゃ、あなたが行けばいいじゃない」と返すところを、今夜は言えなかった。俊平を裏切っているからだ。

有紗はスマホを手にしたまま、子供部屋に様子を見に行った。案の定、花奈はベッドの上で、眠っていた。軽く口を開けているので、今日抜いた歯の赤黒い穴が見える。パジャマを着ずに、ピンクのTシャツに、紺色のショートパンツという姿だ。陽に灼けた脚が健康的だった。

花奈が一人で寝るようになったのは、俊平がアメリカから引き揚げてきて、親子三人の暮らしが始まった頃からだ。俊平は、子供は子供部屋で寝る方がいい、という考えだったので、それまで有紗と寝ていた花奈を、玄関脇の四畳半の部屋で寝かせることにしたのだ。花奈は最初、不安がったが、すぐに一人で寝ることに慣れて、自分だけの部屋があることを喜ぶようになった。

「花奈ちゃん、まだ、歯磨いてないよ。パジャマも着よう」

前歯の抜けた痕を見ながら、小さな声で囁いたが、花奈は熟睡していて起きそうにない。諦めてタオルケットを掛けてやった。その時、高梨からメールが届いた。

これから出られないか？

会いたい。

一瞬、走って行きたいような衝動に駆られたが、「今夜は無理です」と、返した。すると、間髪をいれずに謝罪メールがきた。

どうかしていました。

すみません。

いいえ、気にしてません。

たった数語だけの遣り取りなのに、緊迫した時間だった。有紗は花奈の寝顔を見下ろしながら、長く嘆息した。そして、これらのメールを惜しみながら削除した。

ポケットにスマホを滑り込ませてから、リビングを覗く。テレビの前にいる俊平が気配を察して振り向く。

「花奈、どうだった」

「やっぱり、寝てた」

「そうだろう。何か静かになったから、怪しいと思ってたんだ」

「じゃ、見に行ってくれればいいのに」

「そんなの母親の仕事じゃん」

笑って言い切る俊平に、違和感を覚えて後ろに突っ立っている。何かがわだかまっていて、苛々した。

「いや、別に差別で言ってるんじゃないよ。花奈にとっても、有紗の方が嬉しいだろうってことだ」

無言の有紗に、俊平がむっとしたように言い返す。

「私、何も言ってないよ」

「いや、言いたそうだったからさ」

すぐに言い返されて、有紗は肩を竦めた。

「もう寝るね、おやすみ」

返事はなかった。


翌朝、有紗が花奈を保育園に送って行くと、高梨が若い保育士と話していた。思いがけないことだったので、有紗の胸は躍った。しかし、高梨と会うと、常に相反する感情が生まれて苦しくなるのだった。大きな歓びを感じる反面、思うようにならない悲しみがある。

「おはようございます」

高梨が有紗の顔を見ながら挨拶した。有紗は眉を描いただけのスッピンに近い顔で来たことが恥ずかしくなった。だが、高梨の顔に、見る見る自分と同じ歓びが満ちるのを確かめると、幸福感に酔い痴れた。「おはようございます」と、目を見つめ合う。

「今日も暑いですね」

高梨が当たり障りのないことを言う。

「ええ、ほんとに。今日はパパが送ってらしたんですね」

有紗も平静を保とうと努力しながら、言葉を返す。だが、まさか保育園で会えるとは思ってもいなかったから、自然に顔が綻んでくるのを必死で止めなければならなかった。

高梨は、昨夜のことが気になり、有紗と会うために、遅刻してでも保育園まで来ようと思ったのだろう。会社に行く途中らしく、黒い鞄を持ち、白いシャツ姿で灰色のジャケットを手にしている。

有紗が出て行くのを待っているのか、さりげなく園庭で遊ぶ次男を眺めたり、別の保育士と冗談を言い合ったりして、時間を稼いでいる。

有紗が保育園を出る時、偶然を装って追い付いた高梨と、一瞬だけ肩を並べた。そのまま表に出て、何となく立ち話という流れを作る。

保育園はマンションの隣にあるから、マンションの住人の目もある。大胆なことをしていた。しかも、互いに会った歓びを隠せないのだから、注意深く見たら、二人が恋に落ちていることくらい、容易にわかってしまうに違いない。有紗ははらはらしたが、どうしてもこの場を離れられなかった。

「昨日はごめんなさい。急に会いたくなったんです」

高梨が素早く謝った。

「いいんです。嬉しかったから」

「ほんとに？」高梨の顔が少年のように輝く。「俺、しくじったと思って寝られなかった。自分からあんなことを言っておいて、それを反古にするなんて。いい加減なヤツだと思われただろうなと」

「そんなこと思ってません」

自分たちは愚かしいし、恥知らずだ。有紗はそう思った。配偶者との間に生まれたそれぞれの子供を送っていった保育園の前で、そんなことを言い合っているのだから。

「あなたの返信に書いてあった、『だけど』って言葉だけどね。俺たちにぴったりだなと思った」

「どういうこと？」

「好きだけど、会っちゃいけない。抱きたいけど、抱いちゃいけない。みんな『だけど』なんだ」

「あれは全部書かないうちに、誤送信してしまったんです」

「わかるよ。夜だから、ご主人がいてメールなんかできなかったんでしょう。すみません、出てこいなんて、勝手言って」

「行きたかったな」

有紗は小さな声で呟く。自由な夜の街に出て、高梨とワインを飲んで語り合いたかった。そして、唇を合わせ、強く抱かれたかった。

「やはり、『だけど』ですね」

そう言って笑った後、高梨はようやく一礼して歩きだした。

「じゃ、失礼します」

「行ってらっしゃい」

互いに会釈して、左右に別れる。高梨は都心の会社へ、有紗はタワマンの一室へ。部屋に戻る途中、もう高梨からメールが届いた。


今日は会えて嬉しかった。

あなたは相変わらず素敵だ。

昨日の昼間、あなたの返信がなかったから、あなたが僕から離れていくような気がして、焦ってしまいました。

そしたら、会いたくて抱きたくて仕方がなくて、あんなメールを送ってしまった。

まるで高校生です。許してください。

僕は自分で言った掟に縛られて、逆におかしくなっている。


私も会えて嬉しかった。

でも、こんなことしていてはいけないのでしょうね。

私もあなたに惹かれているから。

あなたのメールを削除する時は悲しくて仕方がない。

どこかに行ってしまいたいです。

一人でいる部屋で、こんな返信を書いてしまってから、昨日から一気に雰囲気が煮詰まってきたことが不思議でならなかった。こんなことで振り回されてはいけない、と高梨のメールを削除して返信を書かなかったせいで、高梨がこんなにも昂ぶり、自分も釣られている。

あなたとどこかに行けたら、どんなに幸せだろうか。

想像でしかないのが残念です。

そう、私も残念だ。しかし、もう、どうにもならない。点火してはいけない感情に、点火してしまったのだから。でも、肉体に点火することだけは、やめなくてはならない。有紗は、どんどん火を点けて後戻りできなくなった美雨ママたちの気持ちが、ようやくわかったような気がした。

美雨ママから、「たまには会って話そうよ。時間ない？」というＬＩＮＥがきたのは、偶然にも、その日の昼前のことだった。有紗はその偶然に小躍りして、美雨ママと久しぶりに駅前のタリーズで会うことにした。

「有紗、何かさ、綺麗になったよ」

先に来ていた美雨ママがからかうように言うので、有紗は驚いた。

「ほんと？　そんなことないよ。いつもと同じだよ」

「嘘。何かあったんでしょう」

「ないない」と手を振って見せる。

「マジか？」

対して、美雨ママは、少しふっくらしている。妊娠がわかってから、煙草をやめたせいもあるのだろうが、落ち着きが備わっていた。

「私、今度、さかがみ歯科クリニックで仕事することになったの。やっと決まった」

まずは仕事の報告をする。美雨ママが、有紗がＴＡＩＳＨＯ鮨チェーンを辞めざるを得なくなったのは、自分のせいだと気に病んでいたからだ。

「ほんと？　それはよかったね。あたしのせいだったから、ほっとしたよ」

美雨ママは、珍しくインド更紗(さらさ)のロングスカートに、白いタンクトップ、白いテニスシューズという格好だった。お腹はさほど目立たない。

「美雨ちゃん、どうした？」

うん、と美雨ママが軽く頷いた。

「大丈夫。意外と由季子に懐いていて、あたしがいなくてもうまくいってるみたい。あたしもこないだ行って、新しい幼稚園の前で会ったの。栗原の顔は二度と見たくないけどね」

美雨ママがそう言って、アイスコーヒーのストローをくわえた。

「美雨ちゃんが落ち着いているんならよかったわ」

「うん、ほんと」

美雨ママは、数週間前の暗い表情と違い、声まで明るかった。

「ねえ、いぶパパとどうした？」

気になっていたことを訊いてみる。すると、美雨ママが目を伏せて、照れ臭そうに言う。

「あたしたち、一緒になることになるみたい」

「結婚ってこと？」

「まあね」と、恥ずかしそうに呟いた。

その報告のために、ＬＩＮＥをくれたのか。有紗はほっとして涙ぐみそうにさえなった。

「良かったね。いぶママとも別れることに決めたんだ」

「うん、そうそう」と、美雨ママが何度も頷いた。「あっちも諦めたみたいでね」

「いぶママもよく引いたね」

美雨ママが骨張った肩を竦(すく)めた。

「引いたって言うか、引っ張ったって言うかさ。あたしはそこまでできるのかと呆れたけどね」

「どういうこと？」

「ハルは、いぶママに億近い金を払うんだよ」

「慰謝料？」

「それと、自活するための店の開店資金。タワマンも取られたし、いぶきちゃんの養育費も月に十五万払うことになったし、で大変だよ」

「会社辞めるって言ってたしね」

「うん、コンプラとかがうるさいんだって。それに、栗原やいぶママが会社にいろいろ言って騒ぎ立てたから、恥ずかしいんじゃないかな？」

有紗はふと不安になった。

「じゃ、この後、あなたたちどうするの？」

「それなのよ。有紗に言いたかったのは」

美雨ママが中空を見遣った。釣られて有紗も振り返ると、窓から夏の青空が見えた。美雨ママは、空を見たまま何も言わない。その横顔は、ほとんど化粧を施していないのにしみひとつなく、神々（こうごう）しいほどに美しかった。

「あたしたちね、沖縄に移住するの。あっちで二人の子供産んで育てて、いぶママにお金を払っていこうと思ってるの」

「沖縄で何をするの？」

「ハルは出版社だったから、あっちでもそういう仕事探すみたい。あたしは何でもする。ホステスやってもいいって言った。三人で生きられるなら、何でもいいよって。だって、失うもの何もないんだもん」

美雨ママがそう言って、幸せそうに笑った。

「いぶママに勝ったんだね」

「あっちはそう思ってないよ。お金をふんだくったし、勝ったと思っているんじゃないかな。まったく凄いことになってしまって、自分でも呆れてるの」

「沖縄にいつ行くの？」

「秋以降になると思う。今年の終わりには子供が生まれるから、その前には落ち着いていたいねって話している。ハルが先に行って、部屋を見付けたり、仕事を取ってきたりするんだって。でも、あっちも不景気らしいから、どうなるかわからないね」

美雨ママが優しく笑った。有紗はその美しい顔に見とれていた。同時に、高梨のメールの文言を思い出している。

『あなたとどこかに行けたら、どんなに幸せだろうか。想像でしかないのが残念です』

3

ランチタイムのタリーズは、ビジネスマンやＯＬで賑わっていた。が、ベビーカーを脇に置いて、お喋りに興じる母親たちのグループもいる。

「あの頃、懐かしいね」

有紗は、明らかに年下の若い母親たちを見ながら、独り言のように呟いた。ランチセットのピッツァを頬張りかけていた美雨ママが、口を開けたまま目で笑う。

「あたしは、またあれをやるんだよ」

「そうか」

顔を見て笑い合う。屈託のない美雨ママの笑い顔が、ふっと泣きそうになった。涙目になったのを見て、有紗は思わず目を逸らした。

「昔のこと、思い出した」

「わかる。公園で会ったのは、みんなが二歳くらいの時だったね」

「もう美雨に会えなくなっちゃうのが悲しい」

「しょっちゅう会えるよ」

「でも、沖縄だよ」

「連れて行けばいいのに」

慰めたつもりだったが、美雨ママは何も言わずに横を向いた。涙を堪えながら、ベビーカーの方に目を遣って言う。

「でもさ、ハルがいぶきちゃんと別れて来るんだから、あたしも美雨と別れなければならないんだよ。でないと、二人がフェアじゃないじゃん。ハルだって、決意するまでは大変だっ

自分のことを考えてい

たと思うから」

なるほど、そんな考え方もあるのか。有紗は遣り切れない思いで、自分のことを考えている。雄大は瀬島家の跡取りだから、連れて行かないでくれ、と夫や姑に懇願されて従った自分は、旧弊で弱かったのか。自分で決めたのではなく、周囲に流された。その後悔があるからこそ、今の自分は花奈を捨てるわけにはいかないのだった。

「いぶパパも、そう考えているの？」

美雨ママが、ゆっくり細い首を振った。

「違うの。ハルは、洋子は母親だから可哀相だって言った。自分が美雨ちゃんと今度生まれてくる子を二人育てるから、連れておいでって言ってくれたの。でも、あたしはそれができなかった。もちろん、栗原が親権を譲らないって言い張っていることもあるけど、二人でいろんな人を裏切って、とことん傷付けたんだから、自分も辛い目に遭わないといけないんだって、思ったの」

「そうか。怖ろしいことだね」

思わず、そんな言葉が漏れた。

「何が？」

美雨ママが怪訝そうに顔を上げる。

「恋愛が、よ」

美雨ママが、うん、とわずかに俯いて頷く。

「怖いよ、いったん極端なところまで行くと、すごい破壊力を発揮する。芽玖ママとか真恋ママとかが、一生懸命、お受験を戦っている時に、あたしたちはあたしたちで、一生懸命恋に溺れて、自分たちのことしか考えていないんだからさ。笑っちゃうと思わない？」

自嘲的な言い方だったが、そう言う美雨ママには、大海に舟を漕ぎ出したような力強さがある。有紗は眩しい思いで見つめた。

「人は、なんだかんだ言うかもしれないけど、洋子らしい選択だと思う」

「そう？　ありがとう」

暗い顔をしていた美雨ママが、突然微笑んだ。白い歯がこぼれて、華やかなオーラが溢れ出る。隣席の若い男が、驚いたように盗み見ている。

「ところで、有紗の話、訊いてもいい？」

「いいよ」と、苦笑する。「まだ何も起こってない」

いや、そんなはずはない。自分たちは羽田空港の駐車場で、中学生のように口づけをしたではないか。そして、自分たちは結ばれないと知って、切なくて泣いた。さらに、今朝は熱い視線を交わしたではないか。

「かなり、ヤバい感じ？」

美雨ママにからかうように言われたので、言い当てられた有紗は苦笑した。

「どうかなあ」

「ね、話してよ」

仕方なく、これまでのことをかいつまんで説明すると、美雨ママが眉根を寄せた。

「寝ないって自分から言ったくせに、有紗がちょっと返信しないと、急に『抱きたい』とか言ってくるの？」

「そうなの。急に言われて、すごく動揺しちゃった。夜なのに、『これから出られないか』って書いてくるし」

昨夜の迷いや昂ぶりを思い出すと、今でも息が苦しくなる。でも、メールの遣り取りは削除しているから、まるで夢の中にいたようで現実感がなかった。

急に、美雨ママが、有紗の手をぎゅっと摑んだ。

「あのさ、こんなこと言いたくないけど、何か心配」

「何が？」

「高梨さんて、すごい女たらしなんじゃない？」

意外な言葉に驚いて、すぐに言葉が出ない。

「そうは思わなかったけど、翻弄されているような気がしたことは何度もある」

美雨ママが心配そうに、軽く頷いた。

「有紗は急に不審に思ったわけでしょう？　いつも口先だけで、本当に会いに来たことはないし、実際に誘いをかけてくるわけでもない。むしろ、逃げているみたい。でも、メールにはいいことを書いてくる。調子がいいなと思って腰が退けかけると、あっちはそれに気付いて、一気に『抱きたい』とか書いてくるなんて。かなり、女の人の扱いに慣れてるんじゃないかな」

確かに、昨夜からの急激な変化に戸惑っていた。嬉しい反面、奇異に思っていたのは事実だ。黙り込んでいると、美雨ママが制止するかのように、両手を挙げた。

「ごめん。誤解しないで。あたし、他人の恋愛に水を差そうなんて、野暮なこと思ってない。有紗は慎重だし、あたしなんかよりずっと大人だと思うよ。優しいし、思慮深いし、いろんな経験しているから、男の人にももてると思うの。でもね、何か心配なんだよね。その高梨って男、ちょっとヤバくない？　女の人を翻弄して面白がっているような気がするんだよね。もし、言い過ぎならごめん。許して」

「いや、言い過ぎじゃないよ。心配してくれているのはわかるから」

それでも、自分は高梨に惹かれているのだ。恋愛が怖ろしいと思ったのは、実は自分の心が怯えていることを知っているからだ。高梨の心を確かめるためには、高梨本人に会うしかないのだから。そして、自分は高梨の本心を知るのが怖いのだ。

美雨ママが、有紗の目を見て言う。

「あたしの考え過ぎだと思うけどね」

高梨が、花奈のシャベルをバルコニーに落とした件で、嫌な手紙を寄越した当人だとわかって、鼻白んだことがあった。それでも許したのは、本人が正直に打ち明けたからだろうか。いや、その時すでに、高梨に惹かれていたせいだとしたら？

奇しくも、美雨ママがそのことに触れた。

「前に、高梨さんが、変な手紙を寄越したことがあったでしょう？　あたし、それがずっと引っかかっていたの。だってさ、まともな男って、そんなことするかな。結構、ワルだったりしたら嫌じゃない？」

「そりゃ、嫌よ。私もそのことがいつも気になっているの」

「でしょ？」

美雨ママが、アイスコーヒーのストローを、有紗を見つめながら音を立てて啜った。

「高梨さんて、本当にとらえどころがないのよ。もしかして、すごく悪い男なんじゃないかと思うこともあるけど、同時にすごく惹かれるところもある。私、完全に翻弄されているよ。きっと、言われるがままだと思う」

「有紗、しっかりしてよ」

力なく言うと、美雨ママが苦笑して、有紗の肩を叩いた。

有紗はアイスティーのカップに入った氷を、ストローで突き崩した。

「洋子、私が、赤ちゃん堕ろしたらって、言ったことあったよね？」

美雨ママがゆっくり頷いた。

「よく覚えているよ。その時、あたしは有紗が一線を越えて、後ろ指さされるようなことしたら、考えるよって言った。そういう人の言葉でなければ信頼できないって言った」

「うん、私は軽い気持ちで、堕ろせって言ったわけじゃなかったけど、洋子のその言葉は、すごく胸に刺さったの。その通りかもしれないと思った。冒険も何もしたことのない私の言葉は、絶対に軽いと思ったからね。だから、今回のことで、少し背中を押された感はあるんだ。思い切って越えてしまおうかって。でも、あっちがそれはできないというから、宙ぶらりんになっているの」

しばらく、美雨ママは考えている風だった。

「有紗にそんなことを言うのは失礼だったと後で思ったんだ。だってさ、あなたは、新潟でDVとか離婚とか、嫌な思いをさんざんしてきたんだから。ごめんね」

こんな率直な美雨ママが大好きだった。でも、沖縄に行ってしまえば、簡単に会えなくなる。そう思えば、許すも許さないもない。寂しさが込み上げてくる。

「そんなこといいよ。気にしてない」有紗は、美雨ママの目をまっすぐ見た。「で、今でも思ってる？　高梨さんと一線を越えろって？」

「正直に言うね。危ないと思う。やめた方がいいよ」

「やっぱりね、ありがとう。少し考えてみるね」

実は、つい先ほど、マナーモードにしたメールの着信音が微かに伝わっていた。高梨からではないか。早く確認したくて仕方がない自分がいるが、有紗は平然と美雨ママと相対していた。

急に、美雨ママを情報から遮断したくなっている。相談したかったくせに、後押しされないと知ると隠したくなる。いい気なものだった。

「考えろなんて、ごめん。言い過ぎたら許して」

美雨ママが慌てた風に謝る。

「いいの。正直に言ってくれて嬉しい。高梨さんとは何もしないようにする」

「よかった。余計なお世話は百も承知だけど、その方がいいよ」

「洋子、変わったね」

思わず、言わずもがなのことを言ってしまった。

「そう？ つまんなくなった？」

美雨ママが、愉快そうに笑った。言い当てられた有紗は、赤面しそうになる。

「そんなことないよ。大人になったって感じ」

「それって、つまらなくなったってことだよね」

そう言いながらも、美雨ママは満足そうに笑っている。有紗は、美雨ママとの距離を感じて溜息を吐いた。

「ちょっとトイレに行ってくるね」

バッグを持って立ち上がった。トイレは塞がっていたので、ドアの前で順番を待つふりをしながら、すぐにスマホを見た。果たして、高梨からのメールだった。

二時に赤坂エクセルホテル東急で会えませんか？
今朝、あなたを見たら、どうしても会いたくて堪らなくなった。
来るまで待っていますから、ロビーに着いたら、メールください。

強引な誘いだった。しかし、今の自分が欲しているのは、無軌道にも見えるような強引な誘いだ。ここから出たいという焦りにも似た衝動を掬い上げ、解き放してくれるような誘い。美雨ママだって、同じような気持ちを味わったはずだ。

時間を確かめると、午後一時を過ぎていた。二時に待ち合わせということは、すぐにでも出なければ間に合わない。高梨のことだから、保育園のお迎え時間まで計算に入れているに違いない。狡猾で用意周到な男だとしても、いいではないか。騙されても翻弄されてもいいではないか。行きたい、行かねばならない。会って抱き合わなくては、高梨がどんな男かわからない。

有紗は、トイレで念入りに化粧を直した。出てから、美雨ママの方を見ると、美雨ママはスマホから顔を上げて、有紗に手を振った。晴れやかな美しい顔だ。

「洋子、私用事があるので、今日は帰るね」

「おや、珍しい。赤い口紅付けてる。どこに行くの？」

美雨ママの率直な質問に、有紗は返事に詰まった。

「花奈にバレエ習わせようと思ってるんだ。その下見」

曖昧に言うと、美雨ママはにわかに興味を抱いたらしく、身を乗りだした。

「どこで習わせるの？ 美雨も門仲の方で通わせるんだって。由季子が選んだらしいから、詳しくは知らないけど」

「門仲は遠いわね。うちは近所にするつもり」

「ジュエルバレエか、清水先生のところでしょう？」

「ジュエルさんにしようかと思ってる」

うっかり答えて、はっとする。ジュエルバレエスクールは、いぶきちゃんが通っていたところだ。

「いぶきちゃん、もうやめたから平気よ」

よほどはっとしていたのだろう。美雨ママが先んじて言う。

「そうなの。バッティングしないでよかった」

すると、美雨ママがリュックサックを手にして立ち上がった。長い髪を無造作に手で纏めてクリップで留める。長い首に見とれていると、美雨ママが有紗に言った。

「有紗、急に呼び出してごめんね。話せてよかった」

「いいの。こっちもよかったよ。沖縄に行くのが決まったら、教えてね」

「もちろん、じゃあね」

店の前で、手を振って別れた。美雨ママが高梨を貶(けな)さなければ、本当のことが言えたのにと、残念だった。こうして、高梨と二人きりの繭(まゆ)に閉じ籠もり、俊平も花奈も遮断してしまうのだろう。それでも、高梨に惹かれる自分を止めることはできないのだった。

地下鉄で赤坂見附(あかさかみつけ)に向かい、ほぼ時間通りにホテルのロビーに到着した。「今、着きました」と、メールを打つ。すぐさま、返信があった。

フロントは通らないで、エレベーターで直接9階に来てください。
917号室です。

とうとう、二人きりで密室に籠もるのだ。心が弾んでいる一方、してはいけないことをする自分に怯えがある。

部屋のブザーを押すと、すぐにドアが開けられた。シャツ姿の高梨が微笑んでいる。

「よく来てくれたね」

　招き入れられて、部屋を見回す。シングルベッドがふたつ並んだ平凡なホテルルームだ。すぐさま抱き寄せられることを期待していたのに、高梨は冷静に椅子を勧めた。

「わざわざありがとう。ここを四時半頃に出れば間に合う？」

「大丈夫です」と、頷いて有紗は訊ねる。

「お仕事は？」

「いいんだよ。何とでもなるんだから」

　高梨が肩を竦める。冷蔵庫にあった缶ビールのプルタブを開けて、ふたつのグラスに注ぎ分けて、片方を有紗に手渡した。

「とりあえず乾杯しようよ」

　グラスを合わせて、少し口を付ける。この程度なら、保育園へのお迎えまでには醒めるだろう。

「うまいね、背徳の味は」と、高梨が笑う。「仕事をさぼって、平日の昼下がりにホテルで人妻と密会しているんだからさ」

　高梨に貰った名刺には、大手総合電器メーカーの名が記されてあった。だが、不適切会計問題で倒産が囁かれていた。何か面白くないことでも思い出したのか、高梨が苦い顔をする。

　有紗が小さな溜息を吐くと、突然、高梨が有紗の横に立った。有紗の手にしたグラスを横のテーブルの上に置き、ゆっくりと抱き寄せる。椅子から立ち上がった形になった有紗は、高梨に抱き締められた。高梨の硬い体が頼もしくて、いつまでも体を預けていたくなる。

「こうしたかったんだ」

「掟はどうなるの」と、掠(かす)れた声で訊ねる。

「破りそうだから、止めてほしい」

「破るとどうなるの」

「早晩、破滅が待ってるよ」

「どうして、そんなわかったようなことを」

有紗は腹立たしくなって顔を上げた。その顎を掬って、高梨が口づけをした。煙草の臭いがする。素早く唇を離して、高梨が続けた。

「わかってるんだ。今までに何度かあったから」

何度もあった情事。想像はしていたけれど、有紗は泣きそうになった。

「泣かないで」

より強く抱きすくめられて、有紗は目を閉じた。

「じゃ、私はここにどうして来たの？」

「会いたいだけじゃ駄目？」

駄目に決まっているではないか。心の中で叫んだ有紗は、同時に恐怖で立ち竦んでもいた。早く我に返れ。でないと、破滅する。慌てて部屋の中を見回すと、午後の陽が窓から射し込んで、微かにエアコンの音が聞こえた。

4

有紗は高梨の腕から抜け出て、窓辺に立った。窓の下に、高架になった道路が見えた。その上をひっきりなしに行き交う車を見ているうちに、不安になった。滅多に来ない街で、数度会っただけで、ほとんど何も知らない男と、自分はいったい何をしているのだろうと。メールを読んだ時のときめきや、待ち合わせ場所に向かう際の高揚。それらは今、見事に萎(しぼ)んで罪悪感に変わり、有紗を苦しめ始めている。

「今、何を考えているの」

高梨が不安そうな声で訊ねたが、有紗は答えられなかった。

「俺、何か悪いことを言ったかな」

有紗は振り向いて、高梨の目を見た。

「私、こんなところで何をしているのかしら」

高梨が、心外そうに答える。

「こんなところ?」

今まで見たことのない怖じた色が、高梨の目に浮かんだような気がする。この人を傷付けたのだろうか？

「ごめんなさい。でも、どうしたらいいのかわからない」

「どうして？」

「だって、そうじゃない。私たちは寝てはいけないんでしょう？　お互いにそういうルールを作ったものね」

「だから、ホテルで会っちゃいけないってことはないよ」

高梨が可笑しそうに言って、ビールを口にした。有紗は、テーブルの上に置いたままの、自分のグラスを見遣った。グラスの縁に、口紅が付いていた。

『おや、珍しい。赤い口紅付けてる。どこに行くの？』

美雨ママが率直な疑問を口にした時の、驚いた顔を思い出す。親友にも本当のことを打ち明けられなかった。それほどの大きな秘密になるだろうと決意して来たのに、高梨はどうするつもりなのだ。

さっき口づけした時、高梨の唇にも口紅が付いたはずだが、高梨がそっと手の甲で拭ったのを見ていた。女たらし。美雨ママの言葉が、心に突き刺さっている。

「あなたは結構、理屈っぽいね」

高梨が可愛くて仕方がないという風に、追いかけて来て背後から有紗の手を取った。

「理屈っぽいのは、あなたの方でしょう」

有紗はそっと手を抜いて、高梨に向き直った。

「そうかな。そんなこと言われたことないよ」と、高梨は首を傾げる。

「いいえ、そうよ。理屈ばかり。私は何しにここに来たの？　せっかく友達と会って話していたのに、あなたが会いたいというから、急いで来たのに。でも、あなたは私を試すようなことばかり言う。掟を破りそうだから止めてほしい、なんて言うし」

「破りたい？」

言葉遊びだ。有紗は大きく嘆息した後に頷いた。

「破りたい気持ちはある。だって、あなたがメールにそう書いてきたから、私はそのつもりになって来たけど、あなたはただ会うだけだと言う。自分を止めてくれとも言う。そんなことなら、私を呼び出さないで。心が乱れるから」

有紗は、歌謡曲みたいだと内心可笑しく思いながらも、懸命に言葉を探した。

「その乱れを楽しめないの？」

ああ、やはり、高梨は恋愛を楽しんでいる。いや、有紗の心を弄(もてあそ)んでいる。淫(いん)していると言うべきか。有紗は不快になった。

「楽しめない。苦しいだけだし、あなたに抱かれたいと思っている自分の心が嫌」

そう言った途端に泣きそうになった。

「どうして嫌なの。自然じゃないか」

「だったら、抱いてよ。どうして躊躇するの」

思い切って言うと、高梨が苦しそうな顔をした。

「誘惑しないで」

「誘惑しているのは、あなたの方よ。私にそんなこと言わせないで」

高梨が沈黙したので、有紗は言葉を切ってから続けた。

「あなたという人がわからなくなった。ゆうべは突然、あんなメールをくれて、嬉しかったけれど、私はすごく動揺した。やっと整理したのに、どうしてまた掻き混ぜるようなことをするの」

「俺も自分がよくわからないんだよ。許してくれないか」

高梨に再び抱き寄せられると、そのままベッドに倒れ込みたくなる。自分の中にある欲望の形をはっきりと感じて、有紗はあることを思い出した。

それは、有紗が再婚の身であると知った俊平が、会ったこともない鉄哉に嫉妬するようになったことだ。もう関係はないのだといくら説明しても、あたかも有紗の体に何かが染み付いているかのように、気にした。それが、二人の間のわだかまりとなって、一時、心が離れる原因になったのは確かだった。

「あなたは私の夫に嫉妬する？」

思い切って訊ねると、高梨はいとも簡単に肯定した。

「当たり前じゃないか。あなたを自由にできる男がいるなんて、許せない」

「でも、あなたは、私を自由にしようとは思わないんでしょう？」

「人なんて自由にならないよ」

「じゃ、どうしたらいいの。矛盾しているじゃない。この気持ちは、こうして宙ぶらりんのままでいろってこと？」

羽田空港の駐車場での悲しみを思い出す。永遠に結ばれないのだと知って泣いた時のことを。なのに、高梨は平気で自分を呼び出して苦しめる。

「あなたとのことは大事にしたい。一生の付き合いになるかもしれないから、一線を越えるのはやめよう。なぜなら、越えた途端に、互いの家族が邪魔になるからだよ。あなただって、そんなの嫌でしょう？」

「嫌だけど、仕方がないこともある」

「それは、実際にそんな目に遭ったことがないからだよ。うちの妻は大変だった。子供たちも不安定になるし、地獄の日々だった」

「だったら、恋愛なんかしなきゃいいのに」

そうだ。私のことなど放っておいて、誘わないでほしい。

「それは無理だよ。俺はあなたが好きだ。前に何度かマンションで見かけて、素敵な人だなと思っていたんだ」

　なんて自分勝手な、と憎しみにも近い感情が湧く。

「でも、その頃は島根に彼女がいたんでしょう？」

「よく覚えているね」高梨が苦笑した。

「あなたの奥さんは大変ね。あなたがいつも恋愛しているから」

　ふざけて言ったつもりはなかったが、高梨は目を伏せた。

「そんなことはないよ」

　いつも地味なスーツを着て、忙しそうに飛び回っている高梨の妻を思い出して、申し訳なく思う。こうしてホテルの部屋で高梨と会って話し、口づけをするだけでも充分な裏切りだというのに、彼女は何も知らずに頑張っている。

　それにしても、有紗は自分がこんな大胆なことができる女だとは知らなかった。高梨といると、思ってもいない自分がどんどん現れ出てきそうで怖くなる。

　考えに沈んでいると、高梨が暗い面持ちで言った。

「あなたにはまだ嫉妬がどんなに物凄いものか、わからないらしい」

「そんなことはない」

「いや、あなたはダンナさんには嫉妬させたことはあるけど、自分はない」

「あります。前にも言ったけど、岩見はアメリカで恋愛していたのよ。そのことを知った時は、すごく苦しかった」

「なるほど」高梨が腕組みをした。「だけど、もう過去のことだったんでしょう？」

「そう言ってるけど、どうかしら」

「怖い顔をしているよ」

有紗の険しい表情を見て、高梨が微笑んだ。

「そう？」

有紗は部屋に備え付けの鏡を見た。強張った表情で、腕組みをした自分が映っていた。

「あなたが今、何を考えているのか教えてくれないか」

ちょうどその時、バッグの中にある有紗のスマホが鳴った。電話に出ようとしたら、高梨にバッグごと取り上げられた。

「出ないで」

「だって」

もしかすると急用かもしれない、という言葉を呑み込む。でも、美雨ママからかもしれないとも思うと、気が楽になった。後で連絡すればいい。

「頼むから、今だけこうやって話していて」

高梨がソファに腰掛けて、グラスにビールを注ぎ足した。

「話して、どうするの」

隣に腰掛けて訊ねる。

「さあ、わからない」と肩を竦める。「でも、あなたとひと晩中でも話していたいんだ。あなたはどう？」

「もちろん、話していたい」

「親友になろうと言ったろう？」

それは一番悩み苦しむ道だった。有紗は、高梨と一線を越えようと決意してやって来たのに。

「ごめんなさい。親友になれないかもしれない」

有紗はバッグを手に取って、腕時計を眺める。話しているうちに、すでに一時間も経っていた。どうせあと一時間しかいられないのだ。限られた時間の中で、一人で悩むだけでは苦し過ぎる。

「すみません、帰りますね」

高梨の呆然とした顔が目に入ったが、有紗はそのままドアに向かった。引き留められるかと覚悟したが、高梨はソファから動こうともしなかった。

有紗はそのままエレベーターで一気に下まで降りて、地下鉄の駅に向かった。その間も、高梨が追いかけて来るのではないかと気になって、何度も後ろを振り返った。

だが、高梨の姿はなかった。あの薄暗いホテルの部屋で、一人、座り続けているのではないかと思うと、すぐさま取って返したくなる。有紗はその思いを振り払いながら、駅の階段を下りて行く。

しかし、メールがきているかもしれない。期待を込めてスマホを取り出し、つい先ほど、着信があったことを思い出した。見ると、発信元は保育園だった。何かあったのかと、慌てて留守電を聞く。

「もしもし、岩見花奈ちゃんのお母さんの携帯ですか？　こちらは保育士の安田です。花奈ちゃん、少しお熱があります。さっき測ったら、三十七度五分でした。できましたら、早めにお迎えをお願いします」

ああ、これが、道を外れようとしていた自分への罰だろうか、と有紗は思った。それでも、自分が帰ると言った時に、高梨に「待て」と腕を取られたら、そのまま居残っていたに違いないと思う。あの時感じた後ろめたさや罪悪感を蘇らせながら、有紗は足早に改札口に向かった。

三十分後に保育園に到着すると、花奈は保育士たちの部屋で布団に寝かせられていた。午睡後に何となく元気がないので熱を測ったら三十七度五分の熱があった、風邪の症状もないので気になっている、という保育士の説明を受けた。

しかし、花奈はいたって元気で、「ママ、お熱あるからアイスがいいんだって」などと言う。

抜歯したばかりだから、黴菌(ばいきん)でも入ったのだろうかと気になった。昨夜、うたた寝していた花奈を、うがいもさせずにそのまま寝かせてしまったことが悔やまれた。あの時、見過ごしたのも、自分が高梨の誘いに浮かれていたせいだった。

ふと園庭に目を遣ると、高梨の下の息子が、一心不乱に遊んでいるのが目に留まった。他の男の子たちと、狭い園庭を夢中で走り回っている。

上の子は高梨の妻に似て、女性的な面立ちをしているが、下の子は眼差しや表情などが高梨にそっくりだ。高梨はあんな子供だったのだろうかと、愛おしく眺めている自分に気付いて、有紗はまたしても罪悪感を募らせた。

有紗は、そのまま保育園から近所の小児科に花奈を連れて行った。熱は抜歯のせいではなく夏風邪らしいというので、ひと安心する。

受付で会計を待っている間に、メールが届いた。今時、メールで遣り取りをしているのは高梨だけだから、それだけで激しく動悸がした。有紗は、花奈が気付いていないかどうか確かめてから、そっと覗いた。すると、実家の母親からだった。有紗は苦笑してメールを開いたが、意外な知らせだった。

瀬島のお母様が、今日亡くなられました。享年七十四でした。

あなたは来る必要はないだろうけど、一応、葬儀の日程を書きます。
お通夜は明日の夜六時から。告別式は明後日の十一時から。
いずれも、安養寺でやるそうです。
お父さんは、告別式に出席すると言っています。
時間のある時に電話ください。

もう関係のない人と思っても、雄大の祖母なのだから未だ繋がりはあるのだった。雄大を産んだ後、喜んだ元姑に何かと世話になったことを思い出す。あの頃は、鉄哉の兄も生きていて、姑は充実していた。

「ママ、メール誰から」

目敏く花奈に訊かれて、有紗は正直に答えた。

「新潟のお祖母ちゃんからよ」

「へえ、何だって？」

言葉に窮した。何も言わずにいると、「見せて」とスマホを取ろうとする。差し支えなかろうと画面を見せると、漢字がわからないので顔を顰めている。

「何て書いてあるの」

「知ってる人が亡くなったの」

「お葬式？」

「そうよ」

「ママも行くの？」

花奈の目の白目の部分が澄んで美しいのに驚く。この目には嘘は吐けないと思う。

「行かない」

「パパは？」

「パパも行かない」

「お金は出すの？」

香典のことか。思ってもいなかった。

帰宅して花奈を寝かしつけてから、実家の母親に電話した。母親は電話を待っていたと見えて、すぐに出た。

「お母さん、久しぶり。瀬島のお母さん、亡くなったのね。びっくりした」

「そうなの。突然だったからね。どこも悪くなかったらしいけど、農場で作業中に、突然倒れたんだって。心筋梗塞だって聞いた」

「誰に聞いたの？」

「サッカー関係よ」

母はあまり詳しく言わなかったが、やはり、雄大と同じサッカークラブにいる甥の方から入った情報らしい。

「私、行かなくていいよね？」

「いいんじゃないかしら。お父さんだって行く必要はないんじゃないかと思うけど、一応、孫もいるんだしね」

「すみませんね」

なぜか、こんな時に謝ってしまう。

「いいわよ。あの人も元気だったのに、こんな最期だとはね。人生、何が起きるかわからないわね」

母は、有紗が苛められたことを知っているから、複雑な物言いをする。

「そうね。お母さん、お香典も出さなくていいかしら」

「要らないでしょう。あんたを追い出しておいて」

母は当時の恨みを思い出したのか、次第に激越な調子になっていく。いつまで経っても親は親なのだと思う。

電話を切った後、高梨からは何の連絡もないことに改めて気付き、有紗はうろたえた。

5

その夜、俊平は珍しく酒を飲まずに早く帰宅した。もっとも、早い帰宅とは言っても、有紗と花奈は夕食を終え、花奈はすでにベッドに入っている時間だった。

「ご飯は?」

「食べたよ」

俊平が誰とどこで何を食べたのか、詳しく知ろうとは思わない。前はよく訊いたものだが、答えはいつも同じだった。「仕事関係」。それだけですべてを察しろ、ということだ。接待するかされるか、はたまた同僚との付き合いか。そのすべてが「仕事関係」という語で表される。

俊平は、先日の朝帰りを気にして、早く帰るようにしているのかもしれない。が、ほとぼりが冷めれば元に戻るだろう。有紗は、むしろ食事の支度をせずに済むことにほっとした。

花奈が風邪を引いて、保育園を早退したことと、元姑の死を告げる。

「お母さんから聞いたんだけど、瀬島のお母さんが、今日亡くなったんだって」

「瀬島のお母さんて?」

ぴんとこない様子なので、有紗は子供部屋の方を窺ってから、小声で答えた。

「ほら、私が結婚していた」

俊平はポケットから出した財布やスマホなどを食卓の上に置きながら、驚いた顔をした。

「そうか。それで、いくつだったの」

「七十四歳だって」

「まだ若いね」

「そう。突然だったらしいの」

するとと、俊平は意外なことを言った。

「お葬式に行くんだろう？」

「行った方がいいかしら」

有紗が迷うように言うと、逆に不思議そうに訊き返された。

「行かないつもりだったの？」

「だって、縁が切れてるじゃない」

俊平は上着を脱いで食卓の椅子の背に掛けながら、有紗の目を見た。

「縁が切れてたって、俺は行った方がいいと思うけどな」

「確かに迷うところだけど、もう関係がなくなった人でもあるわけだし」

俊平の声を聞いて、花奈が起きてこないとも限らない。有紗は小声で囁いた。

「関係ないってことはないじゃん。息子がいるんだし、曲がりなりにも、姑だったんだからさ」

「そうだけど」

続く言葉を呑み込みながら、有紗は言葉を切った。

「姑」という語を、男はいとも気軽に口にする。女にとって、夫の母親というだけで、どれだけの思いが交錯するかも知らずに。

有紗は、鉄哉の母親の厳しい横顔を思い出した。あの人は長男を喪った悲しみを、雄大を自分のものにすることで解消しようとしたのだ。そのことに気が付いた時、鉄哉がなぜ自分の味方をしてくれないのかと、有紗は強い不満を覚えたものだ。有紗たち夫婦の不仲を後押ししたのは、他でもないその人ではなかったか。

しかし、彼女は亡くなったのだ。それも農作業中、突然に。ブドウ狩りの観光客を相手に、慣れない食堂の運営も任されていたのだから、さぞかし疲れも溜まっていたのだろう。

不意に、有紗は涙ぐんだ。元姑の死を引き金に、当時の苦しみが蘇り、さらに、高梨との、後味の悪い別れとも何ともつかない、今日の出来事を思い出したからだった。縁ある人の死を契機に、おのれの恋愛模様を嘆くなんて。そのことに罪悪感を抱きながら、有紗は涙を拭った。

「どうしたの」

俊平に問われ、有紗は照れ笑いで誤魔化した。

「いろんなことを思い出した」

俊平は何も言わずに、慰めるように有紗の肩をぽんぽんと叩いた。そうじゃない、私は今日、あなたを裏切りそうになったのだ。有紗は反射的に身を縮める。

「いずれにせよ、息子にも会えるじゃない。雄大だっけ？　その子、もう中学生なんだろう。会ってきたらどう」

俺も一緒に会いに行く、とは言わない。雄大の存在を花奈にも話した方がいい、と無茶なことを言ったくせに。

「あなたは行かないんでしょ？」

「俺が行くのは、筋じゃないと思う」と、首を傾げた。

もっともと思いつつも、有紗も首を傾げる。

「そうなのかなあ」

俊平が明るい顔で言う。

「でもさ、この機会に、花奈は町田で預かってもらって、有紗は里帰りすりゃいいじゃん。最近、帰ってないだろう」

確かに、来週からは歯科クリニックの仕事が始まる。そうすれば、簡単に花奈を町田に預けに行ったり、引き取りに行くこともできにくくなりそうだ。だったら、思い切って告別式に参列して、雄大の顔を遠くからでもいいから眺めよう。状況によっては、母親だと打ち明けてもいいかもしれない、と有紗は気持ちを固めた。

翌朝、花奈の熱が下がっているのを確認して、有紗は町田の俊平の実家まで連れて行った。俊平の母親の晴子は例によって、有紗をそっちのけで、花奈に相好を崩している。

「花奈ちゃん、お祖母ちゃんのうちにようこそ。タワマンなんかに帰らないで、ずっとずっと、いてちょうだいね」

舅の古稀祝いに欠席した有紗への意趣返しかと思わなくもなかったが、有紗は笑みを作って黙っていた。

「ほら、あそこ、見えるでしょう。ここから、あの新しい小学校に行こうよ」

晴子は、玄関先からも見える、新校舎になった公立小学校を指差した。古い学校を取り壊して、耐震建築の近代的な校舎に生まれ変わったのだった。

「あれ?」

花奈が不審な表情をすると、嬉しそうに答えた。

「そうよ。あそこはね、パパも通った小学校なのよ」

俊平も通った小学校と聞いて、有紗も振り返って校舎を眺めた。白い鉄筋コンクリートの三階建て校舎が、太陽の光を浴びて眩しかった。

「ずいぶん立派ですね。それに、あそこなら近いし」

「そうなの。歩いて二分。便利よー」と、晴子は上機嫌で答えた。

「花奈、行きたい」

最近、大人に調子を合わせることを覚えた花奈がはしゃいで答えると、晴子は花奈を抱き締めた。

「行けるといいわね」

有紗は晴子に一礼して、花奈に手を振った。

「じゃ、お願いします。花奈ちゃん、明日迎えに来るね」

バイバーイと手を振った後、いそいそと祖母の家に入る花奈の小さな背中を確かめ、駅への道を急ぐ。

一人きりになった途端、高梨に会いたくて心が疼いた。その疼きをどうやって収めたらいいかわからず、いっそ謝りのメールをしようかと、何度もスマホを取り出しては考えるが、やはり高梨からの連絡を待つ以外にないと思い直すのだった。

もし、それで何もなければ諦めよう、と思う。来週会う約束もあったけれど、それも高梨から言ってこなければ、やめにするしかないと決意する。高梨の言う通りで、一線を越えた後ならば、引き返せなかったかもしれない。

急ぎ帰宅して、喪服を持って東京駅に向かう。東京駅で、両親と、同居している兄一家への土産を買った。サッカーグッズを売っている店があったので、ほんの一瞬、雄大への土産を買おうかと思ったが、告別式に行くことを考えてやめにする。

上越(じょうえつ)新幹線の自由席から、美雨ママにＬＩＮＥした。

元姑さんが亡くなったので、これから新潟に行ってきます。
洋子と行った時以来です。
雄大を遠くから見るのが楽しみ。

急に胸の中で、期待と落胆とが同時に膨れ上がった。就学前の娘だけでなく、自分には中学生の息子がいるのだ。離れて暮らすことさえなければ、豊かな人生と言えなくもない。

しかし、三歳で別れた息子は、自分の顔を覚えていないに違いない。この際、本当の母親だと名乗り出たい気持ちが強くなり、それは一種の破壊衝動かとも思う。

破壊衝動ならば、いっそ高梨に謝って、また会う約束を取り付ける方が、より破滅に向かう道ではないか。そう思って、有紗は一人苦笑いをした。誰にも知られることのない、密かな絶望。高梨と会える希望が自分を生かしてもいたのだと、これからのことを苦く思う。

それはご愁傷様。

あの厨房にいた人だよね。覚えてるよ。雄大君を抱き締めて、「あたしがママだよ」って言いなよ。

美雨ママはさすがに過激だ。告別式でそんなことできるわけがない。第一、雄大を傷付けてしまう。それでも有紗は微笑みながら目を閉じて、上越新幹線の揺れに身を任せた。

夕刻、新潟市内の実家に着くと、両親と兄の久志(ひさし)夫婦に出迎えられた。雄大の従兄弟になる甥たちは、さっと姿を見せたきり、恥ずかしがって自室に籠もってしまった。

両親と三人で出前の鮨を食べた後、父親が少しの酒に酔って寝てしまったので、有紗は母親と二人きりで話をした。

俊平がアメリカに行ったきり、連絡さえ取れなくなった時は、よく上京してきて花奈の面倒を見てくれた母親も、俊平との夫婦仲が落ち着いたと思ったのか、まったく新潟から出なくなった。

「最近、新潟から出たのは、ハワイに行った時だけね」

母親が笑った。去年、友人らと行ったハワイ旅行がよほど楽しかったと見えて、写真店でもらう簡易アルバムの写真を見せながらの説明がまったく止まらない。

有紗は、これも親孝行かと頷きながら聞いていたが、久しぶりに会う父親の老化が気になった。数年前までごま塩頭だったが、今は真っ白だ。以前より痩せて、顔色も悪い。また機嫌も悪く、兄嫁に申し訳なく思うほどだった。

「お父さん、老けたね。機嫌悪いし」

「ああ、あの人、肺ガンなのよ」

母親がこともなげに言い放つので驚いた。

「治療しているの？」

「もちろんよ。大学病院に行ってる。今は抗ガン剤治療で小さくしてるの。二クール目に入ったところ」

「何で知らせてくれなかったの」

有紗は責めるように言ったが、母親は肩を竦めた。

「知らせたって、何もできないでしょう。余計な心配かけるだけだから、お父さんが知らせるなって」

「そうだけどさ」

確かに、離れて暮らす子供ができることなど何もなく、心構えをするくらいしかない。それでも、兄の久志は知っているのだから、水臭く感じられる。

「それより、俊平さん、最近どうなの？」

母親が眉を顰めて訊いてくる。音信不通になって有紗母子を放置した時点で、有紗の両親は俊平を心の底から信頼するのをやめたようだ。一時は両家を巻き込んで、離婚という騒ぎにまでなったのだから、無理もない。

「どうなのって、変わらないけど」

「ちゃんと帰ってくるの？」

母親が、ドイツに旅行に行った友人からの土産だというハーブティーを、マグカップに淹れてくれた。カップは有紗が娘時代から使っているものだ。嗅いだことのないハーブの香りが、老夫婦のくすんだ居間に漂った。

「いい香り」と、有紗はハーブティーの匂いを嗅いでから答えた。「大丈夫。普通に帰ってくるし、いいパパになったよ」

「安心したわ」

母親はそう言って、有紗が土産に持ってきたバウムクーヘンを口に入れた。

「何ごともないよ。私は仕事決まったし」

母親に、歯科クリニックの受付の仕事をすることに決まったと話す。

「それはよかったね」

「私が仕事しないと、俊平が町田に引っ越すって脅すから仕方なく」

ふざけて言ったつもりだったが、どこか切迫していたらしく、母親が顔色を変えた。

「それ、岩見のお母さんが言わせてるんじゃないの？」

「それは違うと思うけど。お母さん、考え過ぎだよ」

「でも今回、花奈ちゃんは連れてこなかったのね。楽しみにしてたのに」

突然、母親が恨み節のように言うので、有紗の口調は自然、言い訳のようになった。

「夏風邪引いてるから、あまり遠くに連れて行きたくなかったの。だから、町田で預かってもらってる」

「会えると思ってたから、がっかりだわ」

母親は失望を隠さない。俊平のネグレクトのことでわだかまりを持っているらしく、晴子のことはあまりよく思っていないのだ。

「ごめんね。夏休みにでも連れてくるね」

「そうしてよ。お父さんもいつまで元気かわからないから」

必死に言われて、有紗は「縁起でもない」と、母親を窘めた。しかし、母親も七十歳近くなって、急に遠慮がなくなったようだ。

「有紗の結婚相手って、鉄哉さんも俊平さんも、ちょっとあれ、何て言うの。ほら、ダメンズっていうやつじゃないの」

よく、そんな言葉を知っていると苦笑しつつも、はっきり言う母親が少し不愉快だった。

「二人ともダメンズってほどじゃないけど」

心底好きではないのかもしれない、という言葉だけは、口が裂けても言うまいと唇を噛み締める。

「二人とも、ちょっと母親に弱いかな」

「ほらあ、やっぱりね。マザコンだあ」

母親が勝ち誇ったように言うので、同居している兄嫁は、どんなに両親のことが嫌だろうかと気に掛かるのだった。

告別式は、市の西端にある寺で行われるというので、有紗と父親は、兄の久志が運転する車で午前十時過ぎに家を出た。兄も、鉄哉と息子たちのサッカーの試合で会うことがあるから、列席するという。

「お兄さん、雄大はどんな子になったの」

「ん？　雄大？」

思い切って訊いてみると、兄はバックミラー越しに視線を寄越した。兄は父と同じ、市役所に勤めている。四十歳を過ぎて太り始め、母親に面影が似てきた。

「背がひょろひょろ伸びて、ちょっと痩せてるかな。まだ肉が付いてないけど、なかなか可愛いよ」

「勉強ができるらしいよ」

助手席に座っている父親が呟いた。

「いい子に育っているから、安心しろよ」と兄。

「雄大は、お兄さんが伯父さんだって知ってるの？」

「もちろん知ってるよ。豊一郎のことも、従兄弟同士だって知ってる。だから、二人は仲がいいよ。あの子も家じゃ妹二人だから、物足りないんじゃないかな。しきりにうちに来たがってるって聞いた」

豊一郎というのは、兄の息子のことだ。有紗は驚いて、思わず声を上げた。

「じゃ、雄大はいろんなこと知ってるの？」

「もう、大きくなったし、俺たちとの付き合いもあるから、鉄哉さんが話したんじゃないかな」

兄が喪服のネクタイを少し緩めながら言う。別れた夫と兄が、母親の自分には何も知らせずに結託しているようで不快だった。

「知らないで気を揉んでいたのは、私だけだったのね」

独りごとのように呟くと、父親が痩せた顔を巡らせて有紗の顔を見た。

「母親は絡まない方がいい」

「どういうこと？」

ムキになって訊くと、父親は前方を向いたまま答えない。

「雄大は、何でも話せるような男兄弟的な存在が欲しいんだよ。伯父さんとか従兄弟とか」

「母親は要らないってこと？」

「要らないっていうか、そういう時期じゃないんだってこと」

しつこい有紗に、兄が苛立ったように説明した。せっかく来たのに、雄大と二人きりで会う機会はなさそうだ。有紗は意気消沈して後部シートに沈み込んだ。

6

寺の庭は樹木が生い茂って、蟬時雨(せみしぐれ)がうるさいほどだった。有紗は喪服のワンピースの裾に、虫除けのスプレーをかけた。

瀬島家の菩提寺に来たのは、鉄哉の兄が急死した十年前の早春以来だ。あの時、誰もが沈鬱だったのは、若い跡取り息子の急死という悲劇に打ちのめされていただけでなく、古寺の暗がりと寒さにもあったはずだ。しかし、今は寺も改築されて、鉄筋コンクリート造りの明るい斎場が併設されていた。

父と兄の間に挟まれるようにして、斎場のパイプ椅子に腰掛けた有紗に、親族席に座った鉄哉が視線を向けたのがわかった。鉄哉の両隣には、まるで二十代にしか見えない妻と、学生服を着た雄大が座っていた。雄大の横には、母親違いの妹が二人。有紗は鉄哉の家族に、そっと頭を下げた。

雄大は有紗に気付かない様子で、祖母の遺影を見上げている。母から送られてきた写真では、雄大は鉄哉に似てきたと思ったが、横顔は自分にそっくりだ。特に、鼻梁と唇のカーブが同じだった。有紗は、雄大の視線を追って、元姑の遺影に目を遣った。生前は眉間の縦皺が目立つきつい顔をしていたが、遺影はふっくらとして優しい。

出棺の前に、高齢の元舅が訥々と挨拶した。

「節子は丈夫な人で、風邪で寝込んだこともありません。亡くなった日も何も変わった様子はなく、普段通り朝食を食べてから、畑の草取りに出かけました。私はいつもより血圧が高かったものですから、家でずっとテレビを見ていました。昼飯の時間なのに帰って来ないなと、ちょっと苛々しながら時計を眺めてたんです。その時、倒れたという知らせがきたので、びっくりしました。駆け付けましたが、間に合わなかった。いつもは一緒に作業するのに、その日だけは別だったことが悔やまれます。でも、あまり苦しまずに、畑で息を引き取ったのは、いかにも働き者の母ちゃんらしいなと思いました。最近太ったんですが、今思えば、あれはむくみだったんですね。真夏はきつかったろうから、もっと労ってやればよかったと後悔しています。節子は倒れた時に、『ケンチャン』と叫んで立ち上がろうとしたそうです。亡くなった健司が迎えにきてくれたんでしょうか。だとしたら、節子はやっと健司のそばに行けて、幸せなのではないかと思います」

健司とは、鉄哉の兄の名だ。有紗は遣り切れなくなって目を閉じたが、涙は出なかった。

鉄哉はしきりに涙を拭っている。雄大はそんな父親を珍しいものを見るかのように眺めている。

出棺が済んで、有紗は人混みに紛れるようにして外に出た。冷房の効いた斎場で冷え切った体が、炎天に炙(あぶ)られてようやく温まってくる。もうじき汗が出ると思った時、控えめな若い声がした。

「すみません」

雄大が立っていた。ひょろひょろと痩せているが、背は有紗と同じくらいだ。声変わり中らしく、掠れた低い声だった。

「お母さんですよね？」

「そうです」と、驚いた有紗は頷いた。

「僕が小学生の時、うちに会いに来てくれたでしょう。あの後、お父さんに教えてもらいました。あの人がお母さんだよって」

「そうだったの。言わなくてごめんなさい」

「いいんです、わかるから」

「わかるって何が？」

「だって、ドラマじゃないんだから、言いにくいでしょ？」

大人びた言い方をする雄大に、有紗は思わず笑った。

「確かにそうね」

「今のお母さんは、僕が小学一年の時にお嫁に来たから、本当のお母さんがどこかにいるっていうのは知ってました。後でお父さんに聞いた時、そんなこと全然隠す必要ないのに、と思った」

息子の率直さと聡明さが好ましく、涙はまったく出なかった。

「そうよね。正直に言えばよかったと思う」

雄大は好奇心を隠さずに訊いてくる。

「あのう、お母さんは、東京で何してるんですか？」

「結婚してるの。五歳になる妹がいるのよ」

「こっちも妹かあ」と、雄大がちらりと妹たちの方を振り向いて言った。

「そう」と、苦笑する。

「名前なんていうの？」

「花奈。お花の花に、奈良県の奈」

へえ、と中空に字が書いてあるかのように、雄大があらぬ方を見る。

「お母さん、携帯の番号教えて。東京に行くことがあったら連絡するから」

雄大はポケットからスマホを取り出して、有紗の告げる番号を素早く打った。すぐに電話をかけてくる。

「これ、僕の番号。登録しておいてね」

登録を終えた途端、脇から骨張った手が有紗の携帯に触れて奪おうとした。驚いて見ると、父の手だった。

「写真撮ってやるから、そこに並んで」

父が、雄大と二人並べ、という仕種をしている。まさか老いた父が写真を撮ってくれるとは思ってもいなかったから、嬉しかった。雄大と並ぶと、雄大の方が少し大きかった。

「お祖父(じい)ちゃん、僕のでも撮って」

雄大が自分のスマホも有紗の父親に渡す。これで二人のスマホそれぞれに、母と息子の写真が残る。有紗は、帰ったら花奈に見せようと思った。

「じゃ、行くから」

雄大が、火葬場に向かう車列を振り返って言った。

「うん。東京に来る時でなくても、たまには電話ちょうだい。声が聞きたい」

「はい、わかりました」

雄大ははっきり返事をすると、両親のところに戻って行った。鉄哉夫婦は、雄大が有紗と話し終わるまで、火葬場に行く車に乗らずに待っていたようだ。

別れた息子との再会は、有紗の予想を遥かに裏切って楽しいものだった。互いに辛い時期が過ぎて、現実と馴染んだ結果なのだろうか。

考え過ぎていた、と有紗は反省した。雄大は親の思惑とは関係なく成長してゆく。これから反抗期を迎え、親が嫌いになったり、捨て去りたいと思ったりするのだろう。自分がしたように。

一緒にいられないのは残念だが、親子であることに変わりはないのだから、これでいい。有紗は、自らの思い込みから解放された気分になった。罪悪感を抱いたり、反省する必要はない。自分は思うように生きよう。

実家に戻って喪服を着替え、雄大と撮った写真を眺めながら、母が用意してくれたへぎ蕎麦の昼食を食べた。

「今度は花奈ちゃん、連れて来てね。でないと、町田に行っちゃうかもしれないから」と晴子への対抗意識を隠さない母に別れを告げ、タクシーを呼んでもらって新潟駅に向かう。

駅で新幹線の時刻表を見ながら、有紗は思い切って高梨に電話をかけてみた。

電話はしばらくコールを鳴らした後、留守電に変わった。赤坂での出来事で、高梨は優柔不断な有紗に腰が退けたのかもしれない。いや、優柔不断は高梨の方か。そう思うと落ち込みそうになったが、何とかメッセージを吹き込んだ。

「有紗です。一昨日はすみませんでした。混乱して、考え過ぎました。せっかく会えたのにごめんなさい。今日の夜、会えませんか？　会ってお話ししたいです」

返事はこない。返事がこないうちは、新幹線に乗る気がしなかった。東京に着いても連絡が取れなかったら、町田に花奈を迎えに行くしかなくなる。

何とか新潟にいるうちに、連絡を取りたかった。しかし、メールも電話も鳴らない。

三十分ほど待った有紗は、とうとう四時過ぎに発車する上越新幹線のチケットを買って、駅前のスタバに入った。発車十五分前になり、仕方なく立ち上がって駅に向かう。

もう高梨からの連絡はないだろう。諦めた時に、ようやく電話が鳴った。

「もしもし、高梨です」

声を聞くとほっとして、身内からこんこんと歓びが湧き上がってくるようだった。有紗が何も言わないので、高梨が喋った。

「すみません、打ち合わせ中で出られませんでした。留守電ありがとう。あなたは怒っていると思って、連絡できなかった。僕もあの後に」

有紗は途中で遮った。

「いいんです。お仕事中にごめんなさい。突然だけど、今日会えると嬉しいです。どうかしら」

面倒なことは何もかも素っ飛ばして、畳みかけるように言う。気が急(せ)いていた。高梨にどうしても会いたい。目を見て話したかった。

「大丈夫です。予定は変えられるから」

気圧されたかのように、高梨が慌てて答える。

「ごめんね、勝手を言って。何か焦ってる」

高梨がふっと笑ったようだ。

「どうして」

「ルールを破りたくて仕方がないの」

「誘惑するの？」

「はい」悪びれずに答える。

「いいですよ、嬉しいです」高梨はそう言って言葉を切った後、不思議そうに訊ねた。「今、どこにいるんですか？」

東京とは違う空気を察したのだろうか。それとも、駅のアナウンスが聞こえたのか。

「新潟にいます。これから東京に帰るところなんです」

「新潟？　ご実家ですか？」

「そうです。姑だった人が亡くなったので、お葬式に来てます。いろいろ考えたので、あなたに話したいと思って」

葬式帰りに高梨と会うなんて、不謹慎だろうか。いつもの有紗だったら躊躇ったかもしれないのに、平然と言葉が出る。

「じゃ、知らない街で会いませんか？」

高梨が楽しそうに言う。

「知らない街？」

「ええ。高崎とか行ったことないから、行ってみたい。どうですか、あなたはある？」

「いえ、通り過ぎるばかりで一度も降りたことはないです」

「じゃ、そこにしましょう。ビジネスホテルでもいいですか。あるいはラブホでも構わない？」

「もちろん」

「泊まってもいいんですか？」

「ええ。今日しかできないから、電話したんです」

「わかりました。これから準備するから、高崎駅で六時頃に会いましょう。何とか間に合うと思います」

確か、有紗の乗る新幹線は五時半過ぎに高崎に停車するはずだった。

「私の乗る新幹線は、『とき334号』です」

「334号ですね。着いたらメールください」

「はい、じゃ、後ほど」

声が弾んだ。わだかまりのあった人物が亡くなり、気がかりだった息子に会って話し、そして、自分は掟を破る。爽快と言ってもいいような、これまで自分を縛っていた鎖が解けていく感覚があった。

歩きながら、晴子に電話する。

「もしもし、有紗です」

「有紗さん？　何時頃、お迎えにいらっしゃる？」

晴子は少し低い声で問う。

「すみませんが、もう一泊することになりました。もう少し父のそばにいたいような気がして」

「お父様、どうかなさったの？」

晴子が慌てたように訊ねる。

「いえ、何でもないのですが、父に肺ガンが見付かったとかで母が落ち込んでいます。会える時にもう少し、と思って」

「あら、そう。それは大変ねえ」

「ええ、でも、本人には言わないでくださいね。まだ告知していないらしいので」

「わかってますよ」

嘘を吐いている。単に、実家に確認の電話をしてほしくないから言っているだけなのだ。

自分はこれからもたくさんの嘘を限りなく吐くに決まっていた。有紗は一瞬怯えたが、その怯えに勝る歓びが今、身内にあった。

「というわけで、明日早く帰るようにしますので」

「こちらは大丈夫ですから、気になさらないでね。ご実家でゆっくりしてきてね。お父様、お大事になさってね」

「ありがとうございます」

ホームに上がると、新幹線はすでに入線していた。冷たい茶を買って指定席に座り、今度は俊平にＬＩＮＥする。


父の体調が悪いので、新潟にもう一泊します。

お義母さんには花奈をもう一日預かってくれるようお願いしました。

明日、早めに帰りますのでよろしく。


さっき母から聞きました。

了解です。気を付けて。


晴子と俊平のホットラインは相変わらずだ。有紗の電話の後、晴子がすぐ俊平に知らせたらしい。高梨の母親は、どんな人だろう。今日、訊いてみようと思うと、また高梨と会える歓びが溢れた。

歓びは怖れや逡巡を消し去るほどのパワーがある。それが恋なのかと、有紗は初めて得心したような気がした。鉄哉も俊平も好きだが、これほど焦がれたことはなかった。

新幹線が高崎駅のホームに滑り込む、ちょうどその頃、西の空が真っ暗になった。これから激しい夕立がきそうだ。駅で足止めを食うと困る、と有紗は心配になりながら降車の準備をした。

ホームに降り立った時、ザーッと激しい雨の音がした。夕立が通り過ぎていく。すると、目の前に男が立った。男は白いシャツに淡いグレイのパンツ姿で、ジャケットを手にしている。ああ、このスーツの色は雨が黒い染みになるだろう、気の毒に。有紗はそんなことを考えていた。

「迎えに来たよ」高梨だった。

「そのスーツだと、雨が染みになりそう」

関係のないことを口走る。

「あなただって、サンダルじゃないか」

雨に弱いエスパドリーユを履いていることをすっかり忘れていた。さっきから、上の空の自分がいる。

「まずホテルに行ってから、どうするか決めよう。あなたとどこで何を食べて、何を飲もうか、それればかり考えていた」

高梨は、有紗が提げているナイロンバッグを持ってくれた。喪服と葬祭用のシューズやバッグは、実家から宅配便で送ってあるから、替えの下着やトップス、化粧品くらいしか入っていない。

有紗は新幹線のホームから、雨に煙る街を眺めた。駅の周辺は高いビルや歩道橋が目立つ。高梨が駅のそばに建つ白いビルを指差した。

「あのホテルを取った。ビジネスホテルだけど、構わない？」

有紗は頷いた後、小さな声で呟いた。

「ええ。掟を破りたいんだけど、構わないでしょう？」

「破ろう」

「その後、どうなるのかしら」

「破ってから考えよう」

高梨と手を取り合って、駅の階段を下りた。改札を出て地下道を行き、雨の飛沫(しぶき)が降りかかる通路を歩き、どこをどう通ったかわからないうちに、ホテルの前に出た。

「何とか濡れずにきたね」

西の空はすでに明るくなっている。高梨がチェックインを済ませる間、有紗はスマホの写真を眺めていた。雄大と自分のツーショット。並んでいると、親子だとわかる。もしかすると、この写真を撮ってもらったから、自分は自由になったのではないだろうか。それがたとえ一瞬のことで、他人には到底わからない自由だとしても。

「何を見てるの？」

高梨が後ろから覗き込んだ。

「息子の写真」

「へえ、この子があなたの息子さん？」

高梨が興味を抱いたらしく、スマホを奪って眺め入っている。

「今日、お葬式で会えたから、撮ってもらったの」

「あなたに似ている」

高梨の言葉に、有紗は深く頷いた。

7

シングルベッドがふたつ、窮屈に並んでいる。でも、ベッドカバーは遮光カーテンと色を合わせた濃いベージュで、シーツも枕も真っ白で清潔感があった。高梨がほっとした顔をした。

だが、部屋がどんなだろうと、自分はたぶん何とも思わないに違いない。有紗は、それほどまでに、高梨との逢瀬（おうせ）を望んでいた自分の心に驚くのだった。

俊平がアメリカから帰国して親子三人の生活が始まっても、どこか空疎な気持ちが消えなかったのは、夫婦の関係を築き上げるべき時に、身も心も離れて別々に暮らしたせいかもしれない。その溝を埋めることは、どうしてもできなかった。

花奈と二人だけで過ごした暗い日々は、自分たち夫婦に取り返しのつかない傷を残したらしい。俊平にそのことを言えば、きっとまた、有紗が前の結婚のことを黙っていたと責めるに決まっていた。行き違ってばかりいる夫婦は、花奈を育てるための器でしかないのだろうか。

「何を考えてるの」

ベッドの横に立ってぼんやりしている有紗を、背中から覆うようにして高梨が抱き締めた。背後から強引に口を吸われる。誰にも言えない情事は、すでに始まっていた。

「何も考えていない」

逃れるようにして、ようやく唇を離して答える。

「後悔しているのかと心配になった」

今度は首筋に高梨の唇が這う。たちまち、鳥肌が立った。震えながら問う。

「この間のあなたみたいに？」

「びびってたんだ。あなたが本当に好きだから」

すでに硬くなった高梨の性器を腰の辺りに感じた途端、力が脱けた。トップスの背中のボタンを、高梨が外し始める。トップスは、腕からそっと抜かれた。パンツのサイドファスナーは自分で下ろしたが、ブラのホックも高梨が外した。

裸になって激しいキスを交わしているうちに、いきなり貫かれた。俊平とは半年以上セックスレスだったので、軋むような痛みに少し喘ぐ。

「今日は大丈夫なの？」と、高梨が動きながら耳許で囁いた。

やはり、互いにパートナーのいる身だと思い知りながら頷く。

「大丈夫」

息が切れる。男の体は、骨も身も皮膚も何もかもが重くてごつい。この中に何が詰まっているのだろう。その体の厚みが好もしくて、有紗は高梨を抱き締めた。硬い筋肉の感触に、自分がようやく大人の女になって、大人の男と愛し合っているのだと実感する。

きっと、美雨ママも同じ気持ちだったのだろう。美雨ママに堕胎を勧めた時、激しい拒否反応を示して、『知られたら、皆に後ろ指さされるようなことをしなきゃ駄目なの。でないと、あたしは信頼できない』と怒った理由がやっとわかった。

二人で果てると、高梨が荒い息を吐きながら謝った。

「ごめん、シャワーも浴びなかったね」

「いいの。私もしたかったから」

二人で目を合わせながら、再び長いキスをした。ふと目を上げて、窓の方を見た高梨が言った。

「暗くなってきた。食事に行かなきゃ」

ホテルの窓から見えていた、はるか向こうの山の稜線が闇に溶け込み始めた。

「お腹が空いたね」

「何を食べようか」

「だるま弁当とか」

「駅弁だよ、それ」有紗の冗談に高梨が笑う。「今日は昼飯、何を食べたの？」

「お蕎麦だった。あなたは？」

「俺は社食の焼き魚定食」

「お魚は何だったの」

「さあ、何だっけな。サバかアジ、どっちか。よくわからなかった」

有紗は高梨という男を可愛いと心底思う。立ち上がろうとする高梨の腕を押さえた。

「待って。もうちょっとこうしていたい」

「いいよ」

高梨が再び腕の中に有紗を囲って抱き締める。しばらく二人で黙って抱き合っているうちに、有紗は寂しくて堪らなくなる。

「今晩だけなのかしら」

「いや、決めるのはよそう。どうせ、自分たちが裏切るんだ」

高梨の手が有紗の頬を撫でる。有紗はその手を摑んで、自分の頬に押し付けた。

「愛してる」

言葉が勝手に口から飛び出して、自分でもびっくりした。

「俺も愛してる。誰よりも好きだ」

有紗は頷いた。わかっていた。高梨は自分を愛している。

不倫なんて自分には縁がないと思っていたのに、美雨ママといぶパパの恋愛を批判的に見ていることだってあったのに、高梨とは寝ないと決めたのに、自分はいとも簡単に戻れない橋を渡ってしまった。だが、高梨にとうとう抱かれたことに、怖ろしいほどの満足感があった。

「私たち、出会わなければよかったのかな」

有紗が呟くと、高梨が有紗の頭を抱えて髪に口づけをした。

「いや、よく出会ったと思う」

「そうね」

いつの間にか、抱き合ったまま、うたた寝をしていた。はっと気付くと、外は真っ暗だ。

「早く食事に行こう」

　二人で、あちこちに散らばった服を拾い上げては笑い合った。ルールを破って一線を越えた後悔など微塵もなく、なるべくしてなったのだという確信だけがあった。その確信の強さが、少し怖かった。

　有紗は化粧を直してから、高梨と連れだって夜の街に出た。高梨がネットで調べた居酒屋に入り、日本酒を飲んだ。

　二人で知らない夜の街をそぞろ歩く。誰も見知った人間がいないと思うと、気が楽だった。途中で見付けたコンビニで、缶ビールを買う。ついでに、高梨が替えの下着を買った。

「急に泊まりになったから、持ってないんだ」

「私が急に誘ったからでしょう。ごめんね」

「いや、嬉しかったよ。約束も全部キャンセルして来た」

　しかし、有紗の心には、夜に溶け込んだ山の稜線が闇の中に存在するように、いずれこの恋愛のツケが回ってくるであろう、という予感もあった。それは、いったいどんな形で、現れるのか。不安は募ったが、高梨との二人きりの夜は、何ものにも代え難い歓びに満ちていた。

　十時前にホテルに戻り、有紗が先に狭いユニットバスを使った。ドライヤーで髪を乾かしていると、高梨がドアを開けた。何の用かと振り返る。

「今、あなたの携帯の音がしたよ。たぶん、ＬＩＮＥだろう」

俊平からか、と慌ててドライヤーを止めた。

「ありがとう。ちょっと見てみる」

高梨がまじまじと有紗の顔を見た。

「なあに」

「いや、スッピンのあなたが懐かしいなと思って。前にエレベーターで会ったよね」

あれは、たった一、二カ月前のことだった。まさか高梨に会うなんて思わなかったから、無化粧でショートパンツ姿だった。

「ご近所ですものね」

不意に、花奈のシャベルが、高梨家のバルコニーに落ちたことを思い出す。あの嫌な手紙は、本当に高梨が書いたのだろうか。あの手紙は、二人の間の黒い染みだった。有紗はその思いを振り払って、ドライヤーのコンセントを抜きながら高梨に向かって言った。

「お風呂、どうぞ」

高梨がシャワーを使い始めた音を聞きながら、スマホをチェックした。すると、芽玖ママからLINEがきていた。有紗は家からのLINEでないことにほっとしながら、芽玖ママと真恋ママの遣り取りを読んだ。

裕美ちゃん、とうとう離婚することにしたんだって。

そして、再婚の噂も。

ええーっ、驚いた。マジすか。相手は誰？

お店どうするんだろう。

相手は今取材中。

離婚後のことを考えて開いたんだろうから、お店はそのままでしょ。

竹光さんは、美雨ママと結婚するつもりなのかな。

すごいどんでん返し。にしても、意外過ぎる展開にビックリです。

真恋ママと芽玖ママのＬＩＮＥは、それきり途切れていた。二人とも、有紗が既読マークを付けながら、返信を寄越さないのを不審がるだろう。有紗から、美雨ママ側の情報を知りたがっているに決まっていた。

どうでもいい。有紗は、スマホをバッグに仕舞いかけたが、思い直して雄大とのツーショットを眺めた。そして、アルバムに大量に入っている花奈の幼い頃からの写真。愛しい息子と娘。でも、今夜、ママは好きな男と一緒にいたい。

有紗は、ベッドで高梨を待った。やがて、高梨が髪を濡らしたまま浴室から現れた。さっきコンビニで買った、チェックのトランクスを穿いている。妻には、急な出張が入ったと言い訳したらしい。

「ビール飲む？」

高梨は、有紗の返事を待たないで、冷蔵庫から出した缶ビールのプルタブを引き起こした。グラスに注ぎ、まず有紗に差し出す。

「ありがとう」

ビールは冷えていて旨かった。高梨がベッドに腰掛けて、同じグラスに口を付けた。

「俺さ、あなたに会った時、俺の会社が危なくて、島根に行くかもしれないって言ったでしょう？　覚えている？」

「ええ、もちろん覚えている」

島根に付き合った女がいる、とも言っていた。そのことは、高梨と愛し合うようになってから、ちくりと刺すような痛みになっている。

「島根に付き合った女の人がいるとも言ってた」

思い切って言ってみる。高梨が島根に行けば、その女と会うだろうと密かに不安だった。だが、高梨は首を振った。

「島根行きはやめにした。あなたに会えなくなるから、本社に何とか残ろうと思っている」

「どうやって残るの？」

「うちの会社は、海外の企業に買われることになっているから、分社化されるんだよ。社内カンパニーのひとつに行く。給料は二百万ばかり下がるらしいけど、仕方がない」

「二百万も下がるのでは大変ね」

高梨が苦笑する。

「失業するよりマシだから、耐えるしかないよ」

それでも、高梨家は妻が働いているから、たいした打撃ではないのかもしれない。有紗は、デパ地下で買い物をしていた、高梨の妻を思い出した。あの時は美しく見えた。

「銀座のデパ地下で、奥さんに会ったことがあるわ。あなたの好きなお豆腐買ったって言ってた」

「ああ、知ってる。妻が言ってた」高梨が浮かない表情になった。「あなたのこと、褒めてたよ。若くて綺麗だって」

しかし、高梨の妻には裏切っている申し訳なさより、別の感情の方が強かった。

「でも、私はあなたの奥さんに嫉妬しているのよ」

高梨が頷いてビールを飲み干した。

「俺も、あなたのダンナさんに嫉妬してるよ」

「それがセックスをすることの代償なのね」

「そうだよ。俺たちのことを、あなたのダンナさんが知れば、ダンナさんが苦しみ、うちの妻が知れば、妻が苦しむんだ。そして、俺たちも、互いに嫉妬して苦しむ。いったん関係を持てば、嫉妬の質が変わるんだよ」

「だから、寝ないって決めたのにね」

「いや、寝よう。抱きたい」

高梨が、ビールグラスを音高くテーブルに置いた。有紗はいきなり高梨の腕に抱き寄せられた。高梨は俊平より力が強い。そう思った瞬間、比べるのはよそう、卑怯なことはやめようと、固く目を瞑る。高梨の唇が体じゅうに押し付けられた。思わず、有紗は叫びそうになった。

体を離した後、有紗は高梨の胸に頭をもたせかけた。とくとくと速く打つ心臓の鼓動が聞こえる。

「もう明日のことを考えると辛いの」有紗が言うと、高梨は何も言わずに有紗の髪を撫でた。

「別々に帰るのが悲しい」

「同じマンションに住んでいるのにね。それも、二十八階と二十九階だ」

「部屋の位置はずれてるけどね」

「そうだな」と、高梨が少し笑った。

「あなたは、明日、何時の新幹線に乗るの？」

高梨がスマホを手にした。新幹線の時刻表を見るのだろう。

「七時かな。急いで家に戻って着替えなきゃ。早いから、あなたは、少し寝てから帰ればいい」

「嫌だ、あなたと一緒に帰りたい」

だが、花奈のお迎えは、あまり早い時間に行くと怪しまれる。だから、いったん家に帰ることになるだろう。となると、誰に見られるかわからないから、高梨と一緒はまずい。とはいえ、どこかで時間を潰すのは苦痛だった。

高梨がまたビールを取りに立った。有紗はその背中に話しかけた。

「ねえ、ひとつ訊いていいかしら」

「いいよ、何」

高梨が冷蔵庫のドアを開けながら、ひどくのんびりした調子で言った。

「二年半前のシャベルの手紙のことなんだけど、あれ、本当にあなたが書いたの？　そう言ってたけど、どうしてもあなたとあの手紙が結び付かないの」

高梨の顔が明らかに硬くなったのがわかった。ビールをグラスに注いで、ベッドにいる有紗のところに持ってくる。

「聞きたいの？」声が低かった。「前に言ったと思うけど」

「もっと詳しく聞きたい」

高梨が溜息を吐いた。

「あのことはあまり思い出したくないけど、あなたにも嫌な思いをさせてしまっただろうから、言うよ」

前に聞いた話とは違うのだろうか。有紗は胸をアッパーシーツで隠して起き上がったが、高梨は有紗を避けるように目を合わせず話し続けた。

「あの頃、うちの夫婦関係は最悪だったんだ。島根に女がいたって言っただろう？　妻がそのことに気付いて、妄想でおかしくなってしまったんだよ。もう彼女とは別れたから関係ないんだ、と正直に言っても、まったく信じようとしない。島根に突然、来たり、俺に、殺すとか、手首を切って死ぬだのと、そんな物騒なことまで言うようになった」

高梨が言葉を切ってビールを口にした。

「息子さんたちはどうしたの？」

「下は小さかったから、あまり修羅場は目撃してないと思うけど、上の息子は物が飛び交ったり、殴りかかる母親を見ているよ。当時は怯えていた」

上の子は高梨の妻に似て、優しい顔をしている子だ。

「俺がなかなか単身赴任先から戻らない。そのため妻は妄想が酷くなる。その夜も妄想でおかしくなっていたらしい。折から強風が吹いていて、気持ちが不安定になったんだね。バルコニーから飛び降りようと思ったんだそうだ。そしたら、あなたの家からシャベルが飛んできたって」高梨が苦笑いをした。「それで思い止まったけれども、今度はシャベルに腹が立ってならなかったそうだ。しかも、岩見さんと言えば、俺があのうちの奥さんは綺麗だね、と口を滑らせたことがあるものだから、またぞろ嫉妬妄想というか、攻撃的になって、あの手紙を書いて、あなたの家に置きに行った、というわけだよ」

デパ地下で、前屈みになって慌ただしく買い物をしている高梨の妻の姿を思い出す。いつも必死の人。有紗は、彼女を気の毒に思った。

「だけど、書いたのがあなたじゃなくて、よかった」

「うん、あまり言いたくなかったけど、あなたは俺が書いたと思えば嫌だろう。だから、正直に言うことにしたよ。あとで妻から聞いて、パソコンに残ってる文面を読んだ。嫌らしい手紙だった。さぞかし、あなたはショックを受けただろうと気の毒に思った。だから、俺が書いたことにして謝ったんだ。手紙がどこの誰から来たのか、わからないと怖いだろうからね」

「そうだったの、ありがとう。奥さんは今はいいの？」

「落ち着いているよ。俺のことが大好きだから、絶対に別れないと言うんだ。それで、大丈夫、俺も別れないよ、と言ったら、次第に落ち着いた。だから、俺は妻とは別れられないんだ。別れたりしたら、彼女は死ぬだろうから。でもね、俺は勝手にあなたのことを意識していたよ。あなたに会えないかなと、いつもきょろきょろしていたし、たまに見かけると嬉しかった。あなたが寂しそうに見えたりすると、心配で堪らなかった。あなたが俺を好きだと言ってくれて嬉しい」

有紗の目に涙が溢れたが、高梨は気付いたのか、気付かないのか、俯いたまま話し続けていた。

8

少し眠って、まだ暗いうちに目覚めると、高梨の腕に頭を載せていた。これまで、男に腕枕をされたまま、眠ったことはなかった。

薄暗がりの中、頭を巡らせて高梨の顔を見ると、起きていたらしい高梨が囁いた。

「目が覚めた?」

「あなたはずっと起きてたの?」

「いや、少しは寝たよ。でも、もったいなくて寝られなかった」

知らない街で、誰にも邪魔されずに一夜を過ごすなんて滅多にないことだ。いや、もう二度とないかもしれない。

「今、何時かしら」

有紗は、枕元にあるデジタル時計を見ようとして身を捩(よじ)った。代わりに、高梨が答える。

「まだ五時だよ。あなたは寝てなさい。俺はもう起きなきゃ。これからシャワーを浴びて、一時間後には出るよ」

「もうそんな時間なの。早くない？」

有紗は落胆した。確か昨夜は、七時頃の新幹線で帰る、と言ったはずだ。一時間でも短くなるのは惜しかった。

「今日は会議だったことを思い出した。八時半には、社に行かないとまずいんだよ。いったん家に帰って着替えなきゃならないし」

だったら、高梨は出勤前の妻に会うだろう。朝帰りした夫は、何と言い訳をするのだろう。有紗は、後ろめたそうな俊平の表情を思い出した。高梨も言い訳を考えて、気が鬱(ふさ)いでいるのかもしれない。

「憂鬱？」

「いや、何でそんなこと言うの」

高梨はとぼけたが、何かに心を奪われていることが伝わってくる。

「私たち、もう会わない方がいいのかしら」

思わず呟くと、高梨が答えた。

「いや、そうは思わないよ。でも、続けようとするなら、会わない方がいい」

ものすごい逆説だと有紗は思う。

「それでも会いたかったら？」

「年に数回だけ会おう」

会えるだけでもいい、ということか。黙り込んでしまった有紗の首からそっと腕を抜いて、突然、高梨が身を起こした。

「どうしたの」

驚いた有紗も身を起こすと、高梨が苦笑いをした。

「自己嫌悪だよ。あなたにも妻にも悪いことをした」

「やめてくれない、そういう言い方は」心外だった。「私が来てって頼んだんだから、そういう言い方はやめて」

「頼まれたなんて、思ってないよ。俺だってそうしたかったんだから」

楽しかった街のそぞろ歩きも、愛し合った充足も、朝になれば先行きの不安の前に次々に消えてゆく。好きで堪らないのに、どうしたらいいのかわからない。

「あなたと離れたくない」

有紗の方から、はっきり言った。

「俺もそうだ。この先のことを言おうか。きっと俺は、あなたに会いたくて堪らなくなり、土曜の午後になると、息子たちをサッカー教室に送った後、あなたを誘って車に乗せ、ラブホにまっしぐらになるんだ。たった二時間だけ抱き合って、何喰わぬ顔で帰る。そして、もっと離れられなくなる。わかってるんだよ、絶対にそうなるってことが」

「私はそうしたい」

有紗は小さな声で言ったが、高梨は眉根を寄せたまま答えなかった。

高梨が静かにベッドを離れて、バスルームに入った。シャワー、そしてドライヤーを使う音を、有紗は目を閉じて聞いていた。

やがて戻ってきた高梨が、シャンプーの匂いをさせたまま、有紗に覆い被さって抱き締めた。体が冷たい。

「ごめん、もう行かなきゃ。また連絡するよ」

「私からもメールするけど、いい？」

「もちろん。くれよ」

嬉しそうな表情をしたが、その横顔に暗い色が過ぎったような気がした。

今の高梨は、妻を怖れている。いや、妻の変調を怖れている、と言った方がいいのだろうか。

「あなたのうちは大丈夫そう？」

シャツのボタンを留めながら、高梨が訊いた。

「わからない。でも、ばれないように嘘を吐くわ。これからもずっと。あなたに会うためなら、嘘を吐き通す」

永遠にそんなことができるはずがないとわかっていたが、有紗は言い募った。昨夜は特別な夜だったのだ。

「嘘吐きの二人になるんだね」

高梨がにやりと笑った。

「そうやって、会える時がきたら会いましょう」

有紗が言うと、高梨が低い声で答える。

「うん、会える時を作ればいいんだ」

でも、それは多くても年に数回なのだ。会いたい思いを我慢しなければならない。それが自分にできるのか。

「じゃ、先に出るよ」

有紗はベッドに横たわったまま目を瞑り、高梨が部屋を出て行く姿を見ないようにした。やがて、ドアがそっと閉じられる微かな音だけが聞こえた。

一人裸のままベッドに取り残された有紗は泣きそうになったが、歯を食いしばって泣くまいと耐えた。早くも試練がやってきたと思った。

自分もこれから帰って、俊平や両親に嘘を吐き、花奈を迎えに行って晴子にも嘘を吐き、何ごともない顔で過ごさなければならない。

高梨の妻や息子たちと会っても、顔色ひとつ変えずに挨拶し、高梨と擦れ違うことがあれば、保育園の保護者に接するように、にこやかに礼を交わすのだ。

七時になった。有紗は起きてテレビを点け、気を紛らせながらシャワーを浴びたり、化粧をした。


会議に間に合いました。

あなたも気を付けて帰ってください。

また連絡します。


九時少し前に、やっと高梨から簡単なメールが届いた。

朝帰りをして、妻と揉めごとはなかっただろうか。ないはずはないだろうと心配したが、シンプルなメールからは何も窺えなかった。

しかも、そのメールは、すぐに消去しなければならない。まるで、『ミッション：インポッシブル』だね、と二人で笑い合ったことがあるが、消す瞬間はいつも切なかった。

高梨のメールを削除した直後、有紗は「また会おう」という言葉がなかったことに気付いて、急に落ち込んだ。

だが、消してしまったメールの文面は記憶の中だけにしかなく、確かめようがないのだった。別れ際に、今度はいつ会える、とすぐさま次の逢瀬の日にちを決めたいほどなのに、高梨はそうは思わないのだろうか。せめて、言葉だけでも欲しかった。

有紗は、出る前にホテルルームの中を見回した。情事の痕跡がないように、気を付けて片付けたつもりだが、シーツの皺さえも消えてしまうと、一人居残っているだけに寂しく感じられた。

こんな思いをするなら、無理を言ってでも、高梨と一緒の新幹線で帰って、東京駅で一人時間を潰せばよかったと思う。

やっと予定の時間がきたので、有紗はチェックアウトするために立ち上がった。

高崎発、九時三十四分の「とき」に乗るつもりだ。それなら、十時半頃に東京駅に着くから、帰宅しても俊平と鉢合わせする心配はない。

また、万が一、駅やマンションで知り合いに会ったとしても、新潟を出た時間は不自然なほど早朝ではない。午後、花奈を迎えに行けば、何ごともなく済むはずだった。

ホテル代は高梨が払うと言って聞かなかったので、あらかじめ渡された数枚の万札で、有紗が支払った。

フロントの女性に、「高梨様」と呼ばれ、複雑な気持ちになった。情事のための仮の夫婦だ。高梨の妻への申し訳なさと同時に、自分が妻だったらいいのに、という身勝手な思いが交錯した。

そして、二人の女をそんな気持ちにさせる高梨という男への怒りも、若干あるのだった。その微かな苛立ちは、美雨ママが言った『女たらし』という言葉に通じるものがあった。考え過ぎだとわかっていても、またしても黒い思いが湧く。

自分は高梨に騙されているのだろうか。

そんな疑問が浮かんだが、昨夜の甘やかな行為が蘇って体が熱くなった。いや、そんなはずは絶対にない、と必死に打ち消した。

新幹線の自由席は、意外にも混んでいた。有紗は、入り口近くにようやく空席を見付けて座り、目を閉じた。昨夜の高梨の言葉や表情、仕種などの細部を思い出そうとする。抱き合った高揚はまだ続いていた。

新幹線です。
一人で帰るのは寂しいです。
昨日は来てくれてありがとう。
嬉しかった。

有紗は高梨にメールを送った。高梨もまた、有紗のメールに「会いたい」という言葉がないことを不安がるだろうか。それでもいい。互いに家族がいるのだから、火を鎮めて生きていかないとならないのだ。

それにしても、結婚生活なんて妥協の産物だと思っていた。興味の持てない話に相槌を打ったり、テレビのチャンネルを譲ったり、相手の好物だからという理由で献立を決めたり。

自分だけが妥協していると思っていたが、ある日、それはお互い様だと気付く。派遣の身では東京で暮らしていけなくなると、焦った有紗が婚活に走ったように、俊平もまた、そうだった。結婚相手を探そうかと思っていたところに、たまたま有紗がいたのだ。だけど、と有紗は思う。高梨と早く出会って結婚したならば、まったく違う人生があったかもしれない。

出会うのが遅過ぎたと、残念でならなかった。鉄哉との間に雄大。俊平との間に花奈。高梨との子供だったら、どんなに可愛かっただろう。

「洋子」

有紗は、美雨ママが、いぶパパとの間の子供をどうしても産みたい、と言ったことを思い出して涙ぐみそうになった。やっと、その心境がわかった。こういうことだったのだ。

しかし、高梨と泊まったことは、美雨ママにも言わないだろう。なぜなら、美雨ママに高梨のことを『女たらし』と断じられると、有紗自身が揺らぎ、傷付くからだった。

マンションに帰ったのは、予定通り十一時だった。

晴子に電話して、午後に花奈を迎えに行く旨を伝える。その時、新潟土産を買い忘れたことに気付いた。

逢瀬で頭がいっぱいで、町田の義父母宅への手土産など、思い付きもしなかったのだ。仕方がないので、東京駅で珍しい洋菓子を買って持って行くことにする。

昼食をどうしようかと冷蔵庫を覗いている時、高梨から電話がかかってきた。高梨と話ができるとは予想していなかったので、弾む声で出た。

「もしもし、さっき家に着きました」

「それはよかったです。今、大丈夫ですか？」

いかにも、仕事の合間に表に出て、急いで喋っている様子だった。

「大丈夫です。どうしたの？」

高梨の声音が低いので不安になった。

「今朝、着替えている隙に、携帯を見られてしまった。メールは全部消してるから大丈夫だけど、電話帳にあなたの名前を見付けたらしいんだ。どうして上の奥さんの携帯とメアドが入っているの、と不審がられた。適当に誤魔化したけど、保育園で会ったら、昨夜のアリバイを探られるかもしれない。もし、そんなことになったら、悪いけどとぼけてくれないか。ごめん、こんなことになって」

うに。

「わかりました」

有紗は暗然とした。思ったより早く、闇に隠れていた山の稜線が姿を現したようだ。やはり、突然の泊まりは、妻に疑念を起こさせるに充分だった。自分が俊平を怪しんだように。

「あなたの方は大丈夫なの？」

高梨が心配そうに訊ねる。

「ええ。私のことは心配しないで」

「わかった。じゃ、また連絡します」

ほっとしたように高梨は言い、挨拶もそこそこに電話は切られた。高梨の慌てぶりを目の当たりにして、有紗の心にずしりと重く沈むものがあった。

悪い予感が当たったような気がする。高梨は妻の変調を死ぬほど怖れているのだ。もしかすると、自分を失うことよりも。

いや、これだけのことで、高梨を断ずるのは早過ぎるだろうか。

有紗は頭を振って、妄想を追い出そうとしたが、一度棲み着いた疑念は、心の底に沈殿したままだった。有紗は深い溜息を吐いた。ひどく傷付けられた気がする。でも、自分も高梨の妻と俊平に対して、大きな傷を負わせているのだった。

しかし、不思議なことに、有紗は高梨と違い、自己嫌悪は感じなかった。行き着くところまで行かなければ、見えない景色がある。その景色が見たかったのだ。その後悔はなかっただけに、高梨の怯え方が残念でならなかった。

月曜から、歯科クリニックの受付の仕事が始まった。

初日なので、有紗は紺色のワンピースという改まった服装をして、化粧を済ませた。日曜に飲み過ぎるせいで、月曜はいつも遅れ気味になる俊平が、慌ただしく出勤するのを見届けた後、花奈を保育園に送って行った。

仕事が始まって、いつもより登園時間が三十分早まったので、高梨の妻と遭遇するかと心配したが、まだ来ていなかった。

月曜の朝は、お昼寝用の布団にシーツを付けたり、洗濯済みのタオルを棚に置いたり、作業がたくさんある。十分ほど滞在して作業を終え、仕事に行こうとした時、高梨の妻が駆け込んで来た。

普段の通勤服である紺色のスカートスーツ姿で、インナーに白いTシャツを着ていた。鮮やかな赤の口紅を付けているので、顔色が明るく見えた。

「おはようございます」

有紗の方から、にこやかに挨拶した。

「おはようございます」

困惑したように、高梨の妻の方から視線を外した。有紗は急いでいるふりをして、黙礼して表に出た。彼女は何か言いたそうな顔をしたが、追っては来なかった。

ほっとしたものの、後ろめたく感じて逃げ回るのも嫌だった。かと言って、申し開きは何もできない。

登園時間をずらすことで、会わないようにすることはできるが、それでは何の解決にもならないのだ。有紗は憂鬱な思いで駅に向かった。

隣駅で降りて、駅前の歯科クリニックに向かう途中、高梨のメールに気付いた。

おはよう。今日から仕事だね。

保育園で妻が何か言うかもしれないが、許してくれ。

でも、決定的なことは何も摑まれていないから、安心してください。

また連絡します。

『摑まれていない』『安心してください』。自分が悪いのだろうか。有紗はメールの文面を見て、考え込んでしまった。

では、高梨の妻が書いたという、シャベルに関する手紙は、どうなるのだろう。

あの手紙がきたおかげで、自分は相当長い時間を、落ち着かない気持ちで過ごす羽目になった。不倫と手紙。比較にならないとわかっていても、心の中では、自分にも言わせてほしいと言いたくなる。気が付くと、こんな返信を打って送信していた。

たとえ、あなたの奥さんに私が何か言われたとしても、
あなたは私に謝らないでください。
あなたと奥さんが一緒になって、
私に対抗しているような気がします。

もし、俊平が朝帰りに激怒し、有紗の携帯を盗み見て高梨の元に抗議に行ったとしたら、有紗は高梨に謝るだろうか。いや、謝らない。なぜなら、俊平と自分は家族だけれど、別の人間だからだ。

有紗は釈然としないものを感じて、クリニックの看板前に立ったまま、高梨からの返信を待っていた。高梨のメールをすぐに削除しなかったのは、初めてだった。

第五章　愛夫憎夫

1

有紗はしばらく路上で、高梨からの返事を待っていた。

だが、一向に来ないので、諦めて、「さかがみ歯科クリニック」のある雑居ビルに入った。雑居ビルと言っても、一階にはモスバーガーと薬局が入っている真新しいビルだ。

エレベーターのボタンを押す。エレベーターが上階から降りてくる途中で、メールの着信音がした。ほっとして見ると、たった二行だった。

あなたの言う通りだ。すみません。

また連絡します。

いくら何でも、言葉が、いや、優しさが足りないのではないか。

有紗は落胆すると同時に暗い気持ちになった。失意と悲しみとで混乱している。何よりも、高梨の慌てぶりに傷付けられていた。

高梨は、有紗の気持ちを忖度することより、妻の怒りを収める方を優先しているのだ。

以前、美雨ママの夫である滋に、『あんたも同類だから』と罵倒された時のことを思い出す。そして、美雨ママの顔に出来た無惨な青痣。あんな優しそうな夫でも、裏切った妻の顔を殴るのだ。

傷付けられた人は、怒りと屈辱とで、誰に何を言うかわからない。暴力も振るうし、自分を殺そうともする。自殺。

高梨の妻が、自殺未遂をしたという話を思い出す。高梨の家は、今頃、修羅場になっているのだろうか。それほどの怒りを爆発させる高梨の妻を、心底怖ろしく思う。

俊平が朝帰りした時、自分は冷淡な態度を取ったが、それほどまでに怒りはしなかった。高梨の妻は、よほど辛い思いをしたことがあるのだろう。高梨はそれだけ妻を悲しませ、逆上させてきた男だということになる。

女たらし。また、美雨ママの言葉が蘇り、有紗は溜息を吐く。自分にも責任があるとわかっていても、恋に落ちた理不尽さは誰にぶつけていいのやら、身悶えしたくなるような苛立ちだけがあった。

高崎から帰った日、有紗は東京駅でマカロンを買って行き、晴子に喜ばれた。表参道に行けば、新潟産の食料品や土産物を売っている店があるのは知っている。

だが、そこまでして晴子を騙すのは、気が引けた。姑息なことはしたくはないけれど、自分のしたことを知らしめたくもない、という複雑な気持ちだ。

俊平も何も疑っていない様子で、有紗が雄大とのツーショットをそっと見せると、「いい子じゃん」と、喜んでくれた。

つまり、自分が平静なのは、家族に不審な思いを抱かせなかったからなのだ。その余裕だけで高梨を判断している。

自分は身勝手で狡い人間なのだろうか、と有紗は考え込む。

「あら、早いわね。おはようございます」

エレベーターのドアが三階で開いた途端、クリニックの前の床を掃き掃除していた坂上院長の妻が振り向いた。若々しいジーンズ姿だ。

「おはようございます」

有紗は慌てて微笑んだが、憂鬱そうな顔をしていたところを見られたらしい。

「大丈夫？　あなた、顔色が悪いわよ」

院長夫人が心配そうに、顎に手を当てた。

「いえ、大丈夫です」

有紗は、手探りでスマホをバッグに仕舞った。

「どうぞ、入ってください。いろいろ説明するわね」

「はい、よろしくお願いします」

クリニックに入ると、診察着を着ていない坂上院長が笑いながら出迎えてくれた。

坂上は六十歳になるかならないか、色艶のいい禿頭の、見るからに円満そうな男だ。だから、「さかがみ歯科クリニック」は、子供のいる家庭や老人に人気がある。

「岩見さんが来てくれるっていうんで、安心しました。よろしくお願いします」

院長に挨拶されて、有紗は丁寧にお辞儀する。

「こちらこそ、よろしくお願いします」

受付カウンターの中に入ると、院長夫人が受付業務と、パソコンの操作を教えてくれた。説明を聞いているうちに、診察開始時間になった。完全予約制で、最初の患者は七十代の老人だ。老人が診察室に入ったすぐ後に、次の患者がやって来た。最初は戸惑うことも多かったが、慣れるに従い、受付業務が面白くなった。

昼休みは、院長夫妻以外は皆、休憩室でお弁当を食べるという。もちろん、外に出てもいいと言われたが、初日なので同僚と食べた方がいいだろうと、有紗はコンビニに昼食を買いに出た。これからは、自分で作ってくるつもりだ。

外に出たついでにスマホを見たが、何も連絡はなかった。激しく失望する自分がいる。高梨に情報を遮断されているような気がするのが辛かった。何が起きたのか、何が問題になっているのか、包み隠さず教えてほしかった。

有紗は、思い切って、メールを認めた。

その後、大丈夫ですか。

心配なので、連絡ください。

すぐには、返事がない。有紗は、近くのコンビニで、サンドイッチとコーヒーを買って、クリニックに戻った。

昼休みが終わり、午後の診察が始まるまでの間、有紗は待合室の雑誌を片付け、レセプトの計算をしたり、予約のリマインダをメール送信した。

二時から始まった午後の診察も、慣れない業務にあたふたしているうちに、あっという間に終わってしまった。

有紗の仕事は五時までの約束だが、料金計算に手間取ったこともあって、クリニックを出たのは五時をかなり回っていた。

急いで夕飯の買い物を終えてから、保育園に花奈を迎えに行ったのが、ちょうど六時。フルタイムの母親たちが、大勢迎えに来ている時刻だった。

高梨の妻もいるかもしれない。園に入る前に注意して奥を見遣ると、果たして玄関先で、高梨の妻が花奈と話していた。

いつもの地味な紺色のスカートスーツを着た高梨の妻は、しゃがんで花奈の目線の高さに合わせて、何か訊ねている様子だ。今日は長い髪をバレッタで押さえているので、ほつれ毛が逆光に美しく輝いて、可憐に見える。

何を話しているのだろう。五歳になった花奈は、急激にお喋りになっているので気になったが、出て行く気にならず、有紗は園の外から眺めていた。

やっと高梨の妻が次男を連れて帰って行くのを見送ってから、有紗は玄関で人待ち顔の花奈に手を振った。

花奈は不満そうな面持ちで唇を尖らせている。

「ママ、どうして遅いの？」

「今日からお仕事だからよ。慣れないから遅くなっちゃった。でも、明日からはそんなに遅くならないと思うよ」

「いいけどさ。今度から、あらかじめ言ってよね」

「あらかじめ？」と、苦笑する。

いったい誰から聞いて覚えたのか、大人の口真似をする時の花奈の表情は、やけに大人っぽい。

隣のタワーマンションまで、二人で手を繋いでのんびり歩いた。エントランスに入る時、思い切って花奈に訊ねる。

「花奈ちゃん。さっき、亮ちゃんのママと話してたでしょう？　何を話してたの？」

花奈は、ロビーの奥で遊んでいる同じ保育園の子に気を取られながら答えた。

「あのね、金曜日、花奈ちゃんが保育園お休みしていたのはどうしてって訊かれたの。お風邪でも引いちゃったのって」

どきりとした。高梨と高崎に泊まった翌日だ。

「花奈ちゃんは、何て答えたの？」

「町田のお祖母(ばあ)ちゃんちに行ってたって」

「亮ちゃんのママは、ママのことも訊いてた？」

「うん。その時、ママも一緒だったのって訊かれたから、ママは新潟のお祖母ちゃんちに行ってたって言った。お葬式だったのよって」

五歳ともなると、時系列もはっきりして、出来事もきちんと覚えている。花奈の受け答えに感心しながらも、高梨の妻が、花奈に探りを入れたことが不快だった。

「そしたらね、パパも一緒に行ったのって訊かれた」

「そこまで訊いたの？」

有紗は、花奈の答えを聞く気がしなくて、あらぬ方を見遣った。息が詰まりそうだった。

花奈は当然のことながら、「パパは家にいたの」と答えただろうから、彼女の疑念は深まったに違いない。

「うん、だから、パパもママも一緒って、言っておいた」

有紗は花奈の機転に驚いて、思わずその顔を見た。子供心に、疑心を募らせて迫ってくる高梨の妻を、訝しく思ったのに違いない。

その時、メールの着信音がした。

「ママ、メールの音」

花奈がバッグに手を入れて、いち早くスマホを取ろうとするので、慌ててその手を押さえた。

「待って、ママが取るからいいの」

有紗が必死に言うので、花奈が手を休めてじっと見上げている。自分の態度も不審だと花奈に思われるだろう。だが、かまっていられなかった。

有紗は慌ててその場を離れて、メールを見た。やはり、高梨からだった。

今日、これから出られませんか。

話したいことがあります。

場所は、前に会った門仲のワインバーで。

僕は八時からいるから、いつでもいいです。

急いで夕飯を作って花奈に食べさせたら、往復時間も含めて、二時間くらいは出られるかもしれない。有紗はメールをひとこと返した。

八時に行きます。

家に戻ってから、花奈の好きな、海老とイカの入ったスパゲティを作り、卵サラダと一緒に食べさせた。俊平からは連絡がないので、フライパンは片付けて、残ったスパゲティは皿に盛ってラップを掛ける。

俊平が空腹で帰って来たら、電子レンジで温めればいいだけにした。しかし、俊平は十一時前に帰って来たことなどほとんどない。

花奈を風呂に入れてパジャマを着せ終わると、すでに八時だった。花奈はテレビの前に座って、自分の好きなアニメを再生している。

「ママ、ちょっと美雨ちゃんのママと会ってくるけど、いい?」

「いいけど、ちゃんと帰って来てよ」

またしても、花奈の言葉にどきりとさせられる。

「もちろんよ。遅くならないように、十時までに帰るね」

「わかった」

諦めたかのように、花奈はくるりと背を向けた。

有紗はバッグを摑んで、外に出た。開放廊下を走るようにエレベーターに向かう。

今頃、下の高梨家では何をしているのだろう。食事を終えただろうか。息子を風呂に入れているのか。

彼女の夫は自分を待っているのに、彼女は息子たちに何を食べさせ、何を話しているのだろう。そして、花奈の説明で疑いを晴らしただろうか。

大通りに出て、タクシーを拾った。憂鬱な話をしに行くはずなのに、高梨に早く会いたくて気が急いた。これから、どうなるのか。しかし、腰の退けた高梨の態度に、概ね見当はついている。

門仲のワインバーに着いたのは、八時をだいぶ過ぎていた。

中に入って薄暗い店内を見回すと、奥の席で高梨が手を挙げた。白いシャツ姿で、ネクタイは取っている。

「遅くなってごめんなさい」

有紗がスツールに腰掛けると、高梨が微笑んだ。

「いいよ。急に呼び出してごめん。同じでいい？」

高梨の前には赤ワインがある。有紗が頷くと、注文してくれた。

「ありがとう」

「よく出られたね」

「今日はメール貰ったのが、まだ早い時間だったから、何とか出られたわ」

「ダンナさんは？」

高梨が真剣な眼差しで訊ねる。

「まだ帰ってなかった。多分、今日も遅いと思うの」

「いや、そうじゃなくて」と、声を潜める。「ばれてない？」

「うちは大丈夫だったみたい」

「そうか」と、高梨はほっとしたように息を吐いた。その仕種が、悪戯をしたのにばれずに済んで喜ぶ子供みたいで、幼く見えた。

有紗の赤ワインが運ばれてきたので、グラスを微かに合わせる。

「今日、あなたの奥さんがうちの娘に、私が金曜日、何をしていたのか訊いたみたいよ」

「すみません。彼女、疑心暗鬼の塊なんだ。正直、怖ろしいよ。ほんと、迷惑かけてすみません」

高梨が神妙に頭を下げたので、有紗は複雑な気持ちになる。

「どうしてあなたが謝るの。前にも言ったけど、何だか身内感が強くて嫌だな」

「だって、身内だもの」

「そうかしら」

有紗は失望のあまり、泣きそうになる。高梨が遠くに行ってしまったような気がした。

高梨は、妻に何の疑いもかけられていなければ、自由に恋を語り、自分を必死に口説こうとする。しかし、疑われたが最後、臆病で小心な男になってしまうのだ。

「ともかく、あの人はKGBみたいになるんだよ。俺はもう、財布の中まで調べられて、領収証の一枚一枚までチェックされる」

「その疑いの根拠は何なの？」

「根拠？　勘だよ。俺が突然、出張が入ったと言った瞬間から勘が働くんだ。彼女は一睡もしなかったらしい。そして、俺が朝帰って来て、急いで服を着替えて会社に行こうとする時、俺の態度から、間違いなく浮気だと確信するんだろう。あいつは、俺が穿いている下着まで確かめたよ。見覚えがないから、これはコンビニで買ったのか、と。そうだよ、急に決まったんだから仕方がないだろうと言うと、前のあなたは、そういう時でも、一度家に帰ってから行ったじゃないの、怪しいわ、と言い張るんだ。そして、俺が着替えている間に、スマホのチェックもした。まずメール見て、LINE見て、写真見て。それから電話帳に女の名前がないかどうか見る。その時に、あなたのメアドと電話番号を見られてしまったんだ」

高梨が肩を竦めながら言った。つい四日前、あの肩に顔を埋めたのだ。高梨が溜息を吐く。つい四日前、あの唇とキスをした。有紗は、高梨の話を聞いていない。違うことを思いながら、悲しくなっている。

「それだけで、どうして相手が私だって思うのかしら」

「勘だけはよく働くんだよ」

「じゃ、あなたはどうして私を誘ったの？　そんな勘のいい奥さんがいるのなら、浮気なんかできないじゃない」

「浮気じゃない、本気だよ」

高梨が真剣な表情で怒ったように言う。

「じゃ、私たちはどうしたらいいの」

「ほとぼりが冷めるまで、ちょっと待ってくれないか」

もしかすると、高梨は同じことを島根の女に言ったのではないだろうか。急に謎が解けた気がして、有紗ははっとした。

「待ってどうするの？」

「また付き合う」

「無理よ」有紗は首を振った。「そうやってペンディングしたって、奥さんは永久に疑うと思う。いつまで経っても同じことよ。あなたが思い切って離婚するくらいでないと、変わらないでしょう？」

「だけど、そうしたら、彼女は傷付いて自殺してしまう」

「じゃ、私たちはどうなるの？」

思わず言ってしまって、はっとした。自分勝手な女の弁だ。案の定、高梨が訊く。

「じゃ、あなたは離婚できる？」

「できる」と、頷く。「本当にあなたと一緒になるのなら、できると思った」

「過去形だね」

高梨は傷付いたように言うが、本心では小躍りしているのかもしれない。

「いいえ、あなたがそうしようと言うなら、私は離婚する」

「子供とも別れられる？」

声には出さずに、有紗は頷いた。

高梨が低い声で呟いたが、何と言ったかは聞こえなかった。高梨が苦しそうに額に手を当てて目を閉じた。それを見ながら、有紗は赤ワインに口を付けた。味がしなかった。

2

高梨と何を話していいかわからず、気詰まりな沈黙が続いていた。

「今日は初出勤だったの」

思わず、関係のないことを呟いた。すると、高梨が顔を上げて優しく微笑んだ。

「そうだったね。どうだった？」

「慣れると面白いかもしれないけど、受付なんて誰にでもできる仕事だもの。あなたの奥さんとは違うわ」

思わず口にして、しまったと思ったが、遅かった。

「妻の話はやめようよ」

高梨が硬い口調になった。途端に、今度は腹立たしくなる。自分の中のどこに、こんな憤怒が隠されていたのだろうと思うほどだ。

「奥さんの話は、あなたが始めたのよ」

「そうだった、ごめん」

高梨が暗い顔をした。ワインを呷ってから、ジャケットのポケットを探っている。

「外で煙草吸ってきてもいいかな」

「どうぞ」

高梨が出て行く。店のガラスドア越しに、煙草に火を点ける横顔が見えた。その横顔を見つめているうちに、何とも言えない切なさが募った。

高梨と会えば会うほど、切なさはいや増して手に負えなくなり、いつの日か自分を壊すことになるだろう、高梨の妻のように。

だったら、もう会わない方がいいのかもしれない。別れられなくなる前に、少しでも早く。

夕方、花奈に問いかけていた高梨の妻の真剣な眼差しを思い出すと、緩い決意が少しずつ固まってゆくのがわかる。

微かに煙草の香りが近付いてくる。振り向くと、高梨が店内に戻ってきたところだった。スツールに腰掛けながら、有紗の顔を覗き込んで微笑む。この高梨の優しい笑みが好きだったのに、と心の中で無理やり過去形にしてみる。

「私、あなたに会うのをやめようかと思うの」

高梨が衝撃を受けた様子で凍り付いた。

「それは、もう二度と？」

「たぶん」

高梨は困惑したように額に手を当てた。

「だけど、親友になろうって言ったじゃないか。それでは駄目なの？」

「もうなれないもの」

なぜなら、それ以上の関係になってしまったから。

「俺はなれると思う」

「だけど、ほとぼりが冷めるまで待って、と言ったのはあなたの方よ」

高梨は苦しげに頷いた。

「そうだけど、あなたから言われるとショックだ」勝手な言い草かもしれないけど、と小さな声で付け加える。

「じゃ、どうしたらいいの？　私たち、八方塞がりだと思う。時間が経てば経つほど、どんどん道が塞がれるのはわかっている。だから、そうならないうちに、もう会わない方がいいと思う」

「もう？　二度と？」

高梨が同じ言葉を繰り返した。

「ええ、二度と」と、答えてから、小さく呟く。「私、まだ戻れるような気がするから、戻ろうと思う」

「どこに戻るの？」高梨が悲しそうに訊ねた。「家に？」

有紗は、さあ、と首を傾げた。どこだろう。途方に暮れた気分で、薄暗い店内を見回したが、見当もつかなかった。

自分は、花奈と俊平のいる家に戻るのだろうか。いや、「自分」に戻るのだ、旅をやめて。突然生まれた「旅」という発想に驚いて、有紗は高梨を見遣った。だが、高梨は腕組みをして、虚ろな表情をしている。

自分に帰ってみようか、一度。有紗は高梨に言った。

「私、先に帰りますね。ここ、ご馳走になってもいいかしら？」

高梨が何も言わずに頷いたので、有紗はスツールから下りて頭を下げた。

「どうもありがとう」

「そんな言い方するなよ」

高梨が怒った顔で有紗の手を摑んだ。その強い力と声音にたじろいで、有紗は立ち竦んだ。

「でも、帰る」

「待てよ。まだ話が終わってないよ」

有紗は、高梨の胸に倒れ込みそうになるのを必死に堪えた。

「有紗、待って。ホテルに行こう」

有紗は歯を食いしばって首を横に振る。

「帰る」と繰り返した。

「どうして」

「傷付きたくないし、傷付けたくないから」

やっとの思いで言うと、涙が溢れた。その涙を見て、高梨は何も言わずに項垂れて手を離した。

有紗は通りに出たが、高梨は追ってこなかった。それが寂しくもあったが、一方で安堵もしていた。強くいられた自分に満足していたからだ。

だが、やがて身を捩るほどの悲しみを味わうことになるのもわかっている。その覚悟はあったつもりだが、情けなくもくじけそうになっている。

有紗は路地奥に行ってから、美雨ママに電話した。

「洋子。今、門仲にいるんだけど、会えないかしら？　三十分でいいの」

「オッケー。門仲のどこにいるの？」

ワインバーの名を告げると、美雨ママはすぐに高梨と一緒だったとぴんときたらしい。美雨ママが借りているマンション近くのカフェを指定された。

夜の繁華街を歩いて、待ち合わせ場所に向かっている途中、俊平からＬＩＮＥがきた。テレビの前でＶサインをする花奈の写真付きだ。

花奈がまだテレビ見てる。

何時に帰るの？

十一時前には帰ります。

テレビ消して寝かせてください。

冷蔵庫にパスタあります。

俊平が先に帰っていたのは予想外だった。が、花奈を長い時間一人にしなくて済んだから、ほっとしている。

俊平は、夜外出した有紗に怒っているのかもしれないが、有紗は意地になって謝りはしなかった。バッグの奥に、スマホを突っ込む。

待ち合わせのカフェに行くと、奥の席から美雨ママが手を振った。じろりと有紗の顔を見て心配そうに言う。

「有紗、顔色悪いよ」

灰色のTシャツドレスを着た美雨ママのお腹は、少し目立ってきている。

「やっぱり？」と、両手を頬に当てた。

「どうしたのよ、いったい」

妊娠中の美雨ママは、煙草もアルコールも控えているらしい。コーラの入ったグラスに、ストローを乱暴に突き刺して訊く。

「別れてきた」

言った途端にまた涙が溢れそうになったが、美雨ママが顔を顰めて悲しそうに笑ったので、思わず引き込まれて笑ってみせた。

「そうか、大変だったね。あっちは別れたくないって、言ったでしょう？」

「ホテルに行こうって腕を摑まれた」

「常套手段だよ。女が逃げようとすると捕まえて、女がマジになると腰が退ける」

「そうなのかしら」

確かに美雨ママの言う通りの展開だったが、高梨はそんな男に思えなかった。しかし、美雨ママは辛辣だ。

「絶対に、高梨さんは百戦錬磨だってば。だって、奥さんがすごく嫉妬深いんでしょう？だったら間違いないよ。いろんな修羅場を経験しては、奥さんを泣かしているよ」

「そうかもしれないね」

苦い思いで頷く。

「あたし、言い過ぎた？」

美雨ママが、有紗の煮え切らない反応に心配している。

「いや、私は、あの人となら修羅場やってもよかったかなと思うんだ」

有紗が言うと、美雨ママが気の毒そうに嘆息した。

「マジで好きだったんだね、有紗」

「今でも好きだよ。騙されてもいいと思ったし、修羅場になっても構わないと思った。酷いことに、花奈を置いて出てもいいとまで思ったのよ」

「凄い。あたしみたいじゃん」と、笑う。「じゃ、何でやめたの？」

「だって、明らかに、事態が悪くなるのを怖がっているのがわかったから。ああ、腰が退けてるから、もう駄目だ、と思った」

「事態が悪くなるってどういうこと？」

「奥さんの勘が鋭くて、すごく疑われているんだって」

「やれやれ」

その時、メール音がした。高梨からだ。「読んで」と美雨ママが目で促すので、有紗はメールを読んだ。


お願いだから、また会ってほしい。

みっともないのはわかっている。

でも、あなたを好きだ。愛している。

それでもあなたが離れて行くのなら、僕は知らない街で働くよ。

自分でもこんな気持ちになったのは初めてだ。


「どうしよう」

有紗は両の頬を手で押さえた。動悸がしていた。言葉だけではなく、高梨の苦しい気持ちが伝わってくるような気がする。

「見てもいい？」

美雨ママが遠慮がちに手を出すので、スマホを渡した。メールの文面にさっと目を走らせた美雨ママが、長い溜息を吐いた。

「このお店の名前書いてさ。すぐ迎えにきてって、返信しなさいよ」

「せっかく頑張って別れてきたのに？」

「だったら、無視して返事を書かないだけだよ。有紗にできる？」

「できないと思う」

有紗は首を振った。

「だったら、素直に書いたら」

有紗は、美雨ママに言われた通り返信した。

「じゃさ、高梨さんがくるまで話していようよ」

美雨ママが、グラスを持ち上げて乾杯の仕種をした。

「まず洋子が話して。いぶパパとどうなったの」

「今ね、ハルが先に那覇（なは）に行って、仕事の段取りをつけてるの。あと、住むところを探している。決まったら、あたしも行って、あっちで産院探すことになっているの」

「予定日はいつだっけ」

「年末かな。那覇は暖かいらしいから、よかった」

「どっちなの」

「男の子だって」美雨ママは嬉しそうだ。

「よかったね。美雨ちゃんとは会ってるの？」

美雨ママが目を逸らした。目が赤くなっている。

「うん、この間、会った。一緒にスーパー行って買い物してさ。楽しかったよ。美雨が生意気言うのよ。『ママ、赤ちゃんが生まれたら、美雨、会いに行くよ』って。でも、由季子が見てくれてるから、全然寂しそうじゃなくてほっとした」

「由季ちゃんと滋さんは、いつ結婚するの？」

「来年らしいよ。あっちもすぐに子供出来ると思うんだ。何かそんな気がする。栗原はたくさん子供欲しがってたもの。あたしが嫌がって逃げてただけだからさ。由季子も子供好きだから、気が合うんじゃない」

「そう、由季ちゃんなら、安心だものね」

そう言いながら、万が一、自分が花奈を置いて出るようになったら、晴子が自分の代わりをするのかと気が重くなっている。自分は、雄大に続いて、花奈も置いて出られるのだろうか。

「あ、シリアスになっているね」

美雨ママにからかわれて、有紗は肩を竦めた。

「そう言えば、いぶママが再婚するって聞いたけど、本当なの？」

「そうそう、驚くよね」と、美雨ママが頷いた。「さんざん離婚したくないって引き延ばされたけど、ちゃんと付き合っている人もいたんだよね。相手は、今のショップの共同経営者らしいの。結婚している人だって聞いてたけど、あっちもバツイチになったらしくて、一緒になることになったとか」

「いぶママの慰謝料請求が大変だったんでしょう？」

「いや、あっちの再婚が決まったので、そうでもなくなったよ」と、笑う。

「よかったね」

「まあね」まだ問題があるのか、美雨ママが少し浮かない顔をした。「でも、いぶきちゃんが悲しがっているって」

「そうか。私たち、みんなを悲しませてろくでもない親だね」

「うん。あたしたちを反面教師として、子供たちにはすくすく育ってほしいよね」

有紗は、美雨ママの言葉に笑った。高梨はやがて来るだろう。心は早くもそちらに飛んで、そわそわしている。

「あ、きた。あの人でしょう」

入り口に顔を向けている美雨ママが顎で示した。有紗が振り向くと、探していたらしい高梨がほっとしたように笑った。

ああ、駄目だ。自分はこの旅をやめられそうにない。そう思った瞬間を、美雨ママがじっと見ている。

「有紗、行きなよ」

「うん、じゃまたね」

有紗は立ち上がって、店の入り口で待っている高梨の元に向かった。

「いいの？　彼女と話していたいんじゃないの」

高梨が美雨ママに会釈しながら言った。

「大丈夫」

高梨が有紗の手を握った。

「有紗、ホテルに行こう」

「今日は駄目。もう帰らないと、いくらなんでも十時過ぎだもの」

「わかったよ」

裏道は人通りが少ないから、そのまま手を繋いで歩いた。それだけで満足できたのは、気持ちが落ち着いたせいだろうか。

「どうしてまた会ってくれる気になったの？」

「さっきね、あなたともう会わないと決めた時に、旅をやめて帰ろうかと、ふと思ったの。で、旅という発想にちょっと驚いていろいろ考えていたのよね。そしたら、あなたからのメールがきて、旅の魅力に負けたのよ。旅って、あなたと付き合うことよ。だけど、旅だから、いつか帰るのかなとも思った。家に帰るんじゃなくて、自分自身に帰るのかしらとかね。そしたら、家族とか責任とか倫理とか、あまり人に縛られて生きることはないかもしれないと思えて」

「旅に出たら、戻る自分も少し変わってるもんだよ」

「そうかもしれない」

高梨に言われて、有紗は通りの向こうにあるコンビニの明るい照明を眺めた。違う自分を早く眺めたい気がした。

3

暗い路地で、中年の男女が長く立ち話をしていると、よほどいわくありげに見えるのだろう。人がちらちらと有紗と高梨を見ながら、通り過ぎていく。有紗はそのたびに暗い方に顔を背け、まるで罪人のようだと思うのだった。

芸能人も政治家も、不倫問題で厳しく咎められる世の中だ。もちろん、罪がないとは言わない。有紗も、俊平にアメリカで恋愛をしていたと打ち明けられた時は、激しく傷付けられ、裏切りに怒った。

それなのに、夫のいる自分が、妻のいる男に恋をするとは思ってもいなかった。しかも、それは「W不倫」と呼ばれて、誰からも誹られることなのだ。このことが公になれば、会社員の高梨はそれだけでも降格されかねないし、互いの家族も傷付き崩壊するだろう。

有紗は急に怖ろしくなった。しかし、恐怖を乗り越えるほどの魔力があるのも恋だ。二度も結婚したのに本当の恋を知らず、なりふり構わない美雨ママに批判的だった自分が恥ずかしかった。今なら、美雨ママは一生に一度の恋を夢中で生きていたのだと、理解できるのに。

「どこへ行くの」

高梨は難しい顔をしたまま無言で有紗の手を引き、路地から路地へと歩いていく。明るい永代通りに出た途端、高梨は手を離した。

「もう帰らなくては」

有紗が言うと、高梨が懇願した。

「わかってる。頼むから、もうちょっとだけ話そう」

二人でいると、どうして時間が早く過ぎるのだろうか。まるで、指の間から砂がこぼれ落ちるように、あっという間に残り時間が少なくなる。

すでに午後十時半だ。有紗は腕時計を覗いて溜息を吐いた。

「そこを曲がると、富岡八幡だから、そこへ」

高梨が指差した。永代通りを左に曲がると、富岡八幡宮の参道だった。正面奥に本殿が見える。夜間にも拘わらず、お参りしている人がいた。

高梨と有紗は、参道の暗がりに隠れるようにして、向き合って立った。

「今頃になってだけど、あなたが前に、『親友になろう』と言った意味が、やっとわかったような気がする。恋人だけじゃ足りない、夫でも足りない、もう一人の自分みたいな存在だったらいいんだと思う」

うん、と高梨が頷いた。

「俺はびびってるわけじゃないんだよ。ただ、俺とあなたのことで、互いの配偶者を傷付けてはいけないと思っているだけなんだ。もちろん、こうして会っていること自体が裏切りだってことは百も承知だ。身勝手この上ないんだから、綺麗ごとを言う気もない。だけど、人生にはこうした出会いもある。結婚して子供も出来てから出会ってしまって、妻は本当の相手じゃなかったと、後悔することがある。その時、どうしたら誠実に生きられるかという問題じゃないかな。違うかな？」

高梨が真剣な顔で訊ねるので、有紗は同意する。

「その通りだと思う」

高梨が一番好きで、修羅場を経験してもいいとは言ったが、本音では、花奈と別れたくはないし、俊平を傷付けたくはなかった。

「だけど、あなたと寝てしまった俺は、これから何度も寝たいと思うようになってしまった」

自分だって同じだ。以前、高梨が、自分たちは寝ないと宣言した時に、有紗は悲しくて涙を流した。だが今、一線を越えた自分たちは、会うたびに求め合う関係になるだろう。そして、元の自分たちには戻れなくなって、どんどん前に進むしかなくなる。とことん行きたいと思っても、それは逆に追い詰められることではないのか。

「ねえ、こうしていると、最後はどん詰まりになるのかしら」

有紗は怖くなって、高梨に訊いた。

「どん詰まりでも、あなたの友達みたいに破壊しながら突破する人もいるよ」

美雨ママといぶパパのことだ。

「そうね。でも、犠牲も大きい」

「そこだよ、問題は」

高梨が有紗の手を力を込めて握った。有紗は、このまま二人でどこかに行ってしまいたいと思ったが、今の自分たちには、絶対にあり得ない夢だった。

「じゃ、どうしたらいいの」

「あなたはさっき旅に出るって言ったよね。いい比喩だよ。それなら、二人で一緒に辛い旅をしようよ。あまり会えなくてもいい。その代わり、一生付き合うんだよ。一生、同じ旅に出るんだ。親友になって何でも話そう。そして、お互いに子供を育て終えて、配偶者とも別れることができたら、一緒に住もうよ。俺はその希望だけで生きていけるよ」

高梨の言葉を聞いているうちに、有紗はしぜんと涙を流している自分に気が付いた。指で涙を拭う。

「私が誘ったせいじゃない？」

「違うよ、俺も誘ったじゃないか。時間の問題だったんだよ」

「そうね」と、納得する。

「有紗、俺を信頼してくれないか。離れてても、絶対にあなたを裏切らないよ。必ずメールするよ。メールできない時は電話する。声が聞きたいから。そして、月に一回は会おう。それなら何とかできるだろう」

他に方策はない。有紗はゆっくり頷いた。

「わかってる。そうしましょう。前にあなたが言ったよね。掟を決めようって。それをまた決めなきゃ駄目なのね」

「辛いことをしよう。新たな掟を決める」

「何をするの？」

「俺は東京を離れるよ。島根に行くのはあなたが嫌だろうから、大阪の分社に行けるように運動する。妻には子育ての苦労をかけるけど、あなたと物理的に離れれば安心するだろうし、大阪の方は、年収が下がるけど、彼女も賛成すると思うんだ」

高梨が東京からいなくなる。そう思うと不安だった。

いつも、下のフロアに高梨が住んでいると思うからこそ、心が騒ぎもしたが、安心もしていた。エレベーターに乗るたび、そして花奈を保育園に送るたびに、今日は高梨と出会わないかと期待したものだが、それも一切なくなるのだ。

「寂しいけど仕方ないわね」

有紗は高梨の手を握って言う。

「でも、ひと月に一回は会おうよ。それくらい、有紗も時間は作れるだろう？」

「大丈夫よ、何とかできると思う」有紗はそう答えた後に、自分が離れてもいいのではないかと思い付いた。「でも、あなたはそのままでいいわ。大阪に行かなくてもいい」

「どうして？」と、高梨が怪訝な顔をした。

「私が引っ越すわ。夫の実家は町田なんだけど、前から、実家のそばに新しくできるマンションを買わないかって、義母に言われているの。夫はとても乗り気なのよ。もともと、タワマンは家賃が高いって、引っ越したがっていたから。私はあなたと会えなくなると思って、一人で反対してたの。慌てて仕事を見つけたりしてね。でも、考えてみれば、それもいいかもしれない。私がタワマンから離れるのが一番じゃないかしら。あなたの奥さんも、私のことを気にしなくなると思う」

「でも、あなたは、ダンナさんの実家のそばで苦労するんじゃないの？」

高梨が心配そうな顔で訊いた。

「どうかしら。確かに、今までみたいに気楽じゃないかもしれないけど、夫は自分が育ったところだから、気が休まるんじゃないかしら」

ふと、高梨が複雑な顔をしたので、有紗は慌てて付け足した。

「違うのよ、免罪符じゃないの。私の新たな『辛いこと』よ。前に、あなたが『掟』を決めようと言った時に、私は密かに、あなたとは寝ないというルールを自分で決めたの。でも、守れなかった。あなたが言ったように、私たちは会うたびに求め合って、美雨ママのように壊して突破しないと駄目になると思う。私はあなたが好きなの。あなたを失いたくないから、辛いことをする」

高梨が突然、有紗の指を吸って軽く噛む。有紗はくすぐったさに笑った。

「どうしたの」

「同感って意味だよ。二人でバラバラに散ろう。辛いことを体験しながら、より深くなればいいんだ」

「そうね。大阪にはいつ頃行くの？」

「さっき決めたばかりだから、早くて年内かな。あなたが嫌なら、三月にしてもいい。あなたはいつ頃になる？」

「さあ」と、有紗は首を捻った。

俊平に言えば、すぐにマンション購入の検討に入るだろう。いや、案外、有紗抜きですでにシミュレーション済みかもしれない。もし、本当に買うとしたら、マンション完成は来年早々だと聞いているから、引っ越しは年明けになるだろう。

「もし、本当に買うことが決まれば、一月くらいじゃないかしら」

マンションの完成とともに引っ越せば、花奈は転校することなく、町田の小学校に入学できる。それも俊平の通った小学校に。晴子はさぞかし喜ぶに違いない。

有紗に複雑な思いはあるが、高梨と、二人だけにしかわからない関係を築けるのならば、そのくらいはできそうだった。

「何だか憂鬱そうだね」

高梨が有紗の顎を掬って口づけした。憂鬱ではないと言えば嘘になる。引っ越す動機が不純だと言われれば、反論などできない。それでも、自分は義務を果たそうと思う。そして、本当の歓びを長く続けるのだ。

「大丈夫。心が決まったから」

有紗は唇を離して答えた。

「じゃ、再来週会って、互いに報告しよう」

「仕事みたいね」

「一生の仕事だよ」

高梨が大真面目に言うので、さすがに有紗は苦笑した。

高梨と別れて先にタクシーを拾い、タワマンの部屋に辿り着いたのは、午後十一時を回っていた。玄関の照明が落とされていたので、俊平はすでに寝たのかと、有紗は音を忍ばせてフラットシューズを脱いだ。

「お帰り。遅かったね」

奥から声がした。怒っている風でもないので、安心して挨拶する。

「ごめんね、遅くなって」

俊平と花奈を育てて生きていく、俊平にも高梨の妻にも失礼のないようにする、と心に決めたので、有紗は心中穏やかだった。

俊平が、洗いざらしのTシャツにハーフパンツという緩んだ姿で、テレビの報道番組を見ながらビールを飲んでいた。

「花奈は？」

「さっき寝たよ。お風呂は？」

俊平が少し赤くなった顔で、子供部屋を顎でしゃくる。

「入れたわ」

「入れてから出かけたの？　どうして」

俊平が詰問口調ではなく、のんびりと問うのでほっとした。

「ごめんごめん。ちょっと美雨ママから至急会えないかって連絡があったから、二時間くらいのつもりで出た。でも、途中でLINEもらったから、じゃもう少しいいかと思って、ずっと喋ってたの」

開き直ったのか、すらすらと嘘が出るのが、自分でも少し怖かった。

「へえ、どこで」

「うん、門仲のカフェよ」と、これは本当だ。

「美雨ママって、あの件、どうなったの？」

TAISHO鮨を辞めた時、それまでの経緯をかいつまんで説明したことがあるので、俊平は、有紗が一番仲のいい美雨ママといぶパパの一件は知っていた。

「二人とも離婚したのよ。美雨ママは美雨ちゃんを置いて、いぶパパと沖縄に行くんだって。そこで、いぶパパは仕事探して、二人して赤ちゃん育てるって言ってた」

「えっ、いぶパパも離婚したの？」

俊平が衝撃を受けたように繰り返した。

「そうよ。いぶママが承知しなくて揉めてたんだけど、いぶママがやっと離婚を決めたんだって。いぶママも再婚することになったらしいの」

「へえ、あの二人がとうとう別れるのか」と、俊平が嘆息した。

長いこと音信不通だった俊平がアメリカから帰国した時、蕎麦を食べたいと俊平が言って入ったらぽーとの蕎麦屋で、いぶママ一家に遭遇したことがあった。あの時の、いぶママ夫婦の一触即発のぴりぴりした雰囲気は、有紗も忘れられなかった。

「お蕎麦屋さんで会ったことがあったね」

「うん、あの奥さん、辛そうだったな。しかし、美雨ママもやるもんだね」

俊平が他人事のように言うので、有紗は呆れて苦笑した。あの時、自分たち夫婦も危ういところだったのに、忘れたのだろうか。

ふと、今頃、高梨は家に帰ったかなと思いを馳せた。有紗からのメールもすべて消しているのに、また妻に問い詰められているのかもしれない。そう思うと、自分たちが不憫になる。

「あれ、どうしたの」と、有紗の表情を見て驚いた俊平が訊いた。

「何でもない。もう美雨ママと会えなくなるのかと思うと悲しくて」

思わず、そう答えた。

「確かに沖縄は遠いな」

「いい時って、いつまでも続かないよね」

有紗が独りごとのように呟くと、俊平が突然しんみりした口調で言った。

「俺さ、今日、久しぶりに早く帰ったじゃない？」と、俊平。「花奈が訊くんだよね。パパ、今日はどうして早いのって」

「何て答えたの？」

有紗は笑いながら訊いたが、俊平は真面目な顔で話した。

「お酒飲んで帰らなかったからだよって、正直に答えた。そしたら、どうして今日はお酒を飲まなかったの、とまた訊くから、さあ、どうしてだろうね、パパにもわからないなって答えた。でも、答えはわかってるんだよ。俺さ、今、有紗に愛想尽かされてるんじゃないかって焦ってるんだ。最近、酷いじゃない、俺。毎晩飲んで遅く帰ってきて、家のこと、何もしなくてさ」

意外な答えに、有紗は絶句した。

「俺は、あの時離婚されなくて本当にラッキーだったと思ってるんだよ。あれは、離婚されても当たり前のケースだった。本当に、自分勝手で酷い男だったなと思う。だから、感謝しているし、これからあまり飲むのはやめようと思ったんだ」

俊平が有紗の顔を見ながら続けた。

「そうしてね。花奈との時間作ってやって」

有紗は、最近の俊平が、花奈の将来のことを真剣に考えていないのではないか、と不満だった。泥酔して帰る姿に愛想も尽きていたのは、決して誇張ではない。しかも、俊平自身が、そんな有紗の気持ちに気付いていないと思っていた。

「わかってるよ」

俊平が照れ臭そうに苦笑いしながら、テレビのリモコンを手にして向き直る。

「花奈の学校のことだけど、ちょっと話したいことがあるの」

有紗はそう言って、振り返った俊平の目を見た。俊平の表情は、花奈と驚くほど似ていると可笑しくなる。

「何、これから私立入れたいの？」と、冗談めかして言ったので笑い合う。

「違うよ。この間、お義母さんが、近くにマンションできるけど、そこに住んだら、花奈ちゃんもあなたの行った小学校に通えるって仰ってたけど、そのこと、ちゃんと考えたらどうかなと思ったの」

「町田には住まないって宣言してたじゃない。それにクリニックの仕事を始めたばかりじゃないか」

俊平は、有紗の本心を疑うように首を傾げた。

「うん、坂上さんには悪いけど、ここは家賃高いから、私が仕事をしても貯金ができないじゃない。だったら、その分ローンに回した方がいいかなとか、真剣に考えたの」

「有紗はここが好きだって言ってたじゃない。ママ友だっているしさ」

「でも、美雨ママはいなくなるし、いぶママだってとっくに青山行ったし、みんなバラバラになっちゃったから、残ることはないのよ」

そうだ、その通りだ。もうタワマンで子育てしていた時代は終わった。町田に行くことになったら、フルタイムの仕事を見つけて懸命に働こうと思う。

「わかった。ちょっとオヤジに相談して、調べてみるよ」

俊平は嬉しそうに言った。

有紗は窓辺に行って、カーテンを引きガラス戸を開けた。いつものように潮の香りのする風が吹いている。有紗は、向かい側の大きなビル越しに夜空を眺めた。

「何をしてるの」

俊平が訊いたが、有紗は答えなかった。少しバルコニーに身を乗り出して、BWTの方を見遣る。右手の奥の方にあるので、角度的には、照明の点った角部屋くらいしか見えなかった。

有紗は、格上のBWTに住みたいと願い、素敵ないぶママに憧れていた頃の自分を懐かしんだ。それから、目を閉じて、左の一階下の部屋を思い描いた。

ほとんど同じ間取りの部屋で、高梨は今頃、何をしているのだろう。妻に、大阪に行くと伝えているのだろうか。

有紗は夜空をもう一度仰ぎ見てから、心の中で別れを告げた。

「危ないよ」

俊平が心配そうに言うので、振り向いて微笑んだ。

解説――示されない答え

井上荒野（作家）

　桐野夏生は二〇一三年に、『ハピネス』で、タワーマンションで暮らす若い母親の物語を書いた。本書『ロンリネス』はその続編である。

　主人公、岩見有紗は三十三歳。夫の俊平は海外赴任中で、三歳の娘、花奈と目下はふたり暮らし。対外的にはそういうことになっているが、じつは有紗には離婚の経験があり、花奈の兄にあたる子供が新潟にいる。有紗は離婚歴のことも、子供がいることも隠したまま俊平と結婚した。そのことを知った俊平から、離婚を切り出されている。そうした事情が、『ハピネス』では次第にあきらかになっていく。最終的には有紗と俊平は、夫婦としてやり直す決心をするに至る。だからこの前作の結末は、ハッピーエンドといってもいいのかもしれない。

「外はむっとするような暑さだった。潮のにおいが錆臭く感じられて、海のそばに住んでいることが急に厭わしくなる」

　本作『ロンリネス』はこのようにはじまる。俊平は帰国し、タワーマンションでの親子三人での暮らしが戻っている。にもかかわらずひどく憂鬱そうな出だしである。幸せになりたくて奮闘してきたはずの有紗なのに、ちっとも幸せそうではない。憂鬱の原因は、夫との諍いだ。娘の花奈は本作では五歳になっている。有紗は花奈に「お受験」させて私立の小学校に進学させたいと考えているのだが、「うちにはそんな金はないよ。タワマンに暮らすだけで精一杯だ」と俊平は言い放つ。深刻な言い争いになることは双方避けているけれど、顔を合わせればふたりとも不機嫌になる日々が続いていく。読みすすめるうち、問題は「お受験」だけではないということがわかってくる。俊平はアメリカ滞在中に若い恋人を作っていた。彼女と別れて日本に戻ってきたのだが、有紗はそのことが許せていない。自分がワンオペ育児と孤独に泣いていたとき、夫は若い女に溺れていたのだという事実が、頭から離れない。そんな鬱々とした日々の中で、有紗はひとりの男と出会う。

そう、『ロンリネス』で描かれるのは有紗の恋だ。だが、桐野夏生が描く恋である。甘やかな恋であるはずはない。

『ハピネス』も『ロンリネス』も初出は雑誌「ＶＥＲＹ」の連載だった。『ハピネス』の文庫解説で、斎藤美奈子さんはこう書いている。

「桐野夏生はつまり、プチセレブのバイブルである『ＶＥＲＹ』の読者に向けて、読者層と重なる女性たちを徹底的に皮肉り、批評した小説をぶつけたのである」

この挑発的な姿勢はもちろん『ロンリネス』にも継承されている。

有紗の恋の相手は高梨弘治。『ハピネス』の冒頭で、有紗がベランダに置き忘れた花奈のシャベルが強風で飛ばされてしまうというエピソードがある。有紗の家があるのは二十九階。ここから落下すればプラスチックのシャベルだって凶器になる、と不安を募らせるのだが、案の定、数日後に苦情の手紙が届く。シャベルと一緒に、「このシャベルは、数日前の強風の朝、私の家のバルコニーのガラスを直撃しました。（中略）くれぐれも規則を守り、だらしのない生活はおやめください」と書かれた紙片を入れたレジ袋が、有紗の家のドアノブにかけてあったのだ。非は有紗にあるとはいえ、なんという感じの悪い手紙だろう。これを書いたのが高梨（恋愛関係になった後、そうではなかったことが彼の口から語られるのだが、それまでは有紗は彼の手紙だったと思っている）。そんな相手に有紗は惹かれていく。やさしい言葉をかけられ、自分への関心を示されたことで、傾倒していくのである。

高梨の造形がまた、絶妙である。王子様でないことは間違いないが、ダメ男とも言い切れない。有紗の「ママ友」のひとりである「美雨ママ」こと洋子は有紗から彼の話を聞いて「高梨さんって、すごい女たらしなんじゃない？」と裁定するが、そうだとも思えるし、そうでないとも思える。偶然の出会いから一緒に食事することになった日に、タクシーの中でいきなり有紗の手を握り、拒絶されると、「つまらない人だ」と吐き捨てる。しかしすぐに反省したそぶりを見せ、関係が深まりそうになると、「親友でいよう」と言い、深みに入らないという「掟」を作ることを提案する。だが、有紗が欲望をぶつけると、あっという間に「掟」をやぶる。大人の手管を見せたかと思えば、中学生の恋愛みたいにウロウロする。だからこそ有紗も翻弄される。読者もまた、この男はどういう男なのだろう、どういうつもりなのだろうと、有紗と一緒に大いに悩まされることになる。

しかも高梨は既婚者である。有紗と同じタワーマンションの住人なので、有紗は彼の妻と顔見知りになり、もちろん高梨とのことは秘めたまま、世間話を交わすようにもなる。銀座の三越の食料品売り場で有紗が高梨の妻とばったり出会うシーンが印象深い。有紗にとっては普段は利用しない、価格設定の高い売り場なのだが、高梨の妻はさらりと「主人がここで売っているお豆腐が好きなものですから」と言う。その言葉から有紗は、高梨が自分の家ではどんな男であるのかを想像する。そうして、自分でもその「天然のにがりを使用しているとかで、有紗の家では普段買わないような値段だった」豆腐を買ってみる（この女心、この俗っぽさ！　ささやかなのになぜか心にぐさりと刺さる、このようなエピソードが本作にはふんだんに仕込まれている）。有紗の中には罪悪感だけでなく妻への対抗心が芽生えていく。その対抗心はまた、恋愛の推進力にもなる。

こうして進行していく有紗の恋愛の背景には、洋子の恋愛がある。洋子は、有紗のママ友たちの中ではただひとり、有紗たちと同じタワマンではなく、駅前の古いマンションに住んでいる。ファストファッションをカッコよく着こなし、同調圧力に屈せず言いたいことを言い、したいことをする女性である洋子は、『ハピネス』で、ママ友のひとり「いぶママ」の夫と恋に落ちる。洋子にも夫がいるから、いわゆるダブル不倫である。『ロンリネス』でも洋子と彼の関係はまだ続いていて、洋子は彼の子供を妊娠し、産むという決断をする。

有紗は、最初は断固反対する。「みんなが傷付くから」と言い、「洋子が一番傷付くんだよ」と言って、出産を翻意させようとする。だが、洋子は聞き入れない。妊娠を知った男は洋子から距離を置こうとするが、それでも「あのひとがあたしを愛しているのがわかるから」、現夫との子、美雨を夫に取られたとしても、お腹の中の子を産むのだと言い張る。有紗は洋子を案じ、呆れ、腹を立てながら、同時に彼女の生きかたに強く魅了されていく。洋子のように生きたら幸せになれないに決まっている、と思いつつ、洋子のように人を愛したい、と羨む。この有紗の心理も読みどころだ。結果的に、洋子の恋愛も、有紗の恋愛に拍車をかける要因となる。

多くの読者は考えるだろう。有紗の恋愛を、恋愛と呼んでいいのだろうか、と。有紗はただ、夫との仲がうまくいかず、さびしくて、他人のものがほしくなって、洋子の恋に煽られて、手近な男に飛びついただけなのではないか、と。

だが、そうした外的要因のない恋愛というものは、果たしてこの世に存在するのだろうか。私たちは人生という、複雑怪奇な日々を生きながら、その中で恋愛するのである。過去、現在、夢、理想、不安、妥協、後悔。そして恋愛。さまざまなものが混じり合い、響き合うカクテルの中を、私たちは泳ぎ続けるしかない。純愛とはなんだろう。人を愛するとはどういうことなのだろう。正しい恋愛というものはあるのか。とすれば、正しくない恋愛もあるのか。誰がそれを決めるのか。本書は、そのような問いを私たちに突きつける。有紗は、最後まで迷い続ける。どちらの道を選ぶことが正しいのか、やはり私にはわからない。桐野夏生もまた、その答えを示さない。示さないことが、ひとつの回答であるようにも思える。

それにしても、甘くない。カラい小説である。

これは恋の物語だが、闘いの物語でもある、と私は思った。

有紗にはなんて敵が多いことだろう。夫。義母。ママ友たち。高梨でさえ、ある意味では敵と言えるかもしれない。

有紗を攻撃するのは、彼ら自身というより、彼らが「ふつう」だと信じている価値観や倫理観や道徳観だ。たとえば、父親の古希祝いに有紗が選んだバカラのグラスは高いし柄に合わないから、ワインセットに買い直せという夫。「いぶママ」のセレクトショップの開店祝いに、ひとり一万円のお祝い金を当然のように出し合いながら、陰では彼女の黒い噂話に花を咲かせるママ友たち。身も世もなく有紗を求めた翌日、妻から少し疑われただけで「ほとぼりが冷めるまで、ちょっと待ってくれないか」と有紗に申し入れる高梨。そして一番の敵は、彼らのそういうところに反発しながらも、どうしようもなく同調する部分もある有紗自身の心根かもしれない。俊平から、タワマンからもう少し家賃が安い駅前のマンション（洋子が住んでいるマンションでもある）へ引っ越そうかと言われ、とっさに「都落ちじゃない」と言ってしまうのもまた、有紗という女なのだ。

私自身は、タワーマンションにもママ友にも、（現状）不倫の恋にも無縁である。けれども、このカラさは、有紗の闘いは、私の心をふるわせる。状況は違っても、私たちにもやっぱり同じような敵がいるからなのだと思う。私たちはみんな、闘っているからなのだと思う。「もっと闘え」と、私は本書を読んで、桐野夏生から言われているような気がした。

〈初出〉
「ＶＥＲＹ」（光文社）二〇一五年一月号〜二〇一八年一月号
二〇一八年六月　光文社刊

光文社文庫

ロンリネス

著者　桐(きり)野(の)夏(なつ)生(お)

2021年8月20日　初版1刷発行

発行者　鈴木広和
印刷　新藤慶昌堂
製本　ナショナル製本

発行所　株式会社　光文社
〒112-8011　東京都文京区音羽1-16-6
電話　(03)5395-8149　編集部
8116　書籍販売部
8125　業務部

落丁本・乱丁本は業務部にご連絡くだされば、お取替えいたします。
ISBN978-4-334-79225-1　Printed in Japan

組版　萩原印刷